Annales Brevet 2023

NOUVEAU BREVET

SUJETS et CORRIGÉS

Maths

Philippe Rousseau
Professeur agrégé de Mathématiques

hachette
ÉDUCATION

MODE D'EMPLOI

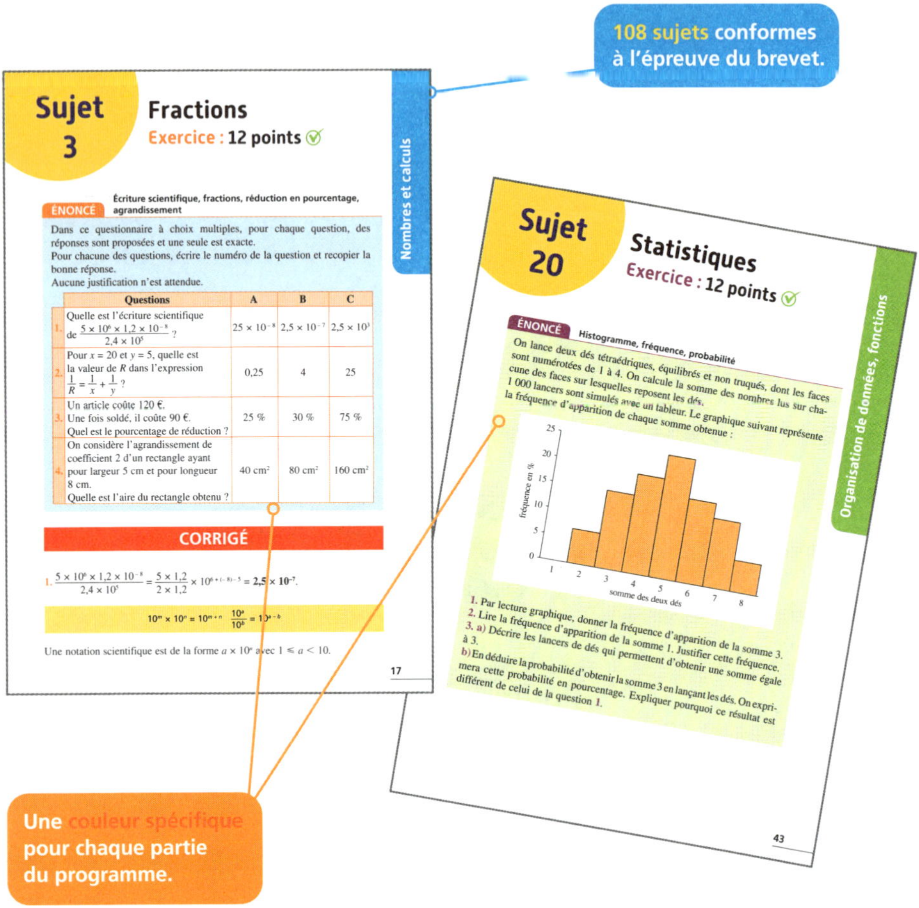

Conception graphique

Couverture : Mélissa Chalot/Audrey Izern
Intérieur : Laura Thomas, Sylvie Fécamp

Réalisation

Intérieur : SoftOffice-STDI ; Grafatom
Couverture : Audrey Izern

ISBN : 978-2-01-718628-1

58 rue Jean Bleuzen CS 70007 92178 Vanves Cedex
www.parascolaire.hachette-education.com

Achevé d'imprimer en août 2022 en République Tchèque par Finidr
Dépôt légal : août 2022 - Édition 01
27/8608/3

Tous les corrigés

Sujet 21 - Corrigé

CORRIGÉ

1. On a 81 h 00 min – 80 h 45 min = 80 h 60 min – 80 h 45 min = 15 min. Il y a **15 minutes** entre le temps de course de Leopold Konig et celui de Vincenzo Nibali.

1 h = 60 min

2. a) La différence calculée à la question 1 représente **l'étendue de la série statistique**.
b) Il y a 9 valeurs dans la série statistique. La médiane est la valeur centrale de la série, soit la cinquième valeur.
La médiane de la série vaut 80 h 55 min.
c) Le temps de course du premier Français est 80 h 53 min,
soit $\frac{80 \times 60}{60}$ h + $\frac{53}{60}$ h, ou encore $\frac{4\,853}{60}$ h.

On a $v = \frac{3\,260{,}5}{\frac{4\,853}{60}}$, soit environ 40,31.

La vitesse moyenne de Thibaut Pinot est 40 km.h^{-1} à l'unité près.

$v = \frac{d}{t}$

Il faut convertir les heures minutes en heures décimales pour effectuer la division par un temps.

46

Des corrigés détaillés et rédigés avec des rappels de cours synthétiques et des conseils méthodologiques.

Formulaire de Mathématiques

Règles de calcul

Algorithme

- Une variable informatique contient une valeur. Toute saisie de cette variable ou affectation dans cette variable fait perdre la valeur précédente.
- On peut utiliser un compteur du type « pour i variant de 1 à n » pour effectuer une instruction pour toutes les valeurs entières de la variable i prises de 1 en 1 depuis 1 jusqu'à n.
Par exemple, avec l'algorithme « pour i variant de 1 à 10, A prend la valeur i^2, fin de pour », A prend successivement les valeurs 1, 4, 9, 16, 25, 36, 49, 64, 81 et 100. En fin d'algorithme, A contient la valeur 100.

Arithmétique

- Soit a, b et n trois entiers non nuls tels que a et b sont des diviseurs de n. n est un multiple de a et de b.
- Le plus grand des diviseurs communs à deux entiers est leur PGCD.
- Deux entiers dont le PGCD vaut 1 sont dits premiers entre eux.
- Une fraction $\frac{a}{b}$ avec a et b premiers entre eux est dite irréductible.

Puissances

- Soit n un entier supérieur à 1 et a un nombre :

$a^n = \underbrace{a \times a \times \ldots \times a}_{n \text{ facteurs } a}$ et si $a \neq 0$, $a^{-n} = \frac{1}{a^n}$

$a^1 = a$ et si $a \neq 0$, $a^0 = 1$ $a^{-1} = \frac{1}{a}$: c'est l'inverse de a.

- Soit a un nombre, b un nombre non nul, n et m deux entiers relatifs :

$a^m \times a^n = a^{m+n}$ $\frac{b^m}{b^n} = b^{m-n}$ $(a^m)^n = a^{m \times n}$

$a^m \times b^m = (ab)^m$ $\frac{a^m}{b^m} = \left(\frac{a}{b}\right)^m$

213

Un formulaire de Mathématiques pour retrouver l'essentiel du cours.

Et aussi !

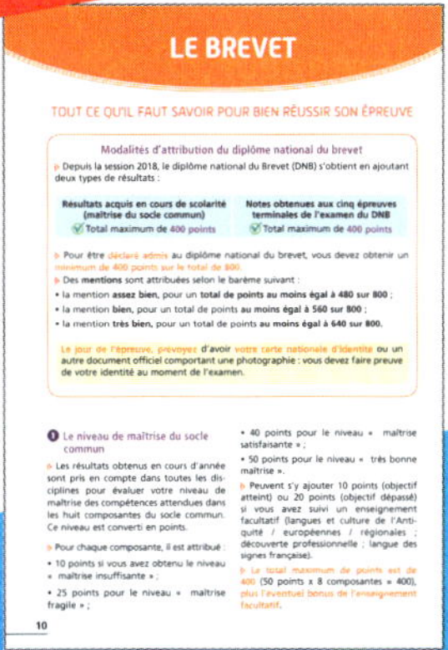

Une présentation de l'épreuve du brevet.

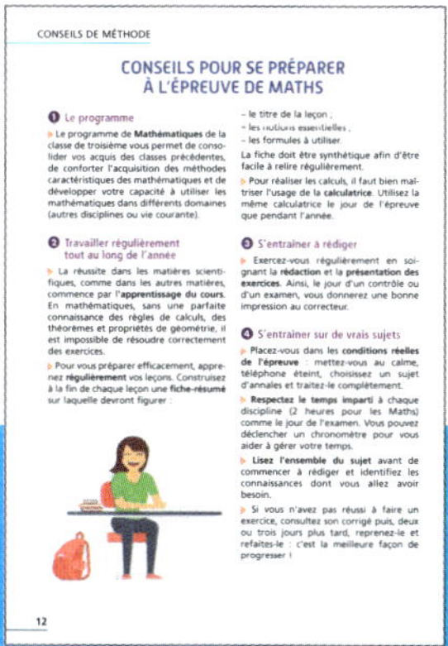

Des conseils de méthode.

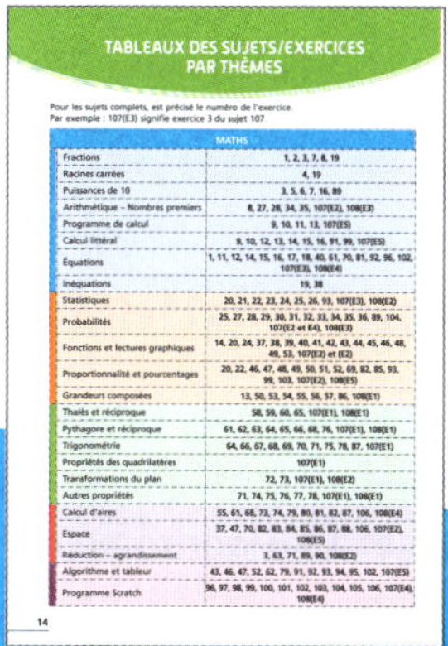

Les tableaux des sujets par thèmes.

SOMMAIRE

SUJETS COMPLETS 2022 pages 197 à 216

NOMBRES ET CALCULS

Fractions

Racines carrées

Puissances de 10

Arithmétique – Nombres premiers

Programme de calcul

Calcul littéral

Équations

Inéquations

ORGANISATION DE DONNÉES, FONCTIONS

Statistiques

Probabilités

Fonctions et lectures graphiques

Proportionnalité et pourcentages

Grandeurs composées

ESPACE ET GÉOMÉTRIE

Thalès et réciproque

X

Pythagore et réciproque

SUJETS COMPLETS 2022

LE BREVET

TOUT CE QU'IL FAUT SAVOIR POUR BIEN RÉUSSIR SON ÉPREUVE

Modalités d'attribution du diplôme national du brevet

> Depuis la session 2018, le diplôme national du Brevet (DNB) s'obtient en ajoutant deux types de résultats :

Résultats acquis en cours de scolarité (maîtrise du socle commun)	Notes obtenues aux cinq épreuves terminales de l'examen du DNB
✓ Total maximum de **400 points**	✓ Total maximum de **400 points**

> Pour être **déclaré admis** au diplôme national du brevet, vous devez obtenir un **minimum de 400 points sur le total de 800.**

> Des **mentions** sont attribuées selon le barème suivant :

- la mention **assez bien,** pour un **total de points au moins égal à 480 sur 800 ;**
- la mention **bien,** pour un total de points **au moins égal à 560 sur 800 ;**
- la mention **très bien,** pour un total de points **au moins égal à 640 sur 800.**

Le jour de l'épreuve, prévoyez d'avoir **votre carte nationale d'identité** ou un autre document officiel comportant une photographie : vous devez faire preuve de votre identité au moment de l'examen.

1 Le niveau de maîtrise du socle commun

> Les résultats obtenus en cours d'année sont pris en compte dans toutes les disciplines pour évaluer votre niveau de maîtrise des compétences attendues dans les huit composantes du socle commun. Ce niveau est converti en points.

> Pour chaque composante, il est attribué :

- 10 points si vous avez obtenu le niveau « maîtrise insuffisante » ;
- 25 points pour le niveau « maîtrise fragile » ;
- 40 points pour le niveau « maîtrise satisfaisante » ;
- 50 points pour le niveau « très bonne maîtrise ».

> Peuvent s'y ajouter 10 points (objectif atteint) ou 20 points (objectif dépassé) si vous avez suivi un enseignement facultatif (langues et culture de l'Antiquité / européennes / régionales ; découverte professionnelle ; langue des signes française).

> **Le total maximum de points est de 400** (50 points x 8 composantes = 400), **plus l'éventuel bonus de l'enseignement facultatif.**

2 L'examen

> L'examen terminal en fin de classe de 3e comporte quatre épreuves écrites et une épreuve orale obligatoires.

> Épreuve écrite de français

Durée de l'épreuve : **3 heures**

Notation : **100 points**

> Épreuve écrite de mathématiques

Durée de l'épreuve : **2 heures**

Notation : **100 points**. Les points attribués à chaque exercice sont indiqués dans le sujet.

> Épreuve écrite d'histoire-géographie, enseignement moral et civique

Durée de l'épreuve : **2 heures**

Notation : **50 points**

Les points attribués à chaque exercice sont indiqués dans le sujet.

> Épreuve écrite de sciences (physique-chimie, sciences de la vie et de la Terre, technologie)

Durée de l'épreuve : **1 heure**

Notation : **50 points**

Les points attribués à chaque exercice sont indiqués dans le sujet.

> Épreuve orale de soutenance

Durée de l'épreuve : **15 minutes**

Notation : **100 points**

Maîtrise de l'expression orale : **50 points**.

Maîtrise du sujet présenté : **50 points**.

ÉPREUVE ÉCRITE DE MATHÉMATIQUES

Le candidat traite une série d'**exercices indépendants les uns des autres**. Les exercices qui composent le sujet permettent d'évaluer les connaissances figurant dans le programme de mathématiques du cycle 4 ainsi que la maîtrise des compétences « chercher », « modéliser », « représenter », « raisonner », « calculer » et « communiquer » décrites dans ce programme.

Le sujet de cette épreuve comporte **obligatoirement un exercice d'algorithmique** (programmation).

Certains exercices exigent de la part du candidat une prise d'initiative.

Les exercices peuvent prendre appui sur des situations issues de la vie courante ou d'autres disciplines. Ils peuvent adopter toutes les modalités possibles, y compris la forme de questionnaires à choix multiples ou de type vrai/faux.

L'évaluation doit prendre en compte la clarté et la précision des raisonnements ainsi que, plus largement, la qualité de la rédaction. Doivent être pris en compte les essais et les démarches engagées, même non aboutis. Les candidats en sont informés par l'énoncé.

CONSEILS POUR SE PRÉPARER À L'ÉPREUVE DE MATHS

❶ Le programme

> Le programme de **Mathématiques** de la classe de troisième vous permet de consolider vos acquis des classes précédentes, de conforter l'acquisition des méthodes caractéristiques des mathématiques et de développer votre capacité à utiliser les mathématiques dans différents domaines (autres disciplines ou vie courante).

❷ Travailler régulièrement tout au long de l'année

> La réussite dans les matières scientifiques, comme dans les autres matières, commence par l'**apprentissage du cours**. En mathématiques, sans une parfaite connaissance des règles de calculs, des théorèmes et propriétés de géométrie, il est impossible de résoudre correctement des exercices.

> Pour vous préparer efficacement, apprenez **régulièrement** vos leçons. Construisez à la fin de chaque leçon une **fiche-résumé** sur laquelle devront figurer :

– le titre de la leçon ;
– les notions essentielles ;
– les formules à utiliser.

La fiche doit être synthétique afin d'être facile à relire régulièrement.

> Pour réaliser les calculs, il faut bien maîtriser l'usage de la **calculatrice**. Utilisez la même calculatrice le jour de l'épreuve que pendant l'année.

❸ S'entraîner à rédiger

> Exercez-vous régulièrement en soignant la **rédaction** et la **présentation des exercices**. Ainsi, le jour d'un contrôle ou d'un examen, vous donnerez une bonne impression au correcteur.

❹ S'entraîner sur de vrais sujets

> Placez-vous dans les **conditions réelles de l'épreuve** : mettez-vous au calme, téléphone éteint, choisissez un sujet d'annales et traitez-le complètement.

> **Respectez le temps imparti** à chaque discipline (2 heures pour les Maths) comme le jour de l'examen. Vous pouvez déclencher un chronomètre pour vous aider à gérer votre temps.

> **Lisez l'ensemble du sujet** avant de commencer à rédiger et identifiez les connaissances dont vous allez avoir besoin.

> Si vous n'avez pas réussi à faire un exercice, consultez son corrigé puis, deux ou trois jours plus tard, reprenez-le et refaites-le : c'est la meilleure façon de progresser !

5 Quelques jours avant l'épreuve et le jour de l'épreuve

> Vous devez avoir prévu **votre matériel** ; si le papier est fourni, il vous faut en revanche apporter crayons (de différentes couleurs), compas, règle, équerre, calculatrice, gomme et rapporteur.

> Vous devez vous rendre à l'épreuve avec une **pièce d'identité** et votre **convocation**.

> **Le temps de l'épreuve**

– Gérez votre temps : faites une première lecture de l'ensemble de l'énoncé (5-10 minutes), suivie par la résolution des différents exercices en commençant par ceux qui vous semblent les plus faciles, puis faites une relecture finale attentive de votre copie (10 minutes).

– Un sujet contient plusieurs exercices indépendants. Si vous bloquez sur une question, laissez de la place pour y répondre et passez à l'exercice ou à la question suivante.

– Utilisez le brouillon mis à votre disposition pour réaliser au préalable les calculs et les schémas.

– Soignez l'orthographe, la rédaction et la présentation qui sont évaluées sur 5 points.

TABLEAUX DES SUJETS/EXERCICES PAR THÈMES

Pour les sujets complets, est précisé le numéro de l'exercice.
Par exemple : 107(E3) signifie exercice 3 du sujet 107.

MATHS	
Fractions	1, 2, 3, 7, 8, 19
Racines carrées	4, 19
Puissances de 10	3, 5, 6, 7, 16, 89
Arithmétique – Nombres premiers	8, 27, 28, 34, 35, 107(E2 et E5), 108(E3)
Programme de calcul	9, 10, 11, 13, 107(E5)
Calcul littéral	9, 10, 12, 13, 14, 15, 16, 91, 99, 107(E5)
Équations	1, 11, 12, 14, 15, 16, 17, 18, 40, 61, 70, 81, 92, 96, 102, 107(E3), 108(E4)
Inéquations	19, 38
Statistiques	20, 21, 22, 23, 24, 25, 26, 93, 107(E3), 108(E2)
Probabilités	25, 27, 28, 29, 30, 31, 32, 33, 34, 35, 36, 89, 104, 107(E2 et E4), 108(E3)
Fonctions et lectures graphiques	14, 20, 24, 37, 38, 39, 40, 41, 42, 43, 44, 45, 46, 48, 49, 53, 107(E2)
Proportionnalité et pourcentages	20, 22, 46, 47, 48, 49, 50, 51, 52, 69, 82, 85, 93, 99, 103, 107(E2), 108(E5)
Grandeurs composées	13, 50, 53, 54, 55, 56, 57, 86, 108(E1)
Thalès et réciproque	58, 59, 60, 65, 107(E1), 108(E1)
Pythagore et réciproque	61, 62, 63, 64, 65, 66, 68, 76, 107(E1), 108(E1)
Trigonométrie	64, 66, 67, 68, 69, 70, 71, 75, 78, 87, 107(E1)
Propriétés des quadrilatères	
Transformations du plan	72, 73, 107(E1), 108(E2)
Autres propriétés	71, 74, 75, 76, 77, 78, 107(E1), 108(E1)
Calcul d'aires	55, 61, 68, 73, 74, 79, 80, 81, 82, 87, 106, 108(E4)
Espace	37, 47, 70, 82, 83, 84, 85, 86, 87, 88, 106, 107(E2), 108(E5)
Réduction – agrandissement	3, 63, 71, 89, 90, 108(E2)
Algorithme et tableur	43, 46, 47, 52, 62, 79, 91, 92, 93, 94, 95, 102, 107(E5)
Programme Scratch	96, 97, 98, 99, 100, 101, 102, 103, 104, 105, 106, 107(E4), 108(E4)

Sujet 1

Fractions

Exercice : 9 points

ÉNONCÉ Fractions, équations

Recopier la bonne réponse (aucune justification n'est attendue).

	Réponse A	Réponse B	Réponse C
1. La somme $\frac{7}{4}+\frac{2}{3}$ est égale à :	$\frac{9}{7}$	$\frac{29}{12}$	$\frac{9}{12}$
2. L'équation $5x + 12 = 3$ a pour solution :	1,8	3	–1,8
3. Une valeur approchée, au dixième près, du nombre $\frac{\sqrt{5}+1}{2}$ est :	2,7	1,6	1,2

CORRIGÉ

1. $\frac{7}{4}+\frac{2}{3}=\frac{7\times 3}{4\times 3}+\frac{2\times 4}{3\times 4}=\frac{21}{12}+\frac{8}{12}=\frac{21+8}{12}=\frac{29}{12}$.

La somme $\frac{7}{4}+\frac{2}{3}$ est égale à $\frac{29}{12}$.

Pour additionner deux fractions, on commence par les réduire au même dénominateur.

2. $5x + 12 = 3$ donne successivement :

$5x = 3 - 12$;

$5x = -9$;

$x = -9 \div 5$;

$x = -1{,}8$.

L'équation $5x + 12 = 3$ a pour solution $-1{,}8$.

3. Sur une calculatrice on tape $(\sqrt{5}+1)/2$.

Une valeur approchée, au dixième près, du nombre $\frac{\sqrt{5}+1}{2}$ est 1,6.

Attention : pour une écriture fractionnaire, la barre de fraction donne lieu à des priorités comme si le numérateur et le dénominateur étaient entre parenthèses.

Sujet 2

Fractions

Exercice : 8 points

ÉNONCÉ Fractions, durées

Le marnage désigne la différence de hauteur entre la basse mer et la pleine mer qui suit.
On considère qu'à partir du moment où la mer est basse, celle-ci monte de 1/12 du marnage pendant la première heure, de 2/12 pendant la deuxième heure, de 3/12 pendant la troisième heure, de 3/12 pendant la quatrième heure, de 2/12 pendant la cinquième heure et de 1/12 pendant la sixième heure. Au cours de chacune de ces heures, la montée de la mer est supposée régulière.

1. À quel moment la montée de la mer atteint-elle le quart du marnage ?
2. À quel moment la montée de la mer atteint-elle le tiers du marnage ?

CORRIGÉ

1. On a $\frac{1}{12}+\frac{2}{12}=\frac{3}{12}=\frac{3}{3\times 4}=\frac{1}{4}$.
La montée de la mer atteint le quart du marnage au bout de 2 heures.

2. On veut atteindre un tiers du marnage.
Or on a $\frac{1}{3}-\frac{1}{4}=\frac{4}{12}-\frac{3}{12}=\frac{1}{12}$. Après être montée d'un quart du marnage en 2 heures, la mer doit encore monter de un douzième de marnage, c'est-à-dire du tiers de ce qu'elle monte pendant la troisième heure. Comme un tiers d'heure vaut 20 minutes, **la montée de la mer atteint le tiers du marnage au bout de 2 heures et 20 minutes.**

1 h = 60 min

Sujet 3

Fractions

Exercice : 12 points

ÉNONCÉ — **Écriture scientifique, fractions, réduction en pourcentage, agrandissement**

Dans ce questionnaire à choix multiples, pour chaque question, des réponses sont proposées et une seule est exacte.
Pour chacune des questions, écrire le numéro de la question et recopier la bonne réponse.
Aucune justification n'est attendue.

	Questions	A	B	C
1.	Quelle est l'écriture scientifique de $\dfrac{5 \times 10^{6} \times 1{,}2 \times 10^{-8}}{2{,}4 \times 10^{5}}$?	25×10^{-8}	$2{,}5 \times 10^{-7}$	$2{,}5 \times 10^{3}$
2.	Pour $x = 20$ et $y = 5$, quelle est la valeur de R dans l'expression $\dfrac{1}{R} = \dfrac{1}{x} + \dfrac{1}{y}$?	0,25	4	25
3.	Un article coûte 120 €. Une fois soldé, il coûte 90 €. Quel est le pourcentage de réduction ?	25 %	30 %	75 %
4.	On considère l'agrandissement de coefficient 2 d'un rectangle ayant pour largeur 5 cm et pour longueur 8 cm. Quelle est l'aire du rectangle obtenu ?	40 cm²	80 cm²	160 cm²

CORRIGÉ

1. $\dfrac{5 \times 10^{6} \times 1{,}2 \times 10^{-8}}{2{,}4 \times 10^{5}} = \dfrac{5 \times 1{,}2}{2 \times 1{,}2} \times 10^{6+(-8)-5} = \mathbf{2{,}5 \times 10^{-7}}$.

$$10^{m} \times 10^{n} = 10^{m+n} \qquad \frac{10^{a}}{10^{b}} = 10^{a-b}$$

Une notation scientifique est de la forme $a \times 10^{n}$ avec $1 \leqslant a < 10$.

2. Pour $x = 20$ et $y = 5$, $\frac{1}{R} = \frac{1}{20} + \frac{1}{5} = \frac{1}{20} + \frac{4}{20} = \frac{5}{20} = \frac{1}{4}$ donc $\boldsymbol{R = 4}$.

3. Pour un article à 120 € soldé à 90 €, la réduction est de 30 €.
Le pourcentage de réduction est $\frac{30}{120} \times 100$ %, soit **25 %**.

4. En appliquant un agrandissement de coefficient 2, on obtient un rectangle qui mesure 10 cm sur 16 cm et dont l'aire est **160 cm²**.

On peut aussi calculer l'aire du rectangle initial et la multiplier par 2^2, car dans un agrandissement de coefficient k, les aires sont multipliées par k^2.

Sujet 4

Racines carrées

Exercice : 12 points

ÉNONCÉ Racines carrées, diviseurs, dénombrement

Quatre affirmations sont données ci-dessous :

Affirmation 1 : $(\sqrt{5} - 1)(\sqrt{5} + 1)$ est un nombre entier.

Affirmation 2 : 4 n'admet que deux diviseurs.

Affirmation 3 : Un cube, une pyramide à base carrée et un pavé droit totalisent 17 faces.

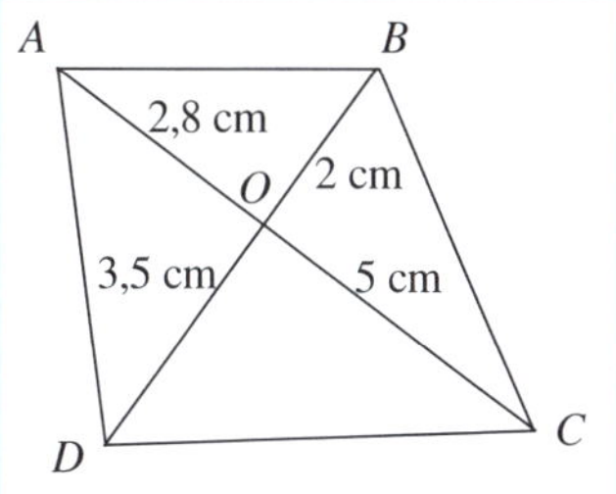

Affirmation 4 : Les droites (AB) et (CD) sont parallèles.

Pour chacune des affirmations, indiquer si elle est vraie ou fausse en argumentant la réponse.

CORRIGÉ

• On a $(\sqrt{5} - 1)(\sqrt{5} + 1) = \sqrt{5}^2 - 1^2 = 5 - 1 = 4$: c'est un entier.

L'affirmation 1 est vraie.

• 4 admet trois diviseurs qui sont 1, 2 et 4.

L'affirmation 2 est fausse.

• Un cube a 6 faces, une pyramide à base carrée en a 5 (la base et les 4 faces latérales) et le pavé droit en a 6. En tout, cela fait 17 faces.

L'affirmation 3 est vraie.

• AOB est un triangle avec C un point sur (OA) et D un point sur (OB).

Supposons que les droites (AB) et (CD) soient parallèles.

D'après le théorème de Thalès, on aurait $\dfrac{OA}{OC} = \dfrac{OB}{OD} = \dfrac{AB}{DC}$.

Or, on a $\dfrac{OA}{OC} = \dfrac{2{,}8}{5} = 0{,}56$ et $\dfrac{OB}{OD} = \dfrac{2}{3{,}5} \approx 0{,}57$.

On a donc $\dfrac{OA}{OC} \neq \dfrac{OB}{OD}$, ce qui est absurde.

La supposition est fausse : les droites (AB) et (CD) ne sont pas parallèles.

L'affirmation 4 est fausse.

Sujet 5

Puissances de 10

Exercice : 8 points

ÉNONCÉ **Puissances de 10 et écriture décimale**

1. Quelle est l'écriture décimale du nombre $\frac{10^5 + 1}{10^5}$?

2. Antoine utilise sa calculatrice pour calculer le nombre suivant : $\frac{10^{15} + 1}{10^{15}}$.

Le résultat affiché est 1.

Antoine pense que ce résultat n'est pas exact. A-t-il raison ?

CORRIGÉ

1. On a $\frac{10^5 + 1}{10^5} = \frac{10^5}{10^5} + \frac{1}{10^5} = 1 + 10^{-5} = \mathbf{1{,}000\ 01}$.

2. On a $\frac{10^{15} + 1}{10^{15}} = \frac{10^{15}}{10^{15}} + \frac{1}{10^{15}} = 1 + 10^{-15}$; ce n'est pas 1.

Antoine a raison de penser que ce résultat affiché par la calculatrice n'est pas exact.

Sujet 6

Puissances de 10

Exercice : 12 points

ÉNONCÉ — Conversion de volume, pourcentages, ordre de grandeur

Une analyse médicale montre que chez un patient, il y a 5 millions de globules rouges par mm^3 de sang.

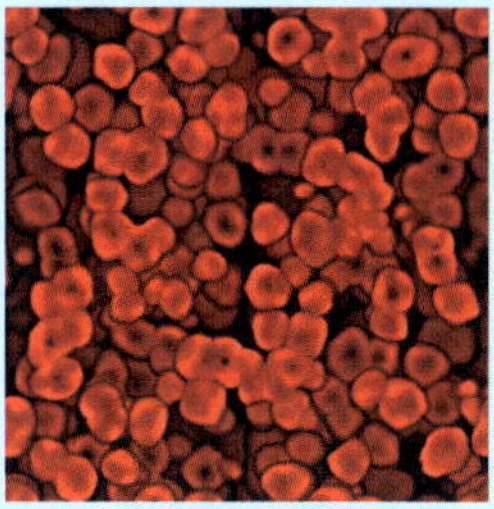

1. On estime à 6 litres la quantité de sang du patient.

a) Exprimer 6 litres en mm^3 à l'aide d'une notation scientifique.

b) Donner un ordre de grandeur du nombre de globules rouges présents dans le corps de ce patient.

2. Les globules rouges représentent 45% du volume du sang.

a) Quel est le volume des globules rouges dans 1 mm^3 de sang ?

b) Quel est le volume d'un globule rouge en mm^3, puis en cm^3 ? On donnera les résultats en écriture scientifique.

CORRIGÉ

1. a) On a 6 litres = 6 dm^3 = $\mathbf{6 \times 10^6}$ **mm^3**.

b) Le nombre de globules rouges présents dans le corps du patient est environ $6 \times 10^6 \times 5 \times 10^6$, soit $\mathbf{3 \times 10^{13}}$.

2. a) Dans 1 mm^3 de sang, le volume des globules rouges est **0,45 mm^3**.

b) Le volume d'un globule rouge est 0,45 mm^3 ÷ 5 000 000, soit $\mathbf{9 \times 10^{-8}}$ **mm^3 ou** $\mathbf{9 \times 10^{-11}}$ **cm^3**.

Sujet 7

Puissances de 10

Exercice : 9 points

ÉNONCÉ Puissance de 10, degré, fraction

Cet exercice est un Q.C.M. (questionnaire à choix multiples).
Pour chacune des questions, quatre réponses sont proposées et une seule est exacte. Une réponse fausse ou absente n'enlève pas de point.
Pour chacune des trois questions, écrire sur votre copie le numéro de la question et la lettre correspondant à la bonne réponse.

	1. $2,53 \times 10^{15} =$	2. La latitude de l'équateur est :	3. $\dfrac{\dfrac{2}{3}+\dfrac{5}{6}}{7} =$
Réponse A	2,530 000 000 000 000 00	0°	$\dfrac{3}{14}$
Réponse B	2 530 000 000 000 000	90° Est	$\dfrac{1}{9}$
Réponse C	253 000 000 000 000 000	90° Nord	0,214 285 714
Réponse D	37,95	90° Sud	0,111 111 111

CORRIGÉ

1. $2,53 \times 10^{15} = 2\,530\,000\,000\,000\,000$: **réponse b**.

2. Les latitudes sont des mesures angulaires à partir de l'équateur qui sert d'origine. La latitude de l'équateur est 0° : **réponse a**.

3. $\dfrac{\dfrac{2}{3}+\dfrac{5}{6}}{7} = \dfrac{\dfrac{4}{6}+\dfrac{5}{6}}{7} = \dfrac{\dfrac{9}{6}}{7} = \dfrac{9}{6} \times \dfrac{1}{7} = \dfrac{3 \times 3 \times 1}{3 \times 2 \times 7} = \mathbf{\dfrac{3}{14}}$: **réponse a**.

Multiplier par 10^n, revient à déplacer la virgule de *n* rangs vers la droite.

Sujet 8

Arithmétique – PGCD

Exercice : 12 points

ÉNONCÉ **Arithmétique**

Un panneau mural a pour dimensions 240 cm et 360 cm. On souhaite le recouvrir avec des carreaux de forme carrée, tous de même taille, posés bord à bord sans jointure.

1. Peut-on utiliser des carreaux de : 10 cm de côté ? 14 cm de côté ? 18 cm de côté ?
2. Quelles sont toutes les tailles possibles de carreaux comprises entre 10 et 20 cm ?
3. On choisit des carreaux de 15 cm de côté. On pose une rangée de carreaux bleus sur le pourtour et des carreaux blancs ailleurs. Combien de carreaux bleus va-t-on utiliser ?

CORRIGÉ

1. La taille des carreaux doit diviser les dimensions 240 et 360 du panneau.
On a 10 qui divise 240 et 360, donc **on peut utiliser des carreaux de 10 cm de côté**.
On a $240 \div 14 \approx 17,14$, donc 14 ne divise pas 240 et **on ne peut pas utiliser des carreaux de 14 cm de côté**.
On a $240 \div 18 \approx 13,33$, donc 18 ne divise pas 240 et **on ne peut pas utiliser des carreaux de 18 cm de côté**.

2. La taille des carreaux doit diviser 240 et 360, donc leur PGCD.
À l'aide de l'algorithme d'Euclide, on a :

a	*b*	*r*
360	240	120
240	120	0

Le PGCD de 360 et de 240 est 120 avec :
$120 = 1 \times 120 = 2 \times 60 = 3 \times 40 = 4 \times 30$
$= 5 \times 24 = 6 \times 20 = 8 \times 15 = 10 \times 12$.
Les diviseurs de 120 compris entre 10 et 20 (inclus) sont 10, 12, 15 et 20.
Les tailles possibles de carreaux comprises entre 10 et 20 cm **sont 10 cm, 12 cm, 15 cm et 20 cm**.

3. On a $360 \div 15 = 24$ et $240 \div 15 = 16$.
Il y aura 24(bord de 360) + 16(bord de 240) + 24(bord de 360) + 16(bord de 240) – 4 (coins qu'il ne faut pas compter 2 fois) carrés bleus, soit **76 carrés bleus**.

Sujet 9

Programme de calcul

Exercice : 8 points

ÉNONCÉ Technique de calcul, calcul littéral

Tom doit calculer $3{,}5^2$.
« Pas la peine de prendre la calculatrice », lui dit Julie, tu n'as qu'à effectuer le produit de 3 par 4 et rajouter 0,25.

1. Effectuer le calcul proposé par Julie et vérifier que le résultat obtenu est bien le carré de 3,5.
2. Proposer une façon simple de calculer $7{,}5^2$ et donner le résultat.
3. Julie propose la conjecture suivante : $(n + 0{,}5)^2 = n(n + 1) + 0{,}25$, avec n un nombre entier positif.
Prouver que la conjecture de Julie est vraie (quel que soit le nombre n).

CORRIGÉ

1. On a $3 \times 4 = 12$ et, en ajoutant 0,25, on obtient **12,25** qui est bien le carré de 3,5.

2. Pour calculer $7{,}5^2$, on calcule 7×8 et on ajoute 0,25 au résultat.
On a $7 \times 8 = 56$ et, en ajoutant 0,25, on obtient **56,25** comme carré de 7,5.

3. Soit n un nombre. On a :

$$\begin{aligned}(n + 0{,}5)^2 &= n^2 + 2 \times n \times 0{,}5 + 0{,}5^2 \\ &= n^2 + n + 0{,}25 \\ &= n(n + 1) + 0{,}25.\end{aligned}$$

La conjecture de Julie est vraie (quel que soit le nombre n).

$(a + b)^2 = a^2 + 2ab + b^2$

Sujet 10

Programme de calcul

Exercice : 16 points

ÉNONCÉ **Algorithme, calcul littéral**

Voici un programme de calcul.

- Choisir un nombre
- Multiplier ce nombre par 4
- Ajouter 8
- Multiplier le résultat par 2

1. Vérifier que si on choisit le nombre –1, ce programme donne 8 comme résultat final.

2. Le programme donne 30 comme résultat final. Quel est le nombre choisi au départ ?

Dans la suite de l'exercice, on nomme x le nombre de départ.

3. L'expression $A = 2(4x + 8)$ donne le résultat du programme de calcul précédent pour un nombre x donné.
On pose $B = (4 + x)^2 - x^2$.
Prouver que les expressions A et B sont égales pour toutes les valeurs de x.

4. Pour chacune des affirmations suivantes, indiquer si elle est vraie ou fausse. On rappelle que les réponses doivent être justifiées.
- **Affirmation 1** : Ce programme donne un résultat positif pour toutes les valeurs de x.
- **Affirmation 2** : Si le nombre choisi est un nombre entier, le résultat obtenu est un multiple de 8.

CORRIGÉ

1. En choisissant le nombre –1 ;
en multipliant par 4, on obtient -4, puis en ajoutant 8 on obtient 4.
En multipliant par 2, **on obtient bien 8 comme résultat**.

2. Soit x le nombre de départ.
Le résultat du programme est $(x \times 4 + 8) \times 2$.
On veut donc résoudre $(4x + 8) \times 2 = 30$, ce qui donne successivement :
$4x + 8 = 30 \div 2$
$4x + 8 = 15$
$4x = 15 - 8$
$4x = 7$
$x = 7 \div 4$
Il faut choisir 1,75 comme nombre de départ pour que le résultat soit 30.

3. Pour toutes les valeurs de x, on a :
$A = 2(4x + 8) = 2 \times 4x + 2 \times 8 = 8x + 16$ et
$B = (4 + x)^2 - x^2 = 4^2 + 2 \times 4 \times x + x^2 - x^2 = 16 + 8x$.
Pour toutes les valeurs de x, les expressions A et B sont égales.

$(a + b)^2 = a^2 + 2ab + b^2$

4. • **Affirmation 1**
En prenant –5 comme nombre de départ, le résultat est $(-5 \times 4 + 8) \times 2 = -24$, qui n'est pas positif.
L'affirmation 1 est fausse.

• **Affirmation 2**
Si le nombre de départ est un entier x, le résultat est $8x + 16 = 8(x + 2)$ avec $x + 2$ qui est un entier. Le résultat est bien un multiple de 8.
L'affirmation 2 est juste.

Un multiple d'un entier n est un nombre qu'on peut écrire sous la forme kn avec k entier.

Sujet 11

Programme de calcul

Exercice : 18 points

ÉNONCÉ **Algorithme, tableur, équation**

Programme A
- Choisir un nombre
- Soustraire 3
- Calculer le carré du résultat obtenu

Programme B
- Choisir un nombre
- Calculer le carré de ce nombre
- Ajouter le triple du nombre de départ
- Ajouter 7

1. Corinne choisit le nombre 1 et applique le programme A.
Expliquer en détaillant les calculs que le résultat du programme de calcul est 4.

2. Tidjane choisit le nombre −5 et applique le programme B.
Quel résultat obtient-il ?

3. Lina souhaite regrouper le résultat de chaque programme à l'aide d'un tableur. Elle crée la feuille de calcul ci-dessous.
Quelle formule, copiée ensuite à droite dans les cellules C3 à H3, a-t-elle saisie dans la cellule B3 ?

B2 | =(B1-3)^2

	A	B	C	D	E	F	G	H
1	Nombre de départ	−3	−2	−1	0	1	2	3
2	Résultat du programme A	36	25	16	9	4	1	0
3	Résultat du programme B	7	5	5	7	11	17	25

4. Zoé cherche à trouver un nombre de départ pour lequel les deux programmes de calcul donnent le même résultat. Pour cela, elle appelle x le nombre choisi au départ et exprime le résultat de chaque programme de calcul en fonction de x.

a) Montrer que le résultat du programme A en fonction de x peut s'écrire sous forme développée et réduite :

$$x^2 - 6x + 9.$$

b) Écrire le résultat du programme B.

c) Existe-t-il un nombre de départ pour lequel les deux programmes donnent le même résultat ? Si oui, lequel ?

CORRIGÉ

1. En partant de 1 et en soustrayant 3, on obtient –2.
Le carré de –2 est 4.
Le résultat du programme de calcul est 4.

2. En partant de –5, le carré est 25.
Le triple du nombre de départ est –15 qui, ajouté à 25, donne 10.
En ajoutant 7, **Tidjane obtient 17**.

3. La formule saisie dans la cellule B3 et copiée ensuite à droite dans les cellules C3 à H3 est **=B1^2+3*B1+7**.

4. a) Soustraire 3 de x et prendre le carré du résultat, c'est calculer $(x - 3)^2$.
Or, $(x - 3)^2 = x^2 - 2 \times x \times 3 + 3^2$.
Le résultat du programme A est $x^2 - 6x + 9$.
b) En exécutant le programme B, en partant de x, on obtient $\boldsymbol{x^2 + 3x + 7}$.
c) On résout $x^2 - 6x + 9 = x^2 + 3x + 7$ qui donne successivement :
$-6x + 9 = 3x + 7$;
$-6x - 3x = 7 - 9$;
$-9x = -2$;
$x = -2 : (-9)$.

Pour $x = \frac{2}{9}$, les deux programmes donnent le même résultat.

On a $\left(\frac{2}{9} - 3\right)^2 = \left(\frac{-25}{9}\right)^2 = \frac{(-25)^2}{9^2}$.

Le résultat commun est $\frac{625}{81}$.

Sujet 12 Calcul littéral

Exercice : 10 points

ÉNONCÉ **Développement, factorisation, équation**

On considère l'expression $E = (x - 2)(2x + 3) - 3(x - 2)$.

1. Développer E.
2. Factoriser E et vérifier que $E = 2F$, où $F = x(x - 2)$.
3. Déterminer tous les nombres x tels que $(x - 2)(2x + 3) - 3(x - 2) = 0$.

CORRIGÉ

1. $E = (x - 2)(2x + 3) - 3(x - 2)$
$= 2x^2 + 3x - 4x - 6 - 3x + 6$
$= \mathbf{2x^2 - 4x}$.

2. $E = (x - 2)(2x + 3) - 3(x - 2)$
$= (x - 2)[(2x + 3) - 3]$
$= \mathbf{(x - 2) \times 2x}$.

On a bien $\mathbf{E = 2F}$, où $F = x(x - 2)$.

On obtient le même résultat en factorisant par $2x$ la forme développée.

3. On veut $(x - 2)(2x + 3) - 3(x - 2) = 0$, soit $E = 0$.
On a successivement :
$2x(x - 2) = 0$;
$2x = 0$ ou $x - 2 = 0$;
$x = 0 \div 2$ ou $x = 0 + 2$;
$x = 0$ ou $x = 2$.
Les solutions de $(x - 2)(2x + 3) - 3(x - 2) = 0$ sont 0 et 2.

Sujet 13

Calcul littéral

Exercice : 8 points

ÉNONCÉ Calcul littéral, programme de calcul

On donne le programme de calcul suivant :

- Choisir un nombre.
- Lui ajouter 1.
- Calculer le carré de cette somme.
- Enlever 16 au résultat obtenu.

1. a) Vérifier que, lorsque le nombre de départ est 4, on obtient comme résultat 9.
b) Lorsque le nombre de départ est (– 1), quel résultat obtient-on ?
c) Le nombre de départ étant x, exprimer le résultat final en fonction de x. On appelle P cette expression.
d) Vérifier que $P = x^2 + 2x - 15$.
2. a) Vérifier que $(x - 3)(x + 5) = P$.
b) Quels nombres peut-on choisir au départ pour que le résultat final soit 0 ? Justifier la réponse.

CORRIGÉ

1. a) En partant de 4, on a :
- $4 + 1 = 5$;
- $5^2 = 25$;
- $25 - 16 = 9$.

Lorsque le nombre de départ est 4, **on obtient 9 comme résultat.**

b) En partant de – 1, on a :
- $-1 + 1 = 0$;
- $0^2 = 0$;
- $0 - 16 = -16$.

Lorsque le nombre de départ est (– 1), **on obtient – 16 comme résultat.**

c) En partant de x, on calcule $\boldsymbol{P = (x + 1)^2 - 16}$.

d) Or, on a : $P = x^2 + 2 \times x \times 1 + 1^2 - 16 = x^2 + 2x + 1 - 16$.
On a bien : $\boldsymbol{P = x^2 + 2x - 15}$.

$(a + b)^2 = a^2 + 2ab + b^2$

2. a) On a aussi :
$P = (x + 1)^2 - 16 = (x + 1)^2 - 4^2 = (x + 1 - 4)(x + 1 + 4)$.
On a bien : $\boldsymbol{(x - 3)(x + 5) = P}$.

$a^2 - b^2 = (a - b)(a + b)$
On peut aussi développer $(x - 3)(x + 5)$ pour retrouver l'expression de P.

b) On veut $P = 0$, ce qui donne successivement :
$(x - 3)(x + 5) = 0$;
$x - 3 = 0$ ou $x + 5 = 0$;
$x = 3$ ou $x = -5$.
Pour que le résultat final soit 0, on peut choisir comme nombre de départ **3 ou −5**.

Si un produit de facteurs est nul, alors l'un au moins de ses facteurs est nul.

Sujet 14

Calcul littéral

Exercice : 15 points

ÉNONCÉ Équation, fonction affine, image

Les trois questions suivantes sont indépendantes.

1. $A = 2x(x - 1) - 4(x - 1)$.
Développer et réduire l'expression A.

2. Montrer que le nombre -5 est une solution de l'équation :

$$(2x + 1) \times (x - 2) = 63.$$

3. On considère la fonction f définie par $f(x) = -3x + 1{,}5$.

a) Parmi les deux graphiques ci-dessous, quel est celui qui représente la fonction f ?

b) Justifiez votre choix.

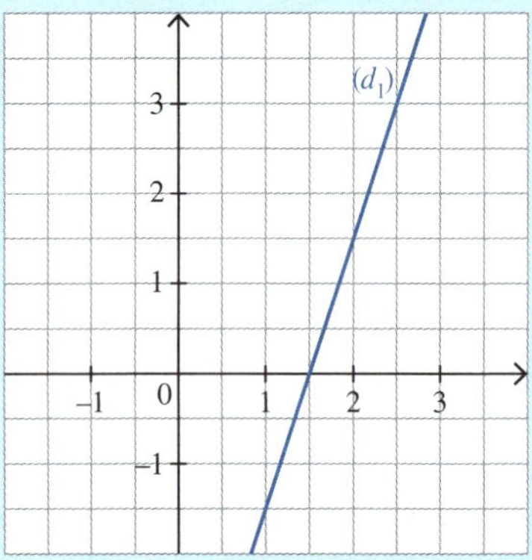

Graphique A

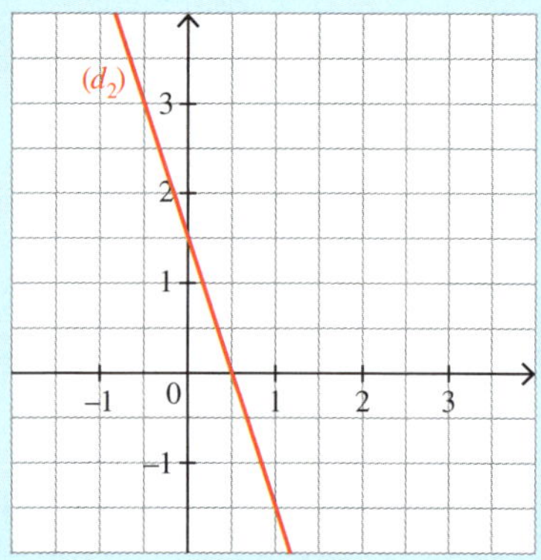

Graphique B

CORRIGÉ

1. $A = 2x(x - 1) - 4(x - 1)$
$= 2x \times x + 2x \times (-1) - 4 \times x - 4 \times (-1)$
$= 2x^2 - 2x - 4x + 4$
$= \mathbf{2x^2 - 6x + 4}$

2. Pour $x = -5$, l'expression $(2x + 1) \times (x - 2)$ vaut :
$(2 \times (-5) + 1) \times (-5 - 2) = (-9) \times (-7) = 63.$
5 est solution de l'équation $(2x + 1) \times (x - 2) = 63$.

3. a) **Le graphique B** représente la fonction f.
b) • <u>Première méthode de justification</u>
f est fonction affine du type $f(x) = ax + b$ avec $a = -3$.
Comme a est strictement négatif, f est décroissante, donc seul le graphique B convient.

> Pour une fonction affine $f(x) = ax + b$:
> – si a est supérieur à 0, la fonction f est croissante ;
> – si a est inférieur à 0, la fonction f est décroissante.

• <u>Seconde méthode de justification</u>
L'image de 0 par f est $f(0) = -3 \times 0 + 1,5 = 1,5$.
La représentation graphique de f doit passer par le point $M(0 ; 1,5)$, donc seul le graphique B convient.

Sujet 15

Calcul littéral

Exercice : 12 points

ÉNONCÉ Équations, calcul littéral

On cherche à résoudre l'équation $(4x - 3)^2 - 9 = 0$.

1. Le nombre $\frac{3}{4}$ est-il solution de cette équation ? Et le nombre 0 ?
2. Prouver que, pour tout nombre x, $(4x - 3)^2 - 9 = 4x(4x - 6)$.
3. Déterminer les solutions de l'équation $(4x - 3)^2 - 9 = 0$.

CORRIGÉ

1. • Pour $x = \frac{3}{4}$, l'expression $(4x - 3)^2 - 9$ vaut :
$\left(4 \times \frac{3}{4} - 3\right)^2 - 9$, soit $0^2 - 9$ ou encore -9. Ce n'est pas 0.
$\frac{3}{4}$ n'est pas solution de l'équation $(4x - 3)^2 - 9 = 0$.
• Pour $x = 0$, l'expression $(4x - 3)^2 - 9$ vaut :
$(4 \times 0 - 3)^2 - 9$, soit $(-3)^2 - 9$ ou encore 0.
0 est solution de l'équation $(4x - 3)^2 - 9 = 0$.

$(-3)^2 = 9$

2. Pour tout nombre x, on a :
$(4x - 3)^2 - 9 = (4x - 3)^2 - 3^2 = [(4x - 3) + 3]\,[(4x - 3) - 3] = 4x(4x - 6)$.

$a^2 - b^2 = (a + b)(a - b)$

3. On veut résoudre l'équation $(4x - 3)^2 - 9 = 0$, soit aussi $4x(4x - 6) = 0$.
Si un produit de facteurs est nul, alors l'un au moins de ses facteurs est nul.
On a donc successivement :
$4x = 0$ ou $4x - 6 = 0$;
$x = 0 \div 4$ ou $4x = 6$;
$x = 0$ ou $x = 6 \div 4$.
Les solutions de l'équation sont 0 et 1,5.

Sujet 16

Équations

Exercice : 8 points

Nombres et calculs

ÉNONCÉ Équations, puissances de 10, identités remarquables

Dans cet exercice, pour chaque affirmation numérotée **1.** à **4.**, des réponses sont proposées. Une seule est exacte.
Écrire sur la copie pour chaque numéro la réponse correspondante.
Aucune justification n'est attendue.

	Question posée	Réponses proposées		
1.	Les solutions de l'équation $(4x + 5)(x - 3) = 0$ sont :	$\frac{-5}{4}$ et 3	$\frac{5}{4}$ et 3	$\frac{-5}{4}$ et -3
2.	$\frac{8 \times 10^3 \times 28 \times 10^{-2}}{14 \times 10^{-3}}$	16 000	0,16	$1{,}6 \times 10^5$
3.	Quelle est l'expression développée de $(3x + 5)^2$?	$9x^2 + 15x + 25$	$9x^2 + 25$	$9x^2 + 30x + 25$
4.	Quelle est l'expression factorisée de $16x^2 - 49$?	$(4x - 7)^2$	$(4x + 7)(4x - 7)$	$(16x + 7)(16x - 7)$

CORRIGÉ

1. $(4x + 5)(x - 3) = 0$ donne $4x + 5 = 0$ ou $x - 3 = 0$, soit $4x = -5$ et $x = 3$.
Les solutions sont $\frac{-5}{4}$ et 3.

2. $\frac{8 \times 10^3 \times 28 \times 10^{-2}}{14 \times 10^{-3}} = \frac{8 \times 2 \times 14}{14} \times 10^{3 + (-2) - (-3)} = 16 \times 10^4 = 1{,}6 \times 10^1 \times 10^4$
$= \mathbf{1{,}6 \times 10^5}$.

$10^m \times 10^n = 10^{m+n}$; $\frac{10^p}{10^q} = 10^{p-q}$; $10 = 10^1$

3. $(3x + 5)^2 = (3x)^2 + 2 \times 3x \times 5 + 5^2 = \mathbf{9x^2 + 30x + 25}$.

$$(a + b)^2 = a^2 + 2ab + b^2$$

4. $16x^2 - 49 = (4x)^2 - 7^2 = \mathbf{(4x + 7)(4x - 7)}$.

$$a^2 - b^2 = (a + b)(a - b)$$

Sujet 17

Équations

Exercice : 8 points

ÉNONCÉ Équations

Arthur vide sa tirelire et constate qu'il possède 21 billets.
Il a des billets de 5 € et des billets de 10 € pour une somme totale de 125 €.

Combien de billets de chaque sorte possède-t-il ?

Si le travail n'est pas terminé, laisser tout de même une trace de la recherche. Elle sera prise en compte dans l'évaluation.

CORRIGÉ

Soit x le nombre de billets de 5 €.
Arthur possède 21 billets, donc il possède $21 - x$ billets de 10 €.
Le montant en euros est $5x + 10\,(21 - x)$, mais aussi 125.
On a donc $5x + 10\,(21 - x) = 125$, ce qui donne successivement :
$5x + 210 - 10x = 125$;
$-5x = 125 - 210$;
$-5x = -85$
$x = -85 \div (-5)$;
$x = 17$.
On a aussi $21 - 17 = 4$.
Arthur possède 17 billets de 5 euros et 4 billets de 10 euros.

Sujet 18

Équations

Exercice : 10 points

ÉNONCÉ Équations

Pour la fête d'un village on organise une course cycliste. Une prime totale de 320 euros sera répartie entre les trois premiers coureurs.
Le premier touchera 70 euros de plus que le deuxième et le troisième touchera 80 euros de moins que le deuxième.

Déterminer la prime de chacun des trois premiers coureurs.

CORRIGÉ

Soit x le montant en euros perçu par le second. Le premier reçoit $x + 70$ et le troisième $x - 80$.
On veut $(x + 70) + x + (x - 80) = 320$, soit $3x - 10 = 320$.
On a successivement $3x = 320 + 10$; $3x = 330$; $x = 330 \div 3$; $x = 110$.
Le premier coureur reçoit 110 + 70, soit **180 euros**.
Le second coureur reçoit **110 euros**.
Le troisième coureur reçoit 110 – 80, soit **30 euros**.

Sujet 19

Inéquations

Exercice : 12 points

ÉNONCÉ Fractions, PGCD, inéquation, racines carrées

Cet exercice est un questionnaire à choix multiple (QCM). Pour chaque question, une seule réponse est exacte. Aucune justification n'est demandée.

Pour chacune des quatre questions, écrire sur la copie le numéro de la question et la lettre A, B ou C correspondant à la réponse choisie.

Questions	Réponses		
	A	**B**	**C**
1. $\left(\frac{2}{7}+\frac{3}{7}\right)\div\frac{1}{5}$	$\frac{1}{7}$	$\frac{25}{7}$	$\frac{17}{7}$
2. Le PGCD des nombres 84 et 133 est…	1	7	3
3. Les solutions de l'inéquation $-3x+5 \geqslant 9$ sont les nombres x tels que…	$x \leqslant \frac{-4}{3}$	$x = \frac{-4}{3}$	$x \geqslant \frac{4}{3}$

CORRIGÉ

1. $(\frac{2}{7}+\frac{3}{7})\div\frac{1}{5}=\frac{5}{7}\times\frac{5}{1}=\frac{25}{7}$: **réponse B**.

Diviser par une fraction $\frac{a}{b}$ revient à multiplier par son inverse $\frac{b}{a}$.

2. On utilise l'algorithme d'Euclide.

a	b	r
133	84	49
84	49	35
49	35	14
35	14	7
14	7	0

Le PGCD des nombres 84 et 133 est 7 : **réponse B**.

3. $-3x + 5 \geqslant 9$ donne successivement :

$-3x \geqslant 9 - 5$ en soustrayant 5 à chaque membre ;

$-3x \geqslant 4$;

$x \leqslant \frac{4}{-3}$ en divisant chaque membre par (-3).

Les solutions de l'inéquation $-3x + 5 \geqslant 9$ sont les nombres x tels que $x \leqslant \frac{-4}{3}$: **réponse A**.

Attention ! En divisant les deux membres d'une inégalité par un même nombre strictement négatif, il faut changer le sens de l'inégalité.

Sujet 20

Statistiques

Exercice : 20 points

ÉNONCÉ Lectures graphiques, pourcentages, diagramme

Les données et les questions de cet exercice concernent la France métropolitaine.

Document 1

En 2015, environ 4,7 % de la population française souffrait d'allergies alimentaires. En 2010, les personnes concernées par des allergies alimentaires étaient deux fois moins nombreuses qu'en 2015. En 1970, seulement 1 % de la population était concernée.

Source : Agence nationale de la sécurité sanitaire de l'alimentation, de l'environnement et du travail.

Document 2

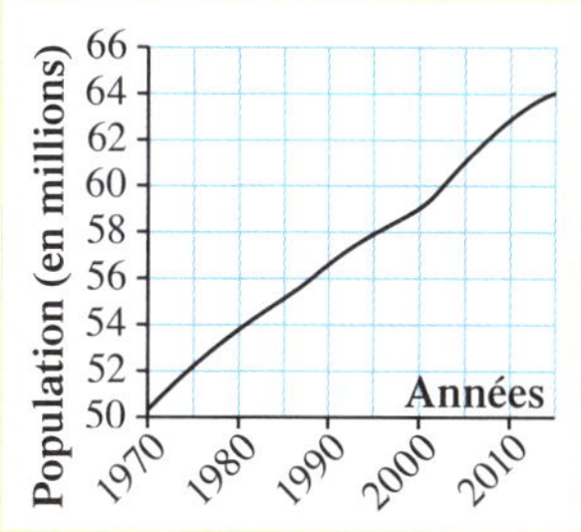

Partie 1

1. Déterminer une estimation du nombre de personnes, à 100 000 près, qui souffraient d'allergies alimentaires en France en 2010.

2. Est-il vrai qu'en 2015 il y avait environ 6 fois plus de personnes concernées qu'en 1970 ?

Partie 2

En 2015, dans un collège de 681 élèves, 32 élèves souffraient d'allergies alimentaires.

Le tableau suivant indique les types d'aliments auxquels ils réagissaient.

Aliments	Lait	Fruits	Arachides	Poisson	Œuf
Nombre d'élèves concernés	6	8	11	5	9

1. La proportion des élèves de ce collège souffrant d'allergies alimentaires est-elle supérieure à celle de la population française ?

2. Jawad est étonné : « J'ai additionné tous les nombres indiqués dans le tableau et j'ai obtenu 39 au lieu de 32. » Expliquer cette différence.

3. Lucas et Margot ont chacun commencé un diagramme pour représenter les allergies des 32 élèves de leur collège :

Diagramme de Lucas

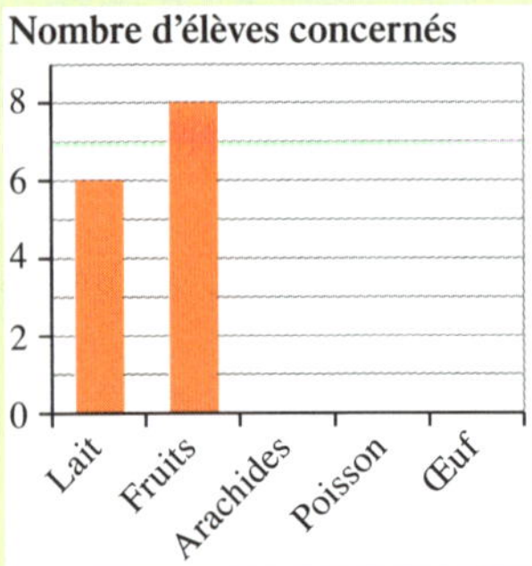

Diagramme de Margot

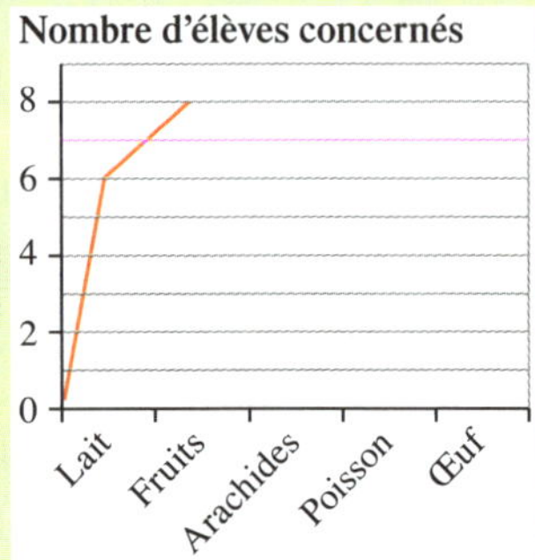

a) Qui de Lucas ou de Margot a fait le choix le mieux adapté à la situation ? Justifier la réponse.

b) Reproduire et terminer le diagramme choisi à la question **a**.

CORRIGÉ

Partie 1

1. En 2015, il y avait 64 millions de Français (document 2) dont 4,7 % souffraient d'allergies alimentaires (document 1).

64 000 000 × 4,7 ÷ 100 = 3 008 000.

3 008 000 personnes souffraient d'allergies alimentaires en 2015.

En 2010, elles étaient deux fois moins nombreuses.

3 008 000 ÷ 2 = 1 504 000.

À 100 000 près, **1,5 million de personnes souffraient d'allergies alimentaires en France en 2010.**

2. Il y avait environ 50 millions de Français en 1970 dont 1 % souffrait d'allergies alimentaires, ce qui représentait environ 0,5 million de personnes.

On a : 3 millions = 6 × 0,5 million.

Il est vrai qu'en 2015 il y avait environ 6 fois plus de personnes concernées qu'en 1970.

Partie 2

1. On a 32 ÷ 681 = 0,047 à 10^{-3} près. Environ 4,7 % des élèves de ce collège souffrent d'allergies alimentaires, **ce qui est semblable au pourcentage de la population française**.

2. La différence entre le 32 annoncé et le 39 compté par Jawad est due au fait que **certains élèves peuvent avoir plusieurs allergies et être comptabilisés plusieurs fois**.

3. a) Les données étant qualitatives, la représentation correcte est celle en bâtons/rectangles, donc **celle de Lucas**.

b)

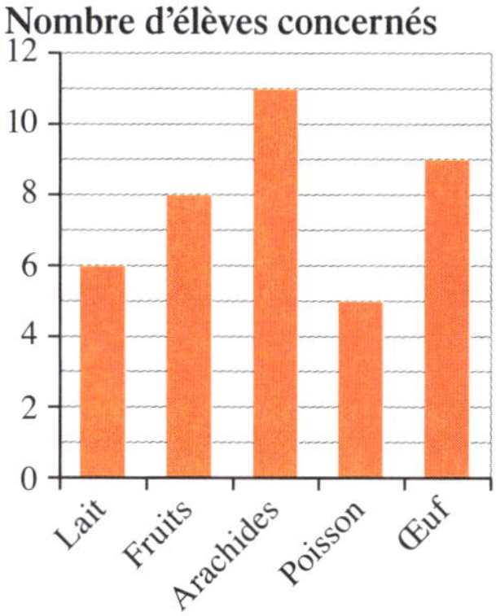

Sujet 21

Statistiques

Exercice : 16 points

ÉNONCÉ Tableur, moyenne, médiane

Document 1

Le surpoids est devenu un problème majeur de santé, celui-ci prédispose à beaucoup de maladies et diminue l'espérance de vie.
L'indice le plus couramment utilisé est celui de masse corporelle (IMC).

Document 2

L'IMC est une grandeur internationale permettant de déterminer la corpulence d'une personne adulte entre 18 ans et 65 ans.
Il se calcule avec la formule suivante : $\text{IMC} = \dfrac{\text{masse}}{\text{taille}^2}$ avec « masse » en kg et « taille » en m.

Normes :		
	$18{,}5 \leqslant \text{IMC} < 25$	Corpulence normale
	$25 \leqslant \text{IMC} < 30$	Surpoids
	$\text{IMC} \geqslant 30$	Obésité

1. Dans une entreprise, lors d'une visite médicale, un médecin calcule l'IMC de six des employés. Il utilise pour cela une feuille de tableur dont voici un extrait :

	A	B	C	D	E	F	G
1	Taille (en m)	1,69	1,72	1,75	1,78	1,86	1,88
2	Masse (en kg)	72	85	74	70	115	85
3	IMC (*)	25,2	28,7	24,2	22,1	33,2	24,0
4	(*) valeur approchée au dixième						

a) Combien d'employés sont en situation de surpoids ou d'obésité dans cette entreprise ?

b) Laquelle de ces formules a-t-on écrite dans la cellule B3, puis recopiée à droite, pour calculer l'IMC ?
Recopier la formule correcte sur la copie.

=72/1.69^2	=B1/(B2*B2)	=B2/(B1*B1)	=$B2/($B1*$B1)

2. Le médecin a fait le bilan de l'IMC de chacun des 41 employés de cette entreprise. Il a reporté les informations recueillies dans le tableau suivant dans lequel les IMC ont été arrondis à l'unité près.

IMC	20	22	23	24	25	29	30	33	**Total**
Effectif	9	12	6	8	2	1	1	2	**41**

a) Calculer une valeur approchée, arrondie à l'entier près, de l'IMC moyen des employés de cette entreprise.
b) Quel est l'IMC médian ? Interpréter ce résultat.
c) On lit sur certains magazines : « On estime qu'au moins 5 % de la population mondiale est en surpoids ou est obèse. » Est-ce le cas pour les employés de cette entreprise ?

CORRIGÉ

1. a) Parmi les six employés examinés, 3 ont un IMC supérieur ou égal à 25, donc **3 employés sont en surpoids ou obèses**.
b) Les formules =72/1.69^2 et =$B2/($B1*$B1) ne calculent que l'IMC de la première personne car elles sont inchangées par recopie.
La formule =B1/(B2*B2) correspond à taille/masse², ce qui n'a aucun sens.
La bonne formule est **=B2/(B1*B1)**.

2. a) On effectue une moyenne pondérée.

$$m = \frac{20 \times 9 + 22 \times 12 + 23 \times 6 + 24 \times 8 + 25 \times 2 + 29 \times 1 + 30 \times 1 + 33 \times 2}{41}$$

$$m = \frac{949}{41}.$$

À l'entier près, **l'IMC moyen est de 23**.
b) Il y a 41 valeurs, donc la médiane est la 21e valeur de la série ordonnée. Or 9 + 12 = 21, donc la 21e valeur de la série ordonnée est 22.
L'IMC médian est 22.
50 % au moins des personnes ont un IMC inférieur ou égal à 22 et 50 % au moins des personnes ont un IMC supérieur ou égal à 22.
c) Dans cette entreprise, le nombre de personnes en surpoids ou obèses est :
2 + 1 + 1 + 2, soit 6 personnes.
Cela représente 14,6 % $\left(\text{c'est-à-dire } \frac{6}{41}\right)$ de l'effectif.
Le personnel de cette entreprise correspond à l'affirmation du magazine qui indique « qu'*au moins 5 %* de la population mondiale est en surpoids ou est obèse ».

Sujet 22

Statistiques

Exercice : 16 points

ÉNONCÉ Statistiques, pourcentages

Un professeur de SVT demande aux 29 élèves d'une classe de sixième de faire germer des graines de blé chez eux.
Le professeur donne un protocole expérimental à suivre :
• mettre en culture sur du coton dans une boîte placée dans une pièce éclairée de température entre 20° et 25° ;
• arroser une fois par jour ;
• il est possible de couvrir les graines avec un film transparent pour éviter l'évaporation de l'eau.
Le tableau ci-dessous donne les tailles des plantules (petites plantes) des 29 élèves 10 jours après la mise en germination :

Taille en cm	0	8	12	14	16	17	18	19	20	21	22
Effectif	1	2	2	4	2	2	3	3	4	4	2

1. Combien de plantules ont une taille qui mesure au plus 12 cm ?
2. Donner l'étendue de cette série.
3. Calculer la moyenne de cette série. Arrondir au dixième près.
4. Déterminer la médiane de cette série et interpréter le résultat.
5. On considère qu'un élève a bien respecté le protocole si la taille de la plantule est supérieure ou égale à 14 cm.
Quel pourcentage des élèves de la classe a bien respecté le protocole ?
6. Le professeur a lui-même fait l'expérience en suivant le même protocole.
Il a relevé la taille obtenue à 10 jours de germination.
Prouver que, si on ajoute la donnée du professeur à cette série, la médiane ne changera pas.

CORRIGÉ

1. On a $1 + 2 + 2 = 5$.
5 plantules ont une taille qui mesure au plus 12 cm.

2. $22 - 0 = 22$. **L'étendue de la série est 22.**

L'étendue d'une série est la différence entre la plus grande valeur de la série et la plus petite.

3. On effectue une moyenne pondérée.

$$m = \frac{0 \times 1 + 8 \times 2 + 12 \times 2 + 14 \times 4 + 16 \times 2 + 17 \times 2 + 18 \times 3 + 19 \times 3 + 20 \times 4 + 21 \times 4 + 22 \times 2}{1 + 2 + 2 + 4 + 2 + 2 + 3 + 3 + 4 + 4 + 2}$$

$$= \frac{481}{29}$$

La taille moyenne des plantules est 16,6 cm.

4. On calcule les Effectifs Cumulés Croissants (E.C.C.)

Taille en cm	0	8	12	14	16	17	18	19	20	21	22
Effectif	1	2	2	4	2	2	3	3	4	4	2
E.C.C.	1	3	5	9	11	13	16	19	23	27	29

Il y a 29 valeurs donc la médiane est la 15e valeur de la série ordonnée. D'après les effectifs cumulés croissants, **cette médiane vaut 18**.

5. Le nombre d'élèves ayant une plantule de taille supérieure ou égale à 14 cm est 29 – 5, soit 24.

On a $24 : 29 \times 100 \approx 83$.

83 % des élèves de la classe ont bien respecté le protocole.

6. Si on ajoute la donnée du professeur (qui est supérieure ou égale) à 14, on a alors 30 données et la médiane sera alors la moyenne de la 15e et de la 16e valeur. Que la donnée du professeur soit comprise entre 14 et 18 ou supérieure à 18, les 15e et 16e valeurs seront des 18 et la médiane restera égale à 18.

Sujet 23

Statistiques

Exercice : 16 points

ÉNONCÉ **Durée, étendue, médiane, vitesse moyenne**

À l'issue de la 18e étape du Tour de France cycliste 2014, les coureurs ont parcouru 3 260,5 kilomètres depuis le départ.
Le classement général des 9 premiers coureurs est le suivant :

Classement	NOM Prénom	Pays d'origine	Temps de course de chaque coureur
1	NIBALI Vincenzo	Italie	80 h 45 min
2	PINOT Thibaut	France	80 h 52 min
3	PÉRAUD Jean-Christophe	France	80 h 53 min
4	VALVERDE Alejandro	Espagne	80 h 53 min
5	BARDET Romain	France	80 h 55 min
6	VAN GARDEREN Tejay	États-Unis	80 h 57 min
7	MOLLEMA Bauke	Pays-Bas	80 h 59 min
8	TEN DAM Laurens	Pays-Bas	81 h 00 min
9	KONIG Leopold	République Tchèque	81 h 00 min

1. Calculer la différence de temps de course entre Leopold Konig et Vincenzo Nibali.

2. On considère la série statistique des temps de course.

a) Que représente pour la série statistique la différence calculée à la question **1** ?

b) Quelle est la médiane de cette série statistique ? Vous expliquerez votre démarche.

c) Quelle est la vitesse moyenne en $km \cdot h^{-1}$ du premier français Thibaut Pinot ? Arrondir la réponse à l'unité.

CORRIGÉ

1. On a 81 h 00 min – 80 h 45 min = 80 h 60 min – 80 h 45 min = 15 min. Il y a **15 minutes** entre le temps de course de Leopold Konig et celui de Vincenzo Nibali.

1 h = 60 min

2. a) La différence calculée à la question 1 représente **l'étendue de la série statistique**.

b) Il y a 9 valeurs dans la série statistique. La médiane est la valeur centrale de la série, soit la cinquième valeur.

La médiane de la série vaut 80 h 55 min.

c) Le temps de course du premier Français est 80 h 53 min,

soit $\frac{80 \times 60}{60}$ h + $\frac{53}{60}$ h, ou encore $\frac{4\,853}{60}$ h.

On a $v = \frac{3\,260{,}5}{\frac{4\,853}{60}}$, soit environ 40,31.

La vitesse moyenne de Thibaut Pinot est 40 km.h^{-1} à l'unité près.

$$v = \frac{d}{t}$$

Il faut convertir les heures minutes en heures décimales pour effectuer une division par un temps.

Sujet 24

Statistiques

Exercice : 8 points

ÉNONCÉ Lecture de données, graphique, fréquence

Le tableau ci-contre a été construit en comptant les fréquences des 26 lettres de l'alphabet dans un texte français de 100 000 lettres composé de textes de Gustave Flaubert, de Jules Verne et de trois articles de l'*Encyclopedia Universalis*.

1. Quelles sont les cinq lettres les plus fréquentes ?

2. Représenter graphiquement la répartition des voyelles et des consonnes.

3. Si toutes les lettres avaient la même fréquence d'apparition, quelle serait cette fréquence ?

Lettre	Fréquence	Lettre	Fréquence
A	8,40 %	N	7,13 %
B	1,06 %	O	5,26 %
C	3,03%	P	3,01 %
D	4,18 %	Q	0,99 %
E	17,26 %	R	6,55 %
F	1,12 %	S	8,08 %
G	1,27 %	T	7,07 %
H	0,92 %	U	5,74 %
I	7,35 %	V	1,32 %
J	0,31 %	W	0,04 %
K	0,05 %	X	0,47 %
L	6,01 %	Y	0,30 %
M	2,96 %	Z	0,12 %

CORRIGÉ

1. Les cinq lettres les plus fréquentes sont le **E** (17,26 %), le **A** (8,40 %), le **S** (8,08 %), le **I** (7,35 %) et le **N** (7,13 %).

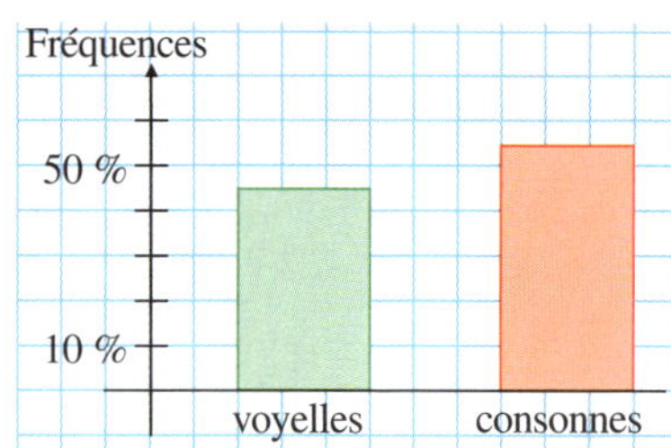

2. Le pourcentage des voyelles dans le tableau est : 8,40 % + 17,26 % + 7,35 % + 5,26 % + 5,74 % + 0,30 %, soit 44,31 %.
Le pourcentage des consonnes dans le tableau est donc : 100 % – 44,31 %, soit 55,69 %.

La somme des fréquences d'un partage vaut 100 %.

3. Si toutes les lettres avaient la même fréquence d'apparition, cette fréquence serait de **1 ÷ 26**, soit environ **3,85 %**.

Sujet 25

Statistiques

Exercice : 12 points

ÉNONCÉ **Moyenne, probabilité, étendue, médiane**

Les informations suivantes concernent les salaires des hommes et des femmes d'une même entreprise :

Salaires des femmes
1 200 € ; 1 230 € ; 1 250 € ; 1 310 € ; 1 370 € ; 1 400 € ; 1 440 € ; 1 500 € ; 1 700 € ; 2 100 €

Salaires des hommes
Effectif total : 20
Moyenne : 1 769 €
Étendue : 2 400 €
Médiane : 2 000 €
Les salaires des hommes sont tous différents.

1. Comparer le salaire moyen des hommes et celui des femmes.
2. On tire au sort une personne dans l'entreprise. Quelle est la probabilité que ce soit une femme ?
3. Le plus bas salaire de l'entreprise est de 1 000 €. Quel salaire est le plus élevé ?
4. Dans cette entreprise, combien de personnes gagnent plus de 2 000 € ?

CORRIGÉ

1. Le salaire moyen en euros des femmes est :

$$\frac{1\,200 + 1\,230 + 1\,250 + \ldots + 2\,100}{10} = \frac{14\,500}{10} = 1\,450.$$

Celui des hommes est de 1 769 euros.

Le salaire moyen des femmes est inférieur de 319 euros à celui des hommes.

2. Il y a 10 femmes dans l'entreprise parmi un effectif total de 10 + 20, soit de 30.

En choisissant une personne au hasard, la probabilité que ce soit une femme est $\frac{10}{30}$, soit $\mathbf{\frac{1}{3}}$.

3. Le plus bas salaire de 1 000 € est celui d'un homme. Comme l'étendue des salaires des hommes est de 2400 €, le plus fort salaire chez les hommes est 1 000 € + 2400 €, soit 3400 €. C'est plus que chez les femmes, donc **le salaire le plus élevé dans l'entreprise est de 3400 €**.

L'étendue d'une série est la différence entre la plus petite valeur et la plus grande valeur.

4. Chez les femmes, une seule gagne plus de 2000 €.
Chez les 20 hommes, tous les salaires sont différents et la médiane vaut 2000 €, donc la moitié des salaires des hommes (soit 10) dépasse 2000 €.
Dans l'entreprise, 11 personnes (1 femme et 10 hommes) gagnent plus de 2000 €.

Sujet 26

Statistiques

Exercice : 14 points

ÉNONCÉ **Moyenne, étendue, médiane**

Parmi les polluants de l'air, les particules fines sont régulièrement surveillées. Les PM10 sont les particules fines dont le diamètre est inférieur à 0,01 mm. En janvier 2017, les villes de Lyon et Grenoble ont connu un épisode de pollution aux particules fines.

Voici les données concernant la période du 16 au 25 janvier 2017 :

Données statistiques sur les concentrations journalières en PM 10 du 16 au 25 janvier 2017 à Lyon

– Moyenne : 72,5 µg/m^3

– Médiane : 83,5 µg/m^3

– Concentration minimale : 22 µg/m^3

– Concentration maximale : 107 µg/m^3

Données statistiques sur les concentrations journalières en PM10 du 16 au 25 janvier 2017 à Grenoble

Date	Concentration PM 10 en µg/m^3
16 janvier	32
17 janvier	39
18 janvier	52
19 janvier	57
20 janvier	78
21 janvier	63
22 janvier	60
23 janvier	82
24 janvier	82
25 janvier	89

Source : http://www.air-rhonealpes.fr

1. Laquelle de ces deux villes a eu la plus forte concentration moyenne en PM10 entre le 16 et le 25 janvier ?

2. Calculer l'étendue des relevés de PM10 à Lyon et à Grenoble. Laquelle de ces villes a eu l'étendue la plus importante ? Interpréter ce dernier résultat.

3. L'affirmation suivante est-elle exacte ? Justifier la réponse.
« Du 16 au 25 janvier, le seuil d'alerte de 80 µg/m^3 par jour a été dépassé au moins 5 fois à Lyon. »

CORRIGÉ

1. Pour Grenoble, la concentration moyenne est :

$$\frac{32 + 39 + 52 + 57 + 78 + 63 + 60 + 82 + 82 + 89}{10} = \frac{634}{10} = 63{,}4 \text{ en µg/m}^3.$$

Avec 72,5 µg/m^3, c'est donc à **Lyon** qu'il y a eu la plus forte concentration moyenne en PM10 entre le 16 et le 25 janvier.

2. Pour Lyon, l'étendue est 107 – 22 = 85.
Pour Grenoble, l'étendue est 89 – 32 = 57.
C'est à Lyon qu'il y a eu l'étendue la plus grande pour la série des relevés en PM10. Les concentrations journalières en PM 10 sont plus dispersées à Lyon qu'à Grenoble.

L'étendue d'une série statistique est la différence entre la plus grande valeur et la plus petite valeur de la série.

3. Comme la médiane à Lyon est de 83,5 au moins 50 % des 10 relevés, soit au moins 5 relevés sont supérieurs ou égaux à 83,5 µg/m^3, donc à 80 µg/m^3 qui correspond au niveau d'alerte.
L'affirmation est vraie.

50 % au moins des valeurs d'une série sont supérieures ou égales à la médiane de la série.

Sujet 27

Probabilités

Exercice : 12 points

ÉNONCÉ **Probabilités, multiples, nombres premiers**

Un sac contient 20 boules ayant chacune la même probabilité d'être tirée. Ces 20 boules sont numérotées de 1 à 20. On tire une boule au hasard dans le sac.

Tous les résultats seront donnés sous forme de fractions irréductibles.

1. Quelle est la probabilité de tirer la boule numérotée 13 ?
2. Quelle est la probabilité de tirer une boule portant un numéro pair ?
3. A-t-on plus de chances d'obtenir une boule portant un numéro multiple de 4 que d'obtenir une boule portant un numéro diviseur de 4 ?
4. Quelle est la probabilité de tirer une boule portant un numéro qui soit un nombre premier ?

CORRIGÉ

1. Les boules ont chacune la même probabilité d'être tirées. Il y a une seule boule numérotée 13 parmi les 20 boules. La probabilité de tirer la boule numérotée 13 est $\frac{1}{20}$, soit **0,05**.

2. Dix boules parmi les vingt ont un numéro pair. La probabilité de tirer une boule portant un numéro pair est $\frac{10}{20}$, soit **0,5**.

3. Les multiples de 4 sont 4, 8, 12, 16 et 20 alors que les diviseurs de 4 sont 1, 2 et 4.
Comme il y a plus de multiples de 4 que de diviseurs de 4, alors **on a plus de chances d'obtenir une boule portant un numéro multiple de 4 que d'obtenir une boule portant un numéro diviseur de 4.**

4. Il y a 8 nombres premiers inférieurs ou égaux à 20, donc la probabilité de tirer une boule portant un numéro qui soit un nombre premier est $\frac{8}{20}$, soit **0,4**.

Les nombres premiers jusqu'à 30 sont 2 – 3 – 5 – 7 – 11 – 13 – 17 – 19 – 23 – 29.

Sujet 28

Probabilités

Exercice : 12 points

ÉNONCÉ Probabilités, critères de divisibilité

Il y a dans une urne 12 boules indiscernables au toucher, numérotées de 1 à 12. On veut tirer une boule au hasard.

1. Est-il plus probable d'obtenir un numéro pair ou bien un multiple de 3 ?
2. Quelle est la probabilité d'obtenir un numéro inférieur à 20 ?
3. On enlève de l'urne toutes les boules dont le numéro est un diviseur de 6. On veut à nouveau tirer une boule au hasard.
Expliquer pourquoi la probabilité d'obtenir un numéro qui soit un nombre premier est alors 0,375.

CORRIGÉ

1. On choisit au hasard une boule parmi 12.
Il y a 6 boules avec un numéro pair (2 – 4 – 6 – 8 – 10 – 12) et seulement 4 boules avec un numéro multiple de 3 (3 – 6 – 9 – 12).
Il est plus probable d'obtenir un numéro pair qu'un multiple de 3.

2. Les numéros des boules étant tous inférieurs à 20, **obtenir un numéro inférieur à 20 est un événement certain de probabilité 1**.

3. Les diviseurs de 6 sont 1, 2, 3 et 6. En enlevant de l'urne toutes les boules dont le numéro est un diviseur de 6, il reste 8 boules. Parmi ces 8 boules, celles qui portent un nombre premier sont les boules numérotées 5, 7 et 11.

Les nombres premiers inférieurs à 30 sont :
2 – 3 – 5 – 7 – 11 – 13 – 17 – 19 – 23 – 29.

La probabilité d'obtenir un numéro qui soit un nombre premier est 3 ÷ 8, soit 0,375.

Sujet 29

Probabilités

Exercice : 10 points

ÉNONCÉ Probabilités

À l'entrée du garage à vélos du collège, un digicode commande l'ouverture de la porte.
Le code d'ouverture est composé d'une lettre A ; B ou C suivie d'un chiffre 1 ; 2 ou 3.

1. Quels sont les différents codes possibles ?

2. Aurélie compose au hasard le code A1.

a) Quelle probabilité a-t-elle d'obtenir le bon code ?

b) En tapant ce code A1, Aurélie s'est trompée à la fois de lettre et de chiffre.
Elle change donc ses choix.
Quelle probabilité a-t-elle de trouver le bon code à son deuxième essai ?

c) Justifier que si lors de ce deuxième essai, Aurélie ne se trompe que de lettre, elle est sûre de pouvoir ouvrir la porte lors d'un troisième essai.

CORRIGÉ

1. Les différents codes possibles sont : **A1, A2, A3, B1, B2, B3, C1, C2 et C3**.

2. a) Aurélie compose au hasard le code A1. Cela représente 1 code parmi les 9 codes possibles. La probabilité qu'elle a d'obtenir le bon code est $\mathbf{\frac{1}{9}}$.

b) En tapant ce code A1, Aurélie s'est trompée à la fois de lettre et de chiffre. Le bon code ne comporte ni la lettre A ni le chiffre 1. En changeant ses choix, il lui reste 4 choix possibles (B2, B3, C2 et C3), dont un est le bon code.
La probabilité qu'elle a de trouver le bon code à son deuxième essai est $\mathbf{\frac{1}{4}}$.

c) Si elle a le bon chiffre au second essai, comme elle n'avait plus que le choix entre deux lettres, il lui suffit donc de changer de lettre entre B et C au troisième essai pour avoir le bon code et elle est sûre de pouvoir ouvrir la porte lors de ce troisième essai.

Sujet 30

Probabilités

Exercice : 8 points

ÉNONCÉ **Probabilités**

Pour chacune des deux questions suivantes, plusieurs propositions de réponses sont faites. Une seule des propositions est exacte.
Aucune justification n'est demandée.

1. Alice participe à un jeu télévisé. Elle a devant elle trois portes fermées. Derrière l'une des portes, il y a une voiture ; derrière les autres, il n'y a rien. Alice doit choisir au hasard une de ces portes. Si elle choisit la porte derrière laquelle il y a la voiture, elle gagne cette voiture.
Alice choisit au hasard une porte. Quelle est la probabilité qu'elle gagne la voiture ?

a) $\frac{1}{2}$ **b)** $\frac{1}{3}$ **c)** $\frac{2}{3}$ **d)** On ne peut pas savoir.

2. S'il y a quatre portes au lieu de trois et toujours une seule voiture à gagner, comment évolue la probabilité qu'a Alice de gagner la voiture ?

a) Elle augmente. **b)** Elle diminue. **c)** Elle reste identique.
d) On ne peut pas savoir.

CORRIGÉ

1. Réponse b. Il y a trois portes et une seule porte permet de gagner donc, en choisissant au hasard, la probabilité de remporter la voiture est $\frac{1}{3}$.

2. Réponse b. S'il y a quatre portes au lieu de trois, alors la probabilité de gagner devient $\frac{1}{4}$. Comme on a $\frac{1}{4} < \frac{1}{3}$, la probabilité qu'a Alice de gagner la voiture diminue.

Sujet 31

Probabilités

Exercice : 12 points

ÉNONCÉ Probabilités

Pendant le remplissage d'une écluse, Jules et Paul, à bord de leur péniche, patientent en jouant aux dés. Ces dés sont équilibrés.

1. Est-ce que, lors du jet d'un dé, la probabilité d'obtenir un « 1 » est la même que celle d'obtenir un « 5 » ? Expliquer.

2. Jules lance en même temps un dé rouge et un dé jaune. Par exemple, il peut obtenir 3 au dé rouge et 4 au dé jaune, c'est l'une des issues possibles. Expliquer pourquoi le nombre d'issues possibles quand il lance ses deux dés est de 36.

3. Jules propose à Paul de jouer avec les deux dés (un jaune et un rouge). Il lui explique la règle :

- Le gagnant est le premier à remporter un total de 1 000 points.
- Si, lors d'un lancer, un joueur fait deux « 1 », c'est-à-dire une paire* de « 1 », il remporte 1 000 points (et donc la partie).
- Si un joueur obtient une paire de 2, il obtient 100 fois la valeur du 2, soit $2 \times 100 = 200$ points.
- De même, si un joueur obtient une paire de 3 ou de 4 ou de 5 ou de 6, il obtient 100 fois la valeur du dé, soit $3 \times 100 = 300$, ou...
- Si le joueur obtient un résultat autre qu'une paire (exemple 3 sur le dé jaune et 5 sur le dé rouge), il obtient 50 points.

* *On appelle paire de 1 quand on obtient deux 1, une paire de 2 quand on obtient deux 2...*

Paul a déjà fait deux lancers et il a obtenu 650 points.
Quelle est la probabilité qu'il gagne la partie à son troisième lancer ?
Dans cette question, si le travail n'est pas terminé, laisser tout de même sur la copie une trace de recherche. Elle sera prise en compte dans la notation.

CORRIGÉ

1. Chaque dé étant équilibré, chaque face à la même probabilité de sortir que les autres faces, donc **lors du jet d'un dé, la probabilité d'obtenir un « 1 » est la même que celle d'obtenir un « 5 »**.

2. Sur le dé rouge, il y a six faces donc six résultats possibles et pour chacun de ces six résultats, il y a six possibilités pour le dé jaune.
Le nombre d'issues possibles quand Jules lance ses deux dés est de $\mathbf{6 \times 6}$, soit de **36**.

3. Ayant déjà 650 points, pour atteindre les 1 000 points, Paul doit en marquer au moins 350. Or les seuls résultats possibles permettant de marquer au moins 350 points sont :
– paire de 1 (1 000 points) ;
– paire de 4 (400 points) ;
– paire de 5 (500 points) ;
– et paire de 6 (600 points).
Cela fait donc 4 cas parmi les 36 possibles.
La probabilité que Paul gagne au prochain lancer est $\frac{4}{36}$, soit $\mathbf{\frac{1}{9}}$.

Sujet 32

Probabilités

Exercice : 14 points

ÉNONCÉ Probabilités

Pour cet exercice, aucune justification n'est attendue.
En appuyant sur un bouton, on allume une des cases de la grille ci-contre au hasard.

1	2	3
4	5	6
7	8	9

1. a) Quelle est la probabilité que la case 1 s'allume ?

b) Quelle est la probabilité qu'une case marquée d'un chiffre impair s'allume ?

c) Pour cette expérience aléatoire, définir un événement qui aurait pour probabilité $\frac{1}{3}$.

2. Les cases 1 et 7 sont restées allumées. En appuyant sur un autre bouton, quelle est la probabilité que les trois cases allumées soient alignées ?

CORRIGÉ

1. a) On appuie au hasard sur l'un des neuf boutons et un seul bouton allume la lampe 1.
La probabilité que la case 1 s'allume est $\mathbf{\frac{1}{9}}$.

b) Parmi les neuf boutons, 5 correspondent à une case marquée par un chiffre impair (1, 3, 5, 7 ou 9).
La probabilité qu'une case marquée d'un chiffre impair s'allume est $\mathbf{\frac{5}{9}}$.

c) **L'événement « Allumer un bouton de la rangée du haut »** aurait pour probabilité $\frac{1}{3}$.

Remarque : **Tout événement correspondant à 3 cases du tableau** aurait pour probabilité $\frac{1}{3}$.

2. Les cases 1 et 7 sont restées allumées. Il reste 7 cases éteintes et seule la case 4 permet d'avoir trois cases allumées alignées. La probabilité, en appuyant sur un autre bouton, que les trois cases allumées soient alignées vaut $\mathbf{\frac{1}{7}}$.

Sujet 33

Probabilités

Exercice : 12 points

ÉNONCÉ Probabilités

Dans un jeu de société, les jetons sont des supports de format carré, de mêmes couleurs, sur lesquels une lettre de l'alphabet est inscrite. Le revers n'est pas identifiable.

Il y a 100 jetons. Le tableau ci-dessous donne le nombre de jetons du jeu pour chacune des voyelles :

Lettres du jeu	A	E	I	O	U	Y
Effectif	9	15	8	6	6	1

On choisit au hasard une lettre de ce jeu.

1. Quelle est la probabilité d'obtenir la lettre I ?
2. Quelle est la probabilité d'obtenir une voyelle ?
3. Quelle est la probabilité d'obtenir une consonne ?

CORRIGÉ

1. Il y a 8 lettres I parmi les 100 lettres du jeu.
La probabilité d'obtenir la lettre I est **8 ÷ 100**, soit **0,08**.

2. On a : 9 + 15 + 8 + 6 + 6 + 1 = 45.
Il y a 45 voyelles parmi les 100 lettres du jeu.
La probabilité d'obtenir une voyelle est **45 ÷ 100**, soit **0,45**.

3. « obtenir une consonne » est l'événement contraire de « obtenir une voyelle ».
La probabilité d'obtenir une consonne est **1 – 0,45**, soit **0,55**.

p(non A) = 1 – p(A)

Sujet 34

Probabilité

Exercice : 13 points

ÉNONCÉ Probabilité, nombre premier

On considère un jeu composé d'un plateau tournant et d'une boule. Représenté ci-contre, ce plateau comporte 13 cases numérotées de 0 à 12.

On lance la boule sur le plateau. La boule finit par s'arrêter au hasard sur une case numérotée.

La boule a la même probabilité de s'arrêter sur chaque case.

1. Quelle est la probabilité que la boule s'arrête sur la case numérotée 8 ?

2. Quelle est la probabilité que le numéro de la case sur laquelle la boule s'arrête soit un nombre impair ?

3. Quelle est la probabilité que le numéro de la case sur laquelle la boule s'arrête soit un nombre premier ?

4. Lors des deux derniers lancers, la boule s'est arrêtée à chaque fois sur la case numérotée 9. A-t-on maintenant plus de chances que la boule s'arrête sur la case numérotée 9 plutôt que sur la case numérotée 7 ? Argumenter à l'aide d'un calcul de probabilités.

CORRIGÉ

1. La boule s'arrêtant au hasard sur l'une des 13 cases, **la probabilité que la boule s'arrête sur la case numérotée 8 est $\frac{1}{13}$**.

2. Il y a 6 numéros impairs (1 – 3 – 5 – 7 – 9 – 11) parmi les 13 numéros de la roue.

La probabilité que le numéro de la case sur laquelle la boule s'arrête soit un nombre impair est $\frac{6}{13}$.

3. Il y a 5 nombres premiers (2 – 3 – 5 – 7 – 11) parmi les 13 numéros de la roue. La probabilité que le numéro de la case sur laquelle la boule s'arrête soit un nombre premier est $\frac{\mathbf{5}}{\mathbf{13}}$.

La liste des nombres premiers commence par :
2 – 3 – 5 – 7 – 11 – 13 – 17 – 19 – 23 – 29

4. Les résultats sont indépendants les uns des autres.
Même si la boule s'est arrêtée deux fois de suite sur la case numérotée 9, au lancer suivant, on a **la même probabilité $\frac{1}{13}$ que la boule s'arrête sur la case numéro 9 que sur la case numérotée 7**.

Sujet 35

Probabilité

Exercice : 15 points

ÉNONCÉ **Probabilité, nombre premier**

Deux urnes contiennent des boules numérotées indiscernables au toucher.
Le schéma ci-contre représente le contenu de chacune des urnes.
On forme un nombre entier à deux chiffres en tirant au hasard une boule dans chaque urne :

Urne *D* **Urne *U***

– le chiffre des dizaines est le numéro de la boule issue de l'urne *D* ;
– le chiffre des unités est le numéro de la boule issue de l'urne *U*.

Exemple : en tirant la boule 1 de l'urne *D* et ensuite la boule 5 de l'urne *U*, on forme le nombre 15.

1. A-t-on plus de chance de former un nombre pair que de former un nombre impair ?

2. a) Sans justifier, indiquer les nombres premiers qu'on peut former lors de cette expérience.
b) Montrer que la probabilité de former un nombre premier est égale à $\frac{1}{6}$.

3. Définir un évènement dont la probabilité de réalisation est égale à $\frac{1}{3}$.

CORRIGÉ

1. Il y a autant de chiffres pairs (2 et 6) que de chiffres impairs (3 et 5) dans l'urne *U* pour former le chiffre des unités. Tirant au hasard, **il y a la même probabilité 0,5 de former un nombre pair que de former un nombre impair.**

2. a) Les nombres premiers qu'on peut former sont **13** et **23**.

La liste des nombres premiers commence par :
2 – 3 – 5 – 7 – 11 – 13 – 17 – 19 – 23 – 29 – 31 – 37

b) Il y a 3 possibilités pour le chiffre des dizaines pioché dans l'urne *D* et 4 possibilités pour le chiffre des unités pioché dans l'urne *U*.

On peut donc former 12 nombres. Parmi eux, 2 nombres sont des nombres premiers. **La probabilité de former un nombre premier est $\frac{2}{12} = \frac{1}{6}$.**

3. Un événement dont la probabilité est $\frac{1}{3}$ est « **former un nombre supérieur à 30** » car il a 4 nombres supérieurs à 30 parmi les 12 nombres qu'on peut former.

Tout évènement comportant 4 issues possibles convient comme par exemple « former un nombre dont l'écriture ne comporte que les chiffres 2 ou/et 3 ».

Sujet 36

Probabilité

Exercice : 12 points

ÉNONCÉ Probabilité

Dans son lecteur audio, Théo a téléchargé 375 morceaux de musique. Parmi eux, il y a 125 morceaux de rap. Il appuie sur la touche « lecture aléatoire » qui lui permet d'écouter un morceau choisi au hasard parmi tous les morceaux disponibles.

1. Quelle est la probabilité qu'il écoute du rap ?

2. La probabilité qu'il écoute du rock est égale à $\frac{7}{15}$.
Combien Théo a-t-il de morceaux de rock dans son lecteur audio ?

3. Alice possède 40 % de morceaux de rock dans son lecteur audio.
Si Théo et Alice appuient tous les deux sur la touche « lecture aléatoire » de leur lecteur audio, lequel a le plus de chances d'écouter un morceau de rock ?

CORRIGÉ

1. Les morceaux étant écoutés au hasard, il y a équiprobabilité.
Comme il y a 125 morceaux de rap parmi les 375 morceaux, **la probabilité que Théo écoute du rap est** $\mathbf{\frac{125}{375} = \frac{25 \times 5}{25 \times 15} = \frac{1}{3}}$.

2. Soit x le nombre de morceaux de rock. La probabilité d'écouter du rock étant $\frac{7}{15}$, on a $\frac{x}{375} = \frac{7}{15}$, ce qui donne $x = \frac{7}{15} \times 375 = 175$.
Il y a 175 morceaux de rock dans son lecteur audio.

3. On a $\frac{7}{15} \approx 0{,}47$, donc Théo possède environ 47 % de morceaux de rock donc **c'est Théo qui a le plus de chances d'**écouter un morceau de rock.

Sujet 37

Fonctions et lectures graphiques

Exercice : 16 points

ÉNONCÉ Volume, lectures graphiques

On dispose d'un carré de métal de 40 cm de côté. Pour fabriquer une boîte parallélépipédique, on enlève à chaque coin un carré de côté x et on relève les bords par pliage.

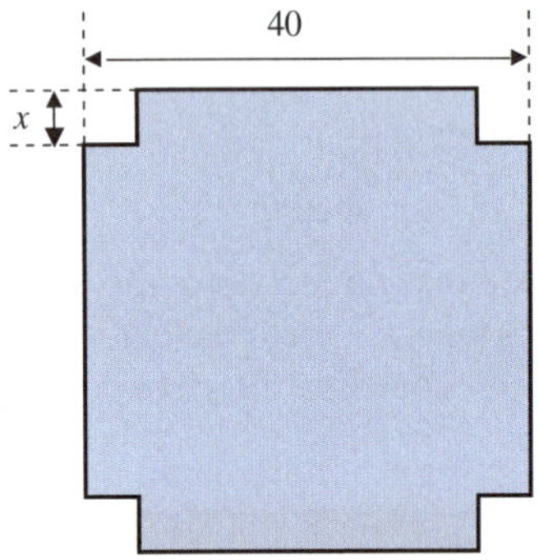

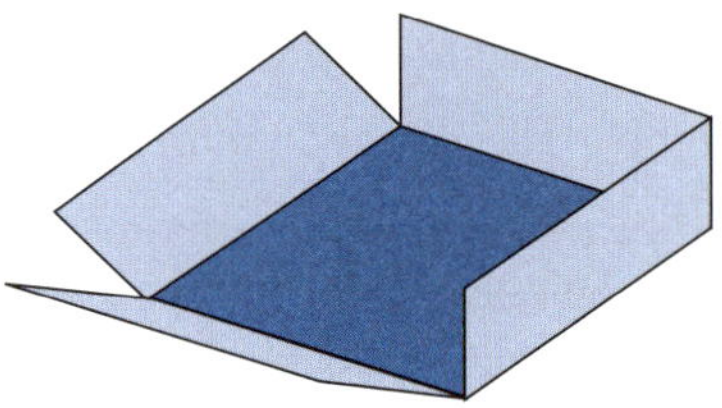

1. Quelles sont les valeurs possibles de x ?
2. On donne $x = 5$ cm. Calculer le volume de la boîte.
3. Le graphique suivant donne le volume de la boîte en fonction de la longueur x.

On répondra aux questions à l'aide du graphique.
a) Pour quelle valeur de x, le volume de la boîte est-il maximum ?
b) On souhaite que le volume de la boîte soit de 2 000 cm^3.
Quelles sont les valeurs possibles de x ?

CORRIGÉ

1. x représentant une longueur, c'est un nombre positif.
De plus, x doit être plus petit que la moitié du côté de la plaque, donc plus petit que 20.
Les valeurs possibles de x sont **les nombres compris entre 0 et 20**.

2. Si $x = 5$ cm, le côté du fond de la boîte mesure $40 - 2 \times 5$, soit 30.
On a alors : V = aire du fond × hauteur = $30 \times 30 \times 5 = 4\,500$.
Si $x = 5$ cm, le volume de la boîte est **4 500 cm^3**.

Pour un parallélépipède rectangle, on a : V = aire de base × hauteur.

3.

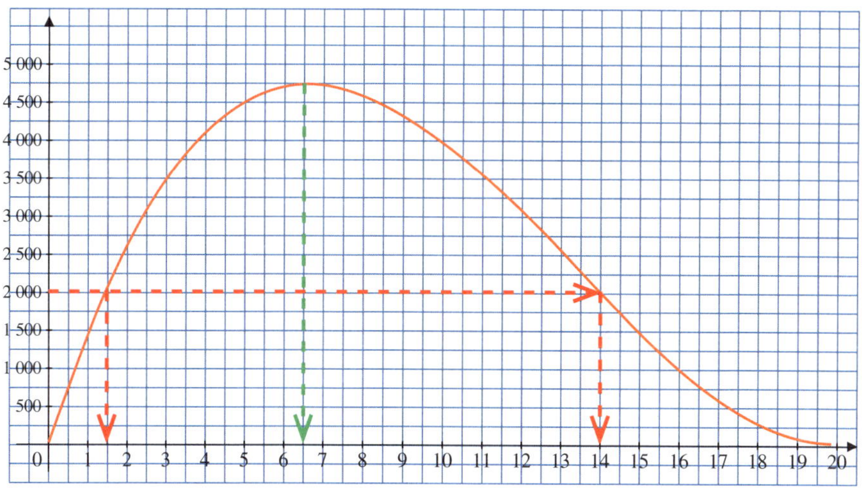

a) Le volume de la boîte est maximum pour x **= 6,5 cm**.
b) Pour que le volume de la boîte soit de 2 000 cm^3, il faut que x soit égal à environ **1,5 ou 14 cm**.

Sujet 38

Fonctions et lectures graphiques

Exercice : 16 points

ÉNONCÉ Fonctions linéaires, lectures graphiques, inéquations

Dans un magasin, une recharge pour adoucisseur d'eau coûte 15 €. Sur un site internet, cette même recharge coûte 10 €, avec des frais de livraison fixes de 40 € quel que soit le nombre de recharges achetées.

1. Reproduire et compléter le tableau suivant :

Nombre de recharges achetées	2	5	11	14
Prix à payer en magasin en euros		75		
Prix à payer par internet en euros		90		

2. Le nombre de recharges achetées est noté x.

a) On note P_A le prix à payer pour l'achat de x recharges en magasin. Exprimer P_A en fonction de x.

b) On note P_B le prix à payer, en comptant la livraison, pour l'achat de x recharges par Internet. Exprimer P_B en fonction de x.

3. Dans un repère orthogonal, avec 1 cm pour une unité en abscisse et 1 cm pour 20 unités en ordonnée, tracer les droites d et d' définies par :

– d représente la fonction $x \mapsto 15x$;

– d' représente la fonction $x \mapsto 10x + 40$.

4. En utilisant le graphique précédent :

a) déterminer le prix le plus avantageux pour l'achat de 6 recharges. Vous laisserez apparents les traits de construction.

b) Sonia dispose de 80 euros pour acheter des recharges. Est-il plus avantageux pour elle d'acheter des recharges en magasin ou sur internet ? Vous laisserez apparents les traits de construction.

5. À partir de quel nombre de recharges le prix sur internet est-il inférieur ou égal à celui du magasin ? Expliquer la réponse.

CORRIGÉ

1.

Nombre de recharges achetées	2	5	11	14
Prix à payer en magasin en euros	**30**	75	**165**	**210**
Prix à payer par internet en euros	**60**	90	**150**	**180**

2. a) En payant 15 euros par recharge, on a $\boldsymbol{P_A = 15x}$.
b) En payant 10 euros par recharge et 40 euros pour les frais fixes, on a $\boldsymbol{P_B = 11x + 40}$.

3. *d* représente la fonction P_A :
$x \mapsto 15x$ qui est linéaire.
$O(0\ ;\ 0)$ est sur *d*.
$P_A(14) = 210$, donc $A(14\ ;\ 210)$ est sur *d*.
d' représente la fonction P_B :
$x \mapsto 10x + 40$ qui est affine.
$P_B(14) = 180$, donc $B(14\ ;\ 180)$ est sur *d'*.
$P_B(2) = 60$, donc $C(2\ ;\ 60)$ est sur *d'*.

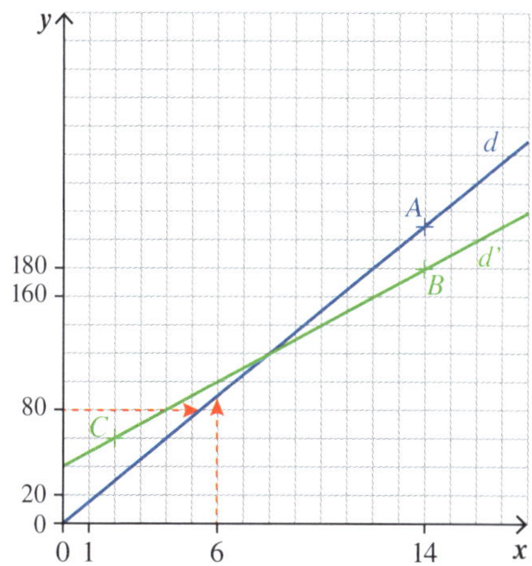

4. a) On lit sur le graphique que, **pour 6 recharges achetées, le prix le plus avantageux est celui en magasin**.
b) On lit sur le graphique que, **avec 80 euros, on achète plus de recharges en magasin**.

5. Soit x le nombre de recharges achetées.
On veut $P_B \leqslant P_A$ soit $10x + 40 \leqslant 15x$.
On a $40 \leqslant 15x - 10x$, soit $40 \leqslant 5x$.
On obtient $40 \div 5 \leqslant x$.
À partir de 8 recharges achetées, le prix sur internet est inférieur ou égal à celui du magasin.

Sujet 39

Fonctions et lectures graphiques

Exercice : 12 points

ÉNONCÉ — Vitesse, lecture graphique

On étudie plus précisément le remplissage d'une écluse pour faire passer une péniche de l'amont vers l'aval.

Principe : Il s'agit de faire monter le niveau de l'eau de l'écluse jusqu'au niveau du canal en amont afin que l'on puisse faire passer la péniche dans l'écluse. Ensuite l'écluse se vide et le niveau descend à celui du canal en aval. La péniche peut alors sortir de l'écluse et poursuivre dans le canal en aval.

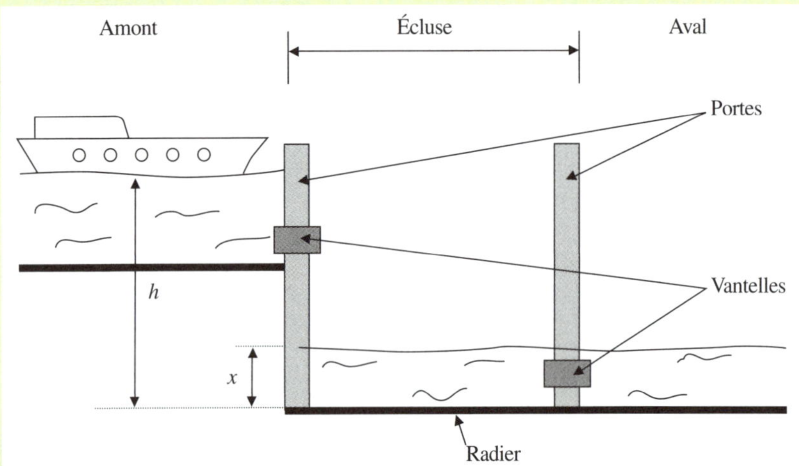

Toutes les mesures de longueur sont exprimées en mètre.

On notera h la hauteur du niveau de l'eau en amont et x la hauteur du niveau de l'eau dans l'écluse.

Ces hauteurs sont mesurées à partir du radier (fond) de l'écluse (voir schéma ci-dessus).

Lorsque la péniche se présente à l'écluse, on a $h = 4{,}3$ m et $x = 1{,}8$ m.

La vitesse de l'eau s'écoulant par la vantelle (vanne) est donnée par la formule suivante :

$v = \sqrt{2g(h-x)}$

où $g = 9{,}81$ (accélération en mètre par seconde au carré noté m.s^{-2})

et v est la vitesse (en mètre par seconde noté m.s^{-1}).

1. Calculer l'arrondi à l'unité de la vitesse de l'eau s'écoulant par la vantelle à l'instant de son ouverture. *(On considère l'ouverture comme étant instantanée.)*

2. Pour quelle valeur de x, la vitesse d'écoulement de l'eau sera-t-elle nulle ?

Qu'en déduit-on pour le niveau de l'eau dans l'écluse dans ce cas ?

3. Le graphique ci-contre représente la vitesse de l'écoulement de l'eau par la vantelle en fonction du niveau x de l'eau dans l'écluse.

Déterminer, par lecture graphique, la vitesse d'écoulement lorsque la hauteur de l'eau dans l'écluse est de 3,4 m.

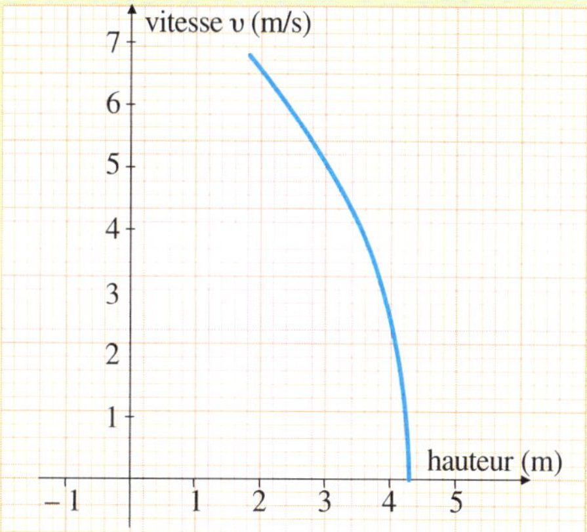

CORRIGÉ

1. Avec $g = 9{,}81$, $h = 4{,}3$ et $x = 1{,}8$, la formule $v = \sqrt{2g(h-x)}$ donne :
$v = \sqrt{2 \times 9{,}81 \times (4{,}3 - 1{,}8)}$, soit environ 7,00.
Arrondie à l'unité, **la vitesse d'écoulement de l'eau par la vantelle à l'instant de l'ouverture est de 7 m.s^{-1}**.

2. Pour que la formule $v = \sqrt{2g(h-x)}$ donne un résultat nul, il faut que le facteur $h - x$ soit nul, c'est-à-dire que $h = x$.
La vitesse d'écoulement de l'eau sera nulle **quand $x = 4{,}3$**. On en déduit que le niveau de l'eau dans l'écluse sera égal à celui de l'eau dans la partie amont.

3. Graphiquement, le point de la courbe d'abscisse 3,4 a pour ordonnée 4,2. La vitesse d'écoulement lorsque la hauteur de l'eau dans l'écluse est de 3,4 m est de **4,2 m.s^{-1}**.

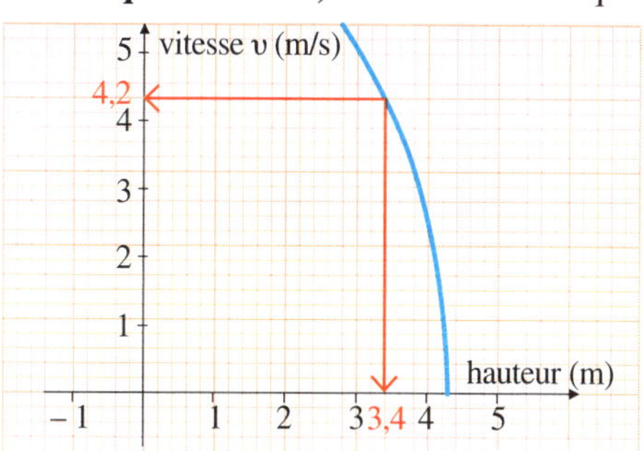

Sujet 40

Fonctions et lectures graphiques

Exercice : 20 points

ÉNONCÉ Conversion température, fonctions affines, équations

Il existe différentes unités de mesure de la température. En France, on utilise le degré Celsius (°C), aux États-Unis on utilise le degré Fahrenheit (°F).

Voici deux représentations de cette correspondance :

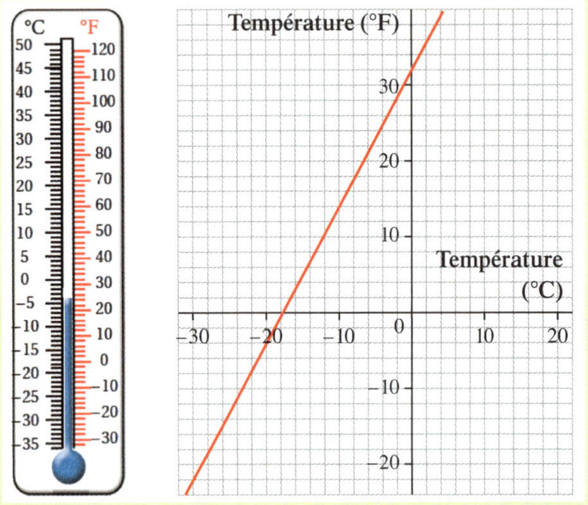

1. En vous appuyant sur les représentations précédentes, déterminer s'il y a proportionnalité entre la température en degré Celsius et la température en degré Fahrenheit. Justifier la réponse.

2. Soit f la fonction qui, à une température x en degré Celsius, associe la température $f(x)$ en degré Fahrenheit correspondante. On propose trois expressions de $f(x)$:

Proposition 1	Proposition 2	Proposition 3
$f(x) = x + 32$	$f(x) = 1{,}8x + 32$	$f(x) = 2x + 30$

L'une des trois propositions est correcte. Un élève affirme : « Les propositions 1 et 3 ne peuvent pas être correctes. C'est donc la proposition 2 qui convient. » Justifier cette affirmation.

3. On considère la fonction f définie par $f(x) = 1,8x + 32$.
a) Calculer $f(37)$.
b) Le corps humain a une température normale de 37° Celsius.
À quelle température en Fahrenheit cela correspond-il ?
4. Un Européen en voyage aux USA tombe malade.
Le médecin américain lui annonce une température de 104°. À quelle température européenne cela correspond-il ?

CORRIGÉ

1. Comme la représentation graphique n'est pas une droite passant par l'origine du repère, **il n'y a pas proportionnalité entre la température en degré Celsius et la température en degré Fahrenheit.**

2. On lit sur le thermomètre qu'une température de 45° Celsius correspond à environ 112° Fahrenheit.
Avec la proposition 1, on a $f(45) = 45 + 32 = 77$, donc la proposition 1 n'est pas correcte.
Avec la proposition 3, on a $f(45) = 2 \times 45 + 30 = 120$, donc la proposition 3 n'est pas correcte.
Comme il y a une proposition correcte, c'est donc la proposition 2.
L'affirmation « Les propositions 1 et 3 ne peuvent pas être correctes. C'est donc la proposition 2 qui convient. » est donc juste.

3. a) Avec $f(x) = 1,8x + 32$, on a $f(37) = 1,8 \times 37 + 32 =$ **98,6**.
b) Le corps humain a une température normale de 37° Celsius, soit **98,6° Fahrenheit**.

4. On cherche x tel que $f(x) = 104$, ce qui donne successivement :
$1,8x + 32 = 104$; $1,8x = 104 - 32$; $1,8x = 72$; $x = 72 \div 1,8$; $x = 40$.
La température de 104° Fahrenheit du malade correspond à **40° Celsius**.

Sujet 41

Fonctions et lectures graphiques

Exercice : 8 points

ÉNONCÉ Fonctions, image, antécédent

On considère la fonction f définie par : $f(x) = -5x + 1$.

1. Calculer l'image de -3 par f.
2. Calculer l'antécédent de 4 par f.

CORRIGÉ

1. $f(-3) = -5 \times (-3) + 1 = 15 + 1 = 16$
L'image de – 3 par *f* est 16.

2. On résout $f(x) = 4$.
On a successivement :
$-5x + 1 = 4$;
$-5x = 4 - 1$;
$-5x = 3$;
$x = 3 \div (-5)$;
$x = -0{,}6$.
L'antécédent de 4 par *f* est – 0,6.

Un antécédent d'un nombre k par une fonction f est une solution de l'équation $f(x) = k$.

Sujet 42

Fonctions et lectures graphiques

Exercice : 12 points

ÉNONCÉ **Lectures graphiques**

Avec un logiciel :
– on a construit un carré $ABCD$, de côté 4 cm ;
– on a placé un point M mobile sur $[AB]$ et construit le carré $MNPQ$ comme visualisé sur la copie d'écran ci-contre ;
– on a représenté l'aire du carré $MNPQ$ en fonction de la longueur AM.

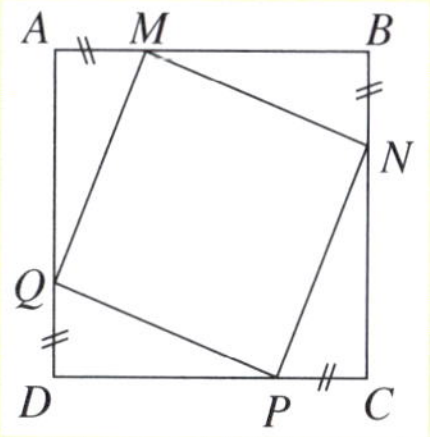

On a obtenu le graphique ci-après.

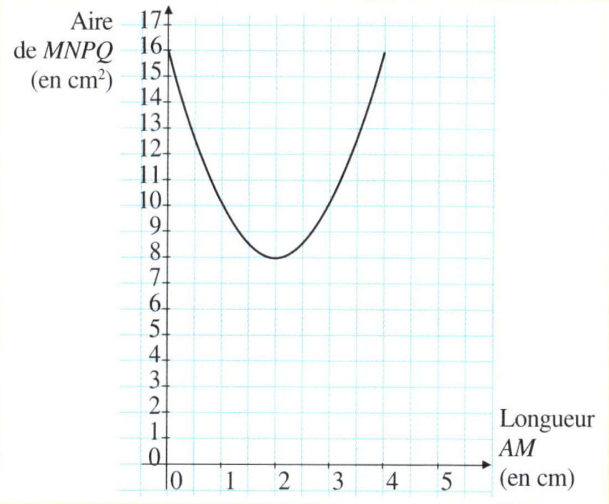

En utilisant ce graphique répondre aux questions suivantes. *Aucune justification n'est attendue.*

1. Déterminer pour quelle(s) valeur(s) de AM, l'aire de $MNPQ$ est égale à 10 cm².

2. Déterminer l'aire de $MNPQ$ lorsque AM est égale à 0,5 cm.

3. Pour quelle valeur de AM l'aire de $MNPQ$ est-elle minimale ? Quelle est alors cette aire ?

CORRIGÉ

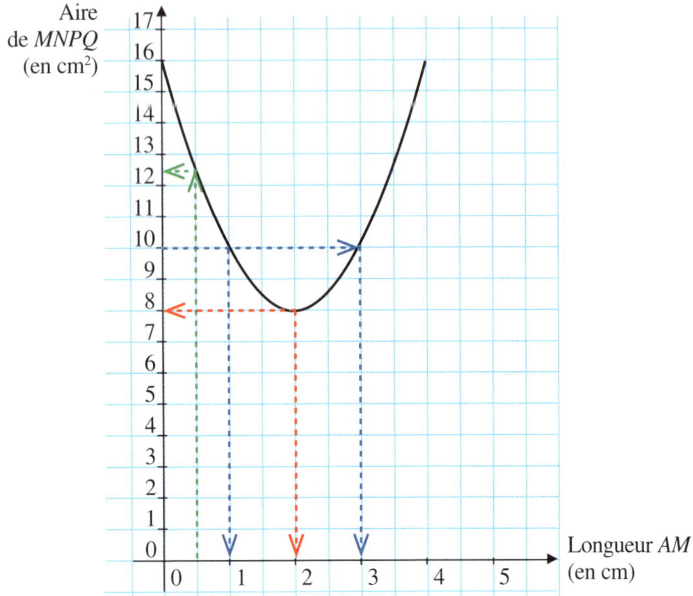

1. L'aire de *MNPQ* est égale à 10 cm² si *AM* vaut **1 cm ou 3 cm**.

2. Lorsque *AM* est égale à 0,5 cm, l'aire de *MNPQ* vaut **12,5 cm²**.

3. L'aire de *MNPQ* est minimale si *AM* vaut **2 cm**. Cette aire minimale vaut **8 cm²**.

Sujet 43

Fonctions et lectures graphiques

Exercice : 12 points

ÉNONCÉ **Fonctions, image, tableur**

On a utilisé un tableur pour calculer les images de différentes valeurs de x par une fonction affine f et par une autre fonction g. Une copie de l'écran obtenu est donnée ci-dessous.

C2			fx	=- 5*C1+7				
	A	B	C	D	E	F	G	H
1	*x*	- 3	- 2	- 1	0	1	- 2	3
2	*f(x)*	22	17	12	7	2	- 3	- 8
3	*g(x)*	13	8	5	4	5	8	13
4								

1. Quelle est l'image de – 3 par f ?
2. Calculer $f(7)$.
3. Donner l'expression de $f(x)$.
4. On sait que $g(x) = x^2 + 4$. Une formule a été saisie dans la cellule B3 et recopiée ensuite vers la droite pour compléter la plage de cellules C3: H3. Quelle est cette formule ?

CORRIGÉ

1. L'image de – 3 par f est **22**, contenu de la cellule B2.

2. $f(7) = -5 \times 7 + 7 = \mathbf{-28}$.

3. On a aussi $f(x) = \mathbf{-5x + 7}$.

4. Dans B3, on a saisi la formule **=B1*B1+4**.

Sujet 44

Fonctions et lectures graphiques

Exercice : 15 points

ÉNONCÉ Lecture graphique

Chris fait une course à vélo tout terrain (VTT). Le graphique ci-dessous représente sa fréquence cardiaque (en battements par minute) en fonction du temps lors de la course.

1. Quelle est la fréquence cardiaque de Chris au départ de sa course ?

2. Quel est le maximum de la fréquence cardiaque atteinte par Chris au cours de sa course ?

3. Chris est parti à 9 h 33 de chez lui et termine sa course à 10 h 26.
Quelle a été la durée en minutes de sa course ?

4. Chris a parcouru 11 km lors de cette course.
Montrer que sa vitesse moyenne est d'environ 12,5 km/h.

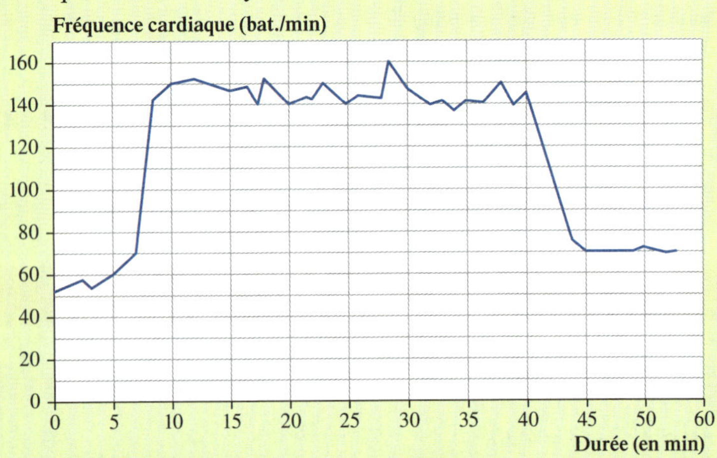

5. On appelle FCM (Fréquence Cardiaque Maximale) la fréquence maximale que peut supporter l'organisme. Celle de Chris est FCM = 190 battements par minute.

En effectuant des recherches sur des sites internet spécialisés, il a trouvé le tableau suivant :

Effort	léger	soutenu	tempo	seuil anaérobie
Fréquence cardiaque mesurée	Inférieur à 70 % de la FCM	70 à 85 % de la FCM	85 à 92 % de la FCM	92 à 97 % de la FCM

Estimer la durée de la période pendant laquelle Chris a fourni un effort soutenu au cours de sa course.

CORRIGÉ

1. La fréquence cardiaque de Chris au départ de sa course est de **52 battements par minute**.

2. Le maximum de la fréquence cardiaque atteinte par Chris au cours de sa course est **160 battements par minute**.

3. On calcule 10 h 26 min – 9 h 33 min = 9 h 86 min – 9 h 33 min = 53 min
La durée de la course est de 53 minutes.

1 h = 60 min

4. On a $v = \frac{d}{t} = \frac{11 \text{ km}}{53 \text{ min}} = \frac{11 \text{ km}}{\frac{53}{60} \text{ h}} = 11 \times \frac{60}{53}$ km/h.
La vitesse moyenne est d'environ 12,5 km/h.

5. On a 70 % de 190 = 0,7 × 190 = 133
et 85 % de 190 = 0,85 × 190 = 161,5.
La fréquence cardiaque est restée entre 133 et 161,5 pour t compris entre 8 et 41, soit pendant (41 – 8) minutes.
La période pendant laquelle Chris a fourni un effort soutenu au cours de sa course a duré 33 minutes.

Sujet 45

Fonctions et lectures graphiques

Exercice : 16 points

ÉNONCÉ **Lecture graphique, calcul de vitesse**

Le « *hand-spinner* » est une sorte de toupie plate qui tourne sur elle-même.

On donne au « *hand-spinner* » une vitesse de rotation initiale au temps $t = 0$, puis, au cours du temps, sa vitesse de rotation diminue jusqu'à l'arrêt complet du « *hand-spinner* ».

Sa vitesse de rotation est alors égale à 0.

Grâce à un appareil de mesure, on a relevé la vitesse de rotation exprimée en nombre de tours par seconde.

Sur le graphique ci-dessous, on a représenté cette vitesse en fonction du temps exprimé en seconde :

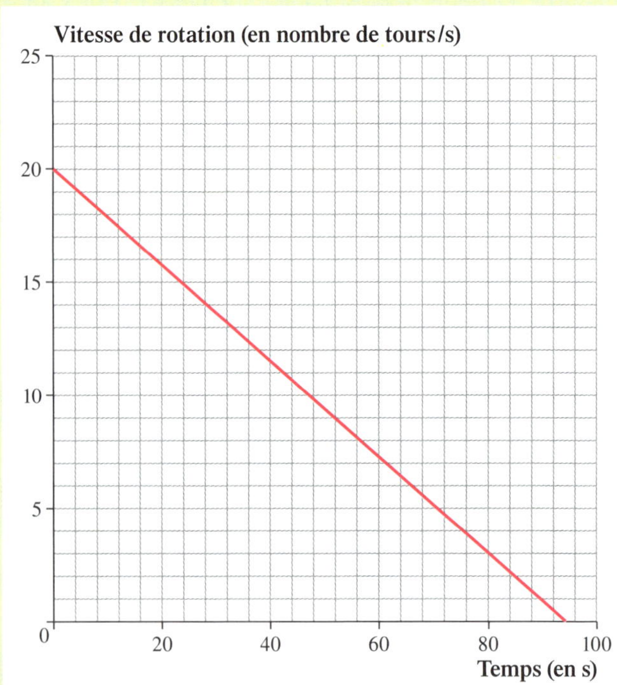

Inspiré de : https://www.sciencesetavenir.fr/fondamental/combien-de-temps-peut-tourner-votre-hand-spinner-112808

1. Le temps et la vitesse de rotation du « *hand-spinner* » sont-ils proportionnels ? Justifier.

2. Par lecture graphique, répondre aux questions suivantes :

a) Quelle est la vitesse de rotation initiale du « *hand-spinner* » (en nombre de tours par seconde) ?

b) Quelle est la vitesse de rotation du « *hand-spinner* » (en nombre de tours par seconde) au bout d'une minute et vingt secondes ?

c) Au bout de combien de temps, le « *hand-spinner* » va-t-il s'arrêter ?

3. Pour calculer la vitesse de rotation du « *hand-spinner* » en fonction du temps t, notée $V(t)$, on utilise la fonction suivante :

$$V(t) = -0{,}214 \times t + V_{\text{initiale}}.$$

• t est le temps (exprimé en s) qui s'est écoulé depuis le début de rotation du « *hand-spinner* » ;

• V_{initiale} est la vitesse de rotation à laquelle on a lancé le « *hand-spinner* » au départ.

a) On lance le « *hand-spinner* » à une vitesse initiale de 20 tours par seconde. Sa vitesse de rotation est donc donnée par la formule :

$$V(t) = -0{,}214 \times t + 20.$$

Calculer sa vitesse de rotation au bout de 30 s.

b) Au bout de combien de temps le « *hand-spinner* » va-t-il s'arrêter ? Justifier par un calcul.

c) Est-il vrai que, d'une manière générale, si l'on fait tourner le « *hand-spinner* » deux fois plus vite au départ, il tournera deux fois plus longtemps ? Justifier.

CORRIGÉ

1. La représentation graphique de la vitesse en fonction du temps n'est pas une droite passant par l'origine du repère**, le temps et la vitesse ne sont pas proportionnels.**

2. a) Graphiquement, la vitesse initiale ($t = 0$) est de **20 tours par seconde**.

b) Au bout d'une minute et vingt secondes, soit au bout de 80 secondes, la vitesse de rotation est **3 tours par seconde**.

c) Le « *hand-spinner* » va s'arrêter au bout de **94 secondes**.

3. a) On a :
$V(30) = -0{,}214 \times 30 + 20 = 13{,}58$.
Au bout de 30 secondes, la vitesse du « *hand-spinner* » est de **13,58 tours par seconde.**
b) On veut $V(t) = 0$, soit $-0{,}214t + 20 = 0$, ce qui donne successivement :
$20 = 0{,}214t$
$20 \div 0{,}214 = t$
$93{,}5 \approx t$
Le « *hand-spinner* » va s'arrêter au bout de 93,5 secondes environ.
c) Le temps d'arrêt du « *hand-spinner* » est solution de $V(t) = 0$,
soit de $-0{,}214t + V_{\text{initiale}} = 0$, ce qui donne successivement :
$V_{\text{initiale}} = 0{,}214t$
$V_{\text{initiale}} \div 0{,}214 = t$
Si on double la vitesse initiale, le temps d'arrêt est aussi doublé.

Sujet 46

Proportionnalité et pourcentages

Exercice : 14 points

ÉNONCÉ Proportionnalité, fonction, tableur

Pour ses 32 ans, Denis a acheté un vélo d'appartement afin de pouvoir s'entraîner pendant l'hiver.
La fréquence cardiaque (FC) est le nombre de pulsations (ou battements) du cœur par minute.

1. Denis veut estimer sa fréquence cardiaque : en quinze secondes, il a compté 18 pulsations.
À quelle fréquence cardiaque, exprimée en pulsations par minute, cela correspond-il ?

2. Son vélo est équipé d'un cardiofréquencemètre qui lui permet d'optimiser son effort en enregistrant, dans ce cardiofréquencemètre, toutes les pulsations de son cœur. À un moment donné, le cardiofréquencemètre a mesuré un intervalle de 0,8 seconde entre deux pulsations.
Calculer la fréquence cardiaque qui sera affichée par le cardiofréquencemètre.

3. Après une séance d'entraînement, le cardiofréquencemètre lui a fourni les renseignements suivants :

Nombre de pulsations enregistrées	Fréquence minimale enregistrée	Fréquence moyenne	Fréquence maximale enregistrée
3 640	65 pulsations/minute	130 pulsations/minute	182 pulsations/minute

a) Quelle est l'étendue des fréquences cardiaques enregistrées ?

b) Denis n'a pas chronométré la durée de son entraînement. Quelle a été cette durée ?

4. Denis souhaite connaître sa fréquence cardiaque maximale conseillée (FCMC) afin de ne pas la dépasser et ainsi de ménager son cœur. La FCMC d'un individu dépend de son âge a, exprimé en années, elle peut s'obtenir grâce à la formule suivante établie par Astrand et Ryhming :

Fréquence cardiaque maximale conseillée = 220 – âge.

On note $f(a)$ la FCMC en fonction de l'âge a, on a donc $f(a) = 220 - a$.

a) Vérifier que la FCMC de Denis est égale à 188 pulsations/minute.
b) Comparer la FCMC de Denis avec la FCMC d'une personne de 15 ans.
5. Après quelques recherches, Denis trouve une autre formule permettant d'obtenir sa FCMC de façon plus précise. Si a désigne l'âge d'un individu, sa FCMC peut être calculée à l'aide de la formule de Gellish :

Fréquence cardiaque maximale conseillée = 191,5 – 0,007 × âge².

On note $g(a)$ la FCMC en fonction de l'âge a, on a donc :

$$g(a) = 191{,}5 - 0{,}007 \times a^2.$$

Denis utilise un tableur pour comparer les résultats obtenus à l'aide des deux formules :

B2		=220–A2	
	A	**B**	**C**
1	Âge a	FCMC $f(a)$ (Astrand et Ryhming)	FCMC $g(a)$ (Gellish)
2	30	**190**	185,2
3	31	189	184,773
4	32	188	184,332
5	33	187	183,877

Quelle formule faut-il insérer dans la cellule C2, puis recopier vers le bas, pour pouvoir compléter la colonne « FCMC $g(a)$ (Gellish) » ?

CORRIGÉ

1. Une minute, c'est 4 fois 15 secondes et $18 \times 4 = 72$.
Denis estime sa fréquence cardiaque à **72 pulsations par minute**.

1 min = 60 s.

2. On a une situation de proportionnalité :

Durée	0,8 s	60 s
Nombre de pulsations	1	x

On a $x = \dfrac{1 \times 60}{0{,}8} = 75$.

Un intervalle de 0,8 seconde entre deux pulsations donnera un affichage sur le cardiofréquencemètre de **75 pulsations par minute**.

3. a) On a 182 – 65 = 117.
L'étendue des fréquences cardiaques enregistrées est de **117**.

L'étendue d'une série statistique est la différence entre la plus grande valeur et la plus petite.

b) 3 640 ÷ 130 = 28. La durée de l'entraînement est de **28 minutes**.

4. a) Denis a 32 ans et $f(32) = 220 - 32 = 188$.
La FCMC de Denis est égale à **188 pulsations/minute**.
b) Pour une personne de 15 ans, la FCMC est $f(15) = 220 - 15 = 205$.
La FCMC de Denis est plus petite que celle d'une personne de 15 ans.

5. La formule à insérer dans la cellule C2, puis à recopier vers le bas, pour pouvoir compléter la colonne « FCMC $g(a)$ (Gellish) » est **=191,5–0,007*A2^2**.

Sujet 47

Proportionnalité et pourcentages

Exercice : 16 points

ÉNONCÉ Pourcentages, tableur, volume, variations en pourcentage

Un térawattheure est noté : 1 TWh.

La géothermie permet la production d'énergie électrique grâce à la chaleur des nappes d'eau souterraines.

Le graphique ci-dessous représente les productions d'électricité par différentes sources d'énergie en France en 2014.

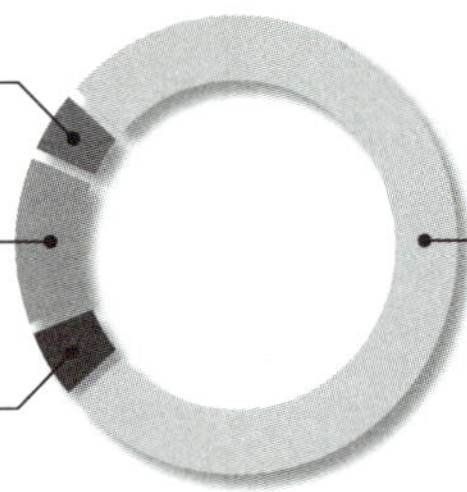

Statistiques de l'électricité en France 2014 RTE – chiffres de production 2014 – EDF.

1. a) Calculer la production totale d'électricité en France en 2014.

b) Montrer que la proportion d'électricité produite par les « Autres énergies (dont la géothermie) » est environ égale à 5,7 %.

2. Le tableau suivant présente les productions d'électricité par les différentes sources d'énergie, en France, en 2013 et en 2014.

	Thermique à flamme	Hydraulique	Autres énergies (dont la géothermie)	Nucléaire
Production en 2013 (en TWh)	43,5	75,1	28,1	403,8
Production en 2014 (en TWh)	25,8	67,5	31	415,9
Variation de production entre 2013 et 2014	−40,7 %	−10,1 %	+10,3 %	+3 %

Alice et Tom ont discuté pour savoir quelle est la source d'énergie qui a le plus augmenté sa production d'électricité.
Tom pense qu'il s'agit des « Autres énergies (dont la géothermie) » et Alice pense qu'il s'agit du « Nucléaire ».
Quel est le raisonnement tenu par chacun d'entre eux ?

3. La centrale géothermique de Rittershoffen (Bas-Rhin) a été inaugurée le 7 juin 2016. On y a creusé un puits pour capter de l'eau chaude sous pression, à 2500 m de profondeur, à une température de 170 degrés Celsius.
Ce puits a la forme du tronc de cône représenté ci-contre.
Les proportions ne sont pas respectées.
On calcule le volume d'un tronc de cône grâce à la formule suivante :

$$V = \frac{\pi}{3} \times h \times (R^2 + R \times r + r^2)$$

où h désigne la hauteur du tronc de cône, R le rayon de la grande base et r le rayon de la petite base.

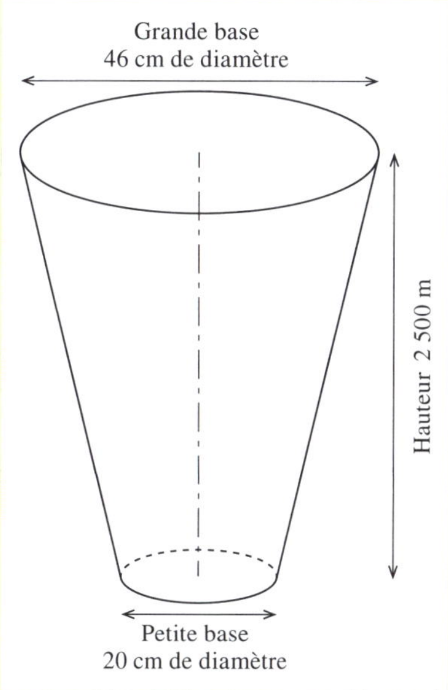

a) Vérifier que le volume du puits est environ égal à 225 m^3.
b) La terre est tassée quand elle est dans le sol. Quand on l'extrait, elle n'est plus tassée et son volume augmente de 30 %.
Calculer le volume final de terre à stocker après le forage du puits.

CORRIGÉ

1. a) $31 + 67{,}5 + 25{,}8 + 415{,}9 = 540{,}2$.
La production totale d'électricité en France en 2014 est **540,2 TWh**.
b) La proportion d'électricité produite par les « Autres énergies (dont la géothermie) » est $\frac{31}{540{,}2} \approx 0{,}057$, ce qui est environ égal à **5,7 %.**

2. **Tom regarde l'évolution en pourcentage** et c'est la production de « Autres énergies (dont la géothermie) » qui a le plus augmenté en pourcentage entre 2013 et 2014, alors qu'**Alice compare en quantité d'électricité** (en TWh) et c'est celle du « Nucléaire » qui a le plus augmenté en quantité entre 2013 et 2014.

3. a) On a $R = 46$ cm $\div 2 = 23$ cm $= 0{,}23$ m, $r = 20$ cm $\div 2 = 10$ cm $= 0{,}1$ m et $h = 2\,500$ m.

$V = \dfrac{\pi}{3} \times h \times (R^2 + R \times r + r^2) = \dfrac{\pi}{3} \times 2\,500 \times (0{,}23^2 + 0{,}23 \times 0{,}1 + 0{,}1^2)$,

soit environ 224,88…

Le volume du puits est environ égal à 225 m³.

Pensez à déterminer les rayons, moitiés des diamètres, en mètres.
1 cm = 0,01 m.

b) Le volume extrait à stocker est $225 \times \left(1 + \dfrac{30}{100}\right) = 292{,}5$.

Le volume final de terre à stocker après le forage du puits est **292,5 m³**.

Augmenter une valeur de *a* % revient à multiplier cette valeur par $\left(1 + \dfrac{a}{100}\right)$.

Sujet 48

Proportionnalité et pourcentages

Exercice : 12 points

ÉNONCÉ **Réduction en pourcentage, image par une fonction**

Chacune des affirmations suivantes est-elle vraie ou fausse ? Justifier la réponse.

Affirmation 1

Un billet d'avion Paris - New York coûte 400 €. La compagnie aérienne Air International propose une réduction de 20 %. Le billet ne coûte plus que 380 €.

Affirmation 2

f est la fonction affine définie par $f(x) = 4x - 2$.

L'image de 2 par la fonction f est aussi le double de l'antécédent de 10.

CORRIGÉ

Affirmation 1

Après réduction, le billet coûte $400\ € \times \left(1 - \frac{20}{100}\right)$, soit 320 €.

Le billet ne coûte pas 380 €. **L'affirmation 1 est fausse.**

Diminuer une valeur de a% revient à multiplier cette valeur par $\left(1 - \frac{20}{100}\right)$.

Affirmation 2

L'image de 2 par f est $f(2) = 4 \times 2 - 2 = 6$.

L'antécédent de 10 par f est solution de $f(x) = 10$, qui donne successivement : $4x - 2 = 10$; $4x = 10 + 2$; $4x = 12$; $x = 12 \div 4$; $x = 3$. L'antécédent de 10 par f est 3.

Comme 6 est le double de 3, **l'affirmation 2 est vraie.**

Un antécédent d'un nombre k par une fonction f est une solution de l'équation $f(x) = k$.

Sujet 49

Proportionnalité et pourcentages

Exercice : 12 points

ÉNONCÉ **Lecture graphique, proportionnalité**

Lors d'une étape cycliste, les distances parcourues par un cycliste ont été relevées chaque heure après le départ.
Ces données sont précisées dans le graphique ci-dessous.

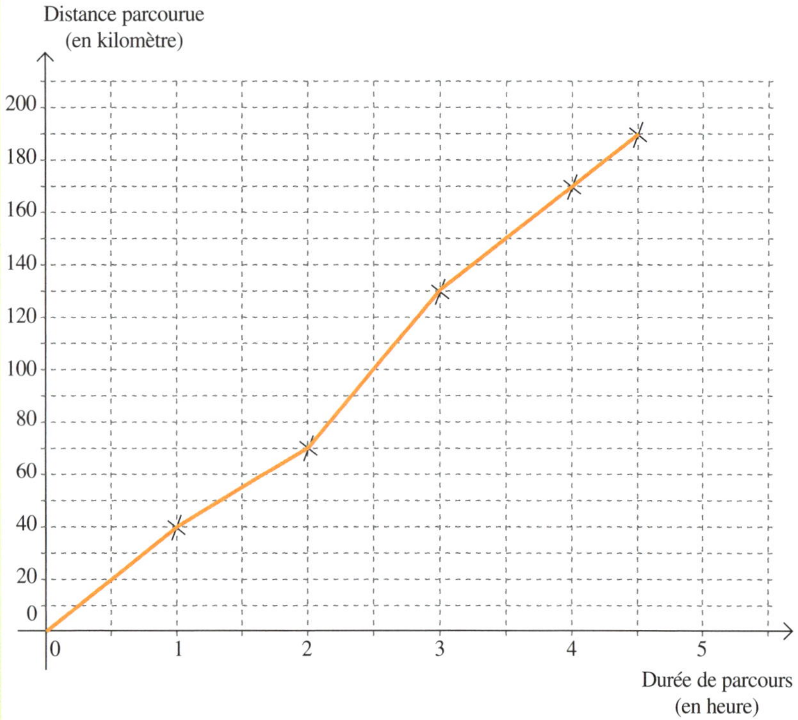

1. Par lecture graphique, répondre aux questions suivantes.
Aucune justification n'est demandée.

a) Quelle est la distance totale de l'étape ?

b) En combien de temps le cycliste a-t-il parcouru les cent premiers kilomètres ?

c) Quelle est la distance parcourue lors de la dernière demi-heure de course ?
2. Y a-t-il proportionnalité entre la distance parcourue et la durée de parcours de cette étape ? Justifier la réponse et proposer une explication.

CORRIGÉ

1. a) Par lecture graphique, la distance totale de l'étape est **190 km**.
b) Les cent premiers kilomètres ont été parcourus en 2,5 h, soit **en 2 h 30 min**.
c) On a 190 – 170 = 20. **20 kilomètres** ont donc été parcourus pendant la dernière demi-heure.

2. Si la distance parcourue et la durée de parcours de cette étape étaient proportionnelles, alors la représentation graphique serait un morceau de droite passant par l'origine du repère, ce qui n'est pas le cas.
Il n'y a pas proportionnalité entre la distance parcourue et la durée de parcours de cette étape. Cela est dû au fait que le terrain peut ne pas être régulier, ainsi qu'aux efforts fournis par les coureurs.

Sujet 50

Proportionnalité et pourcentages

Exercice : 8 points

ÉNONCÉ Grandeur composée, proportionnalité

Lors d'un marathon, un coureur utilise sa montre chronomètre. Après un kilomètre de course, elle lui indique qu'il court depuis quatre minutes et trente secondes.
La longueur officielle d'un marathon est de 42,195 km. Si le coureur garde cette allure tout au long de la course, mettra-t-il moins de 3 h 30 pour effectuer le marathon ?

CORRIGÉ

Le coureur parcourt un kilomètre en quatre minutes et trente secondes.
Si le coureur garde cette allure tout au long de la course, il y a proportionnalité entre la distance parcourue et le temps mis pour parcourir cette distance.
On a : quatre minutes et trente secondes = 4,5 minutes.
On a aussi 4,5 minutes × 42,195 = 189,8775 minutes
Comme on a une heure = 60 min, on a 3 heures = 180 min.
Le coureur mettra environ 3 h 10 min pour courir le marathon, soit **moins de 3 h 30**.

Sujet 51

Proportionnalité et pourcentages

Exercice : 12 points

ÉNONCÉ Calculs élémentaires, lecture d'informations, proportionnalité

Un épicier se procure du sel chez un grossiste. Il achète 300 cartons de forme parallélépipédique de dimensions 50 cm × 20 cm × 10 cm pesant chacun 10 kg.
Il achète les cartons dans un magasin situé à 10 km de son épicerie. Pour les transporter, il loue au magasin un fourgon.

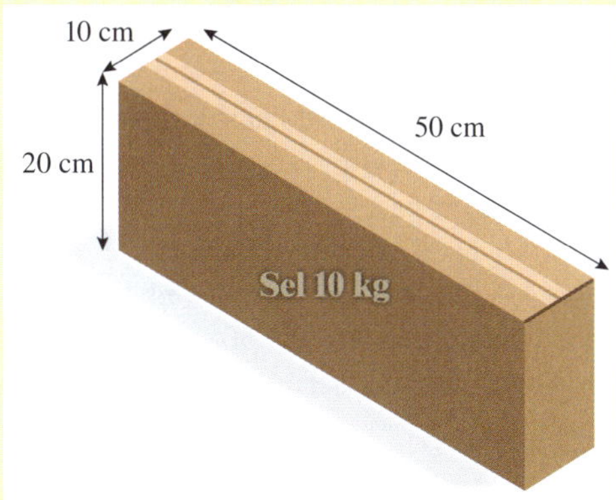

Information 1 :
Caractéristiques du fourgon.
– 3 places assises.
– Dimensions du volume transportable (L × < × h) :
2,60 m × 1,56 m × 1,84 m.
– Charge pouvant être transportée : 1,7 tonne.
– Volume réservoir : 80 litres.
– Diesel (consommation : 8 litres aux 100 km).

Information 2 : Tarifs de location du fourgon.

1 jour 30 km maximum	1 jour 50 km maximum	1 jour 100 km maximum	1 jour 200 km maximum	km supplémentaire
48 €	55 €	61 €	78 €	2 €

Ces prix comprennent le kilométrage indiqué hors carburant.

Information 3 : Un litre de carburant coûte 1,50 €.

1. Expliquer pourquoi l'épicier devra effectuer deux allers-retours pour transporter les 300 cartons jusqu'à son épicerie.
2. Quel sera le coût total du transport ?
3. Les tarifs de location du fourgon sont-ils proportionnels à la distance maximale autorisée par jour ?

CORRIGÉ

1. La masse totale des 300 cartons est 300×10 kg, soit 3 000 kg ou 3 tonnes. La charge pouvant être transportée est au maximum de 1,7 tonne, donc un seul voyage ne suffit pas.
En deux voyages, on peut transporter $2 \times 1{,}7$ tonne soit 3,4 tonnes.
De plus, en mettant 150 cartons en faisant un assemblage de $10 \times 3 \times 5$, le volume occupé est 2 m $\times$ 1,50 m $\times$ 1 m, ce qui rentre dans le véhicule.
Deux allers-retours seront nécessaires et suffisants pour transporter les 300 cartons.

2. Deux allers-retours font une distance totale de 40 km, donc il faut prendre le tarif à 55 €. La consommation de diesel est de 8 litres pour 100 km, soit de 0,08 litre au km. Avec 40 km, on consomme $40 \times 0{,}08$ L, soit 3,2 L.
À 1,50 € le litre de diesel, le carburant coûte $3{,}2 \times 1{,}5$ €, soit 4,80 €.
Le coût total est de 55 € + 4,80 €, soit **59,80 €**.

3. On a $\frac{48}{30} = 1{,}6$ et $\frac{61}{100} = 0{,}61$. Les quotients n'étant pas égaux, **les tarifs de location ne sont pas proportionnels à la distance maximale autorisée**.

Sujet 52

Proportionnalité et pourcentages

Exercice : 14 points

ÉNONCÉ **Tableur, pourcentage**

Le tableau ci-dessous a été réalisé à l'aide d'un **tableur**.
Il indique le nombre d'abonnements Internet à haut débit et à très haut débit entre 2014 et 2016, sur réseau fixe, en France.

(Sources : Arcep et Statistica.)

	A	B	C	D
1		**2014**	**2015**	**2016**
2	Nombre d'abonnements Internet à haut débit (en millions)	22,855	22,63	22,238
3	Nombre d'abonnements Internet à très haut débit (en millions)	3,113	4,237	5,446
4	Total (en millions)	25,968	26,867	27,684

1. Combien d'abonnements Internet à très haut débit, en millions, ont été comptabilisés pour l'année 2016 ?

2. Vérifier qu'en 2016, il y avait 817 000 abonnements Internet à haut débit et à très haut débit de plus qu'en 2015.

3. Quelle formule a-t-on pu saisir dans la cellule B4 avant de la recopier vers la droite, jusqu'à la cellule D4 ?

4. En 2015, seulement 5,6 % des abonnements Internet à très haut débit utilisaient la fibre optique.
Quel nombre d'abonnements Internet à très haut débit cela représentait-il ?

CORRIGÉ

1. **5,446 millions** d'abonnements Internet à très haut débit, ont été comptabilisés pour l'année 2016.

2. On a (en millions) 27,684 – 26,867 = 0,817.
Donc, en 2016, il y avait **817 000 abonnements** Internet à haut débit et à très haut débit de plus qu'en 2015.

3. Le contenu de la cellule B4 est la somme des contenus des cellules B2 et B3. On peut saisir la formule **=B2+B3** dans la cellule B4 avant de la recopier vers la droite, jusqu'à la cellule D4.

4. En 2015, il y avait 4 237 000 abonnements Internet à très haut débit.
$\frac{5,6}{100} \times 4\,237\,000 = 237\,272$.
En 2015, il y avait 237 272 abonnements Internet à très haut débit qui utilisaient la fibre optique.

> a % d'une quantité x, c'est $\frac{a}{100} \times x$.

Sujet 53

Grandeurs composées

Exercice : 20 points

ÉNONCÉ **Lectures graphiques, vitesse**

La distance de freinage d'un véhicule est la distance parcourue par celui-ci entre le moment où le conducteur commence à freiner et celui où le véhicule s'arrête. Celle-ci dépend de la vitesse du véhicule. La courbe ci-dessous donne la distance de freinage d, exprimée en mètres, en fonction de la vitesse v du véhicule, en m/s, sur une route mouillée.

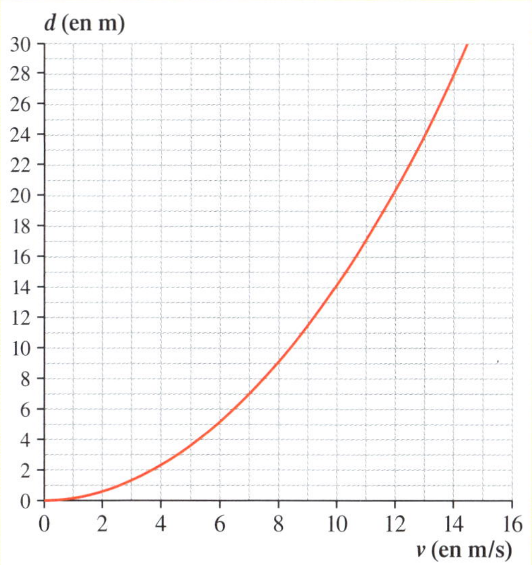

1. Démontrer que 10 m/s = 36 km/h.

2. a) D'après ce graphique, la distance de freinage est-elle proportionnelle à la vitesse du véhicule ?

b) Estimer la distance de freinage d'une voiture roulant à la vitesse de 36 km/h.

c) Un conducteur, apercevant un obstacle, décide de freiner. On constate qu'il a parcouru 25 mètres entre le moment où il commence à freiner et celui où il s'arrête. Déterminer, avec la précision permise par le graphique, la vitesse à laquelle il roulait en m/s.

3. On admet que la distance de freinage d, en mètres, et la vitesse v, en m/s, sont liées par la relation $d = 0{,}14\ v^2$.
a) Retrouver par le calcul le résultat obtenu à la question **2. b**.
b) Un conducteur, apercevant un obstacle, freine ; il lui faut 35 mètres pour s'arrêter. À quelle vitesse roulait-il ?

CORRIGÉ

1. $36 \text{ km/h} = \dfrac{36 \text{ km}}{1 \text{ h}} = \dfrac{36\,000 \text{ m}}{60 \times 60 \text{ s}} = \dfrac{36\,000 \text{ m}}{3\,600 \text{ s}} = \dfrac{10 \text{ m}}{1 \text{ s}} = 10 \text{ m/s}.$

1 h = 60 min = 60 × 60 s

2. a) D'après ce graphique, la distance de freinage n'est pas proportionnelle à la vitesse du véhicule, car la représentation graphique n'est pas une droite passant par l'origine du repère.
b) Graphiquement, pour un véhicule roulant à 36 km/h, c'est-à-dire à 10 m/s, **la distance de freinage est 14 m.**

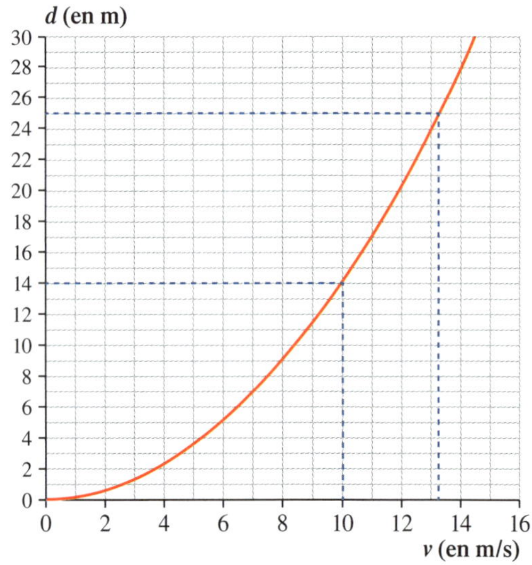

c) Si la distance de freinage est 25 m, alors la vitesse est environ 13,5 m/s.
Or 13,5 m/s = 13,5 × 3,6 km/h, soit 48,6 km/h.
La vitesse du véhicule est environ 48,6 km/h.

3. a) Pour $v = 10$ m/s, on a $d = 0{,}14 \times 10^2 = 14$. On retrouve le résultat obtenu à la question **2. b**.
b) On veut $d = 35$, soit $35 = 0{,}14\ v^2$ ou encore $35 \div 0{,}14 = v^2$. On a $250 = v^2$.
On fait $\sqrt{250} = v$. **Le conducteur roulait à environ 15,8 m/s.**

Sujet 54

Grandeurs composées

Exercice : 12 points

ÉNONCÉ Vitesse, grandeurs composées

Lancé le 26 novembre 2011, le Rover Curiosity de la NASA est chargé d'analyser la planète Mars, appelée aussi planète rouge.
Il a atterri sur la planète rouge le 6 août 2012, parcourant ainsi une distance d'environ 560 millions de km en 255 jours.

1. Quelle a été la durée en heure du vol ?
2. Calculer la vitesse moyenne du Rover en km/h. Arrondir à la centaine près.
Pour cette question, toute trace de recherche, même incomplète, sera prise en compte dans l'évaluation.
3. Via le satellite Mars Odyssey, des images prises et envoyées par le Rover ont été retransmises au centre de la NASA.
Les premières images ont été émises de Mars à 7 h 48 min le 6 août 2012.
La distance parcourue par le signal a été de 248×10^6 km à une vitesse moyenne de 300 000 km/s (vitesse de la lumière).
À quelle heure ces premières images sont-elles parvenues au centre de la NASA ? (On donnera l'arrondi à la minute près).

CORRIGÉ

1. $255 \times 24 = 6\,120$. **Le vol a duré 6 120 heures.**

2. $v = \dfrac{d}{t} = \dfrac{560\,000\,000}{6\,120} \approx 91\,503$.
La vitesse moyenne du Rover est 91 500 km/h à la centaine près.

3. Comme on a $v = \dfrac{d}{t}$, on a aussi $vt = d$ et $t = \dfrac{d}{v}$.
Ici, on a $t = \dfrac{248\,000\,000}{300\,000} \approx 827$.
Le message a voyagé pendant 827 secondes.
Or, 827 s = 13 × 60 s + 47 s, soit presque 14 minutes.
Le message est arrivé 14 minutes après 7 h 48, soit à **8 h 02**.

Sujet 55

Grandeurs composées

Exercice : 8 points

ÉNONCÉ Grandeur composée, aire, calcul de temps

Le débit moyen q d'un fluide dépend de la vitesse moyenne v du fluide et de l'aire de la section d'écoulement d'aire S. Il est donné par la formule suivante : $q = S \times v$
où q est exprimé en $m^3.s^{-1}$, S est exprimé en m^2 et v est exprimé en $m.s^{-1}$.
Pour cette partie, on considérera que la vitesse moyenne d'écoulement de l'eau à travers la vantelle durant le remplissage est $v = 2{,}8$ $m.s^{-1}$.
La vantelle a la forme d'un disque de rayon $R = 30$ cm.

1. Quelle est l'aire exacte, en m^2, de la vantelle ?
2. Déterminer le débit moyen arrondi au millième de cette vantelle durant le remplissage.
3. Pendant combien de secondes faudra-t-il patienter pour le remplissage d'une écluse de capacité 756 m^3 ? Est-ce qu'on attendra 15 minutes ?

CORRIGÉ

1. La vantelle étant un disque, son aire est donnée par la formule $A = \pi R^2$.
Ici avec $R = 30$ cm $= 0{,}3$ m, l'aire de la vantelle est **$0{,}09\pi$ m^2**.

aire d'un disque de rayon $R = \pi R^2$

2. Avec $q = S \times v$, on a ici $q = 0{,}09\pi \times 2{,}8$, soit environ 0,792.
Arrondi au millième, le débit moyen de cette vantelle durant le remplissage est de **0,792 $m^3.s^{-1}$**.

3. Si t désigne le temps de remplissage, on a $V = q \times t$, soit $t = \dfrac{V}{q}$.
Ici, on a $t = \dfrac{756}{0{,}792}$. Il faudra patienter pour le remplissage d'une écluse de capacité 756 m^3 environ **955 s**.
Or, on a 15 min = 15 × 60 s = 900 s. **On attendra plus de 15 minutes.**

1 min = 60 s

Sujet 56

Grandeurs composées

Exercice : 10 points

ÉNONCÉ Calcul de vitesses

Le 14 octobre 2012, Félix Baumgartner a effectué un saut d'une altitude de 38 969,3 mètres.
La première partie de son saut s'est faite en chute libre (parachute fermé).
La seconde partie s'est faite avec un parachute ouvert.
Son objectif était d'être le premier homme à « dépasser le mur du son ».
« Dépasser le mur du son » signifie atteindre une vitesse supérieure ou égale à la vitesse du son, c'est-à-dire 340 $m.s^{-1}$.
La Fédération Aéronautique Internationale a établi qu'il avait atteint la vitesse maximale de 1 357,6 $km.h^{-1}$ au cours de sa chute libre.

1. A-t-il atteint son objectif ? Justifier votre réponse.
2. Voici un tableau donnant quelques informations chiffrées sur ce saut :

Altitude du saut	38 969,3 m
Distance parcourue en chute libre	36 529 m
Durée totale du saut	9 min 3 s
Durée de la chute libre	4 min 19 s

Calculer la vitesse moyenne de Félix Baumgartner en chute avec parachute ouvert exprimée en $m.s^{-1}$. On arrondira à l'unité.

CORRIGÉ

1. $1\,357{,}6\ km.h^{-1} = \dfrac{1\,357{,}6\ km}{1\ h} = \dfrac{1\,357\,600\ km}{3\,600\ s} \approx \dfrac{377{,}11\ m}{1\ s}$: c'est supérieur à 340 $m.s^{-1}$.

Félix Baumgartner a atteint son objectif.

1 km = 1 000 m ; 1 h = 3 600 s

2. La distance parcourue avec parachute ouvert est 38 969,3 m – 36 529 m, soit 2 440,3 m. Le temps de chute avec parachute ouvert est 9 min 3 s – 4 min 19 s, soit 543 s – 259 s, c'est-à-dire 284 s. La vitesse moyenne de Félix Baumgartner en chute avec parachute ouvert est $\dfrac{2\,440{,}3\ m}{284\ s}$, soit environ **9 $m.s^{-1}$**.

Sujet 57

Grandeurs composées

Exercice : 6 points

ÉNONCÉ Calcul de vitesses

On considère la fenêtre de téléchargement ci-dessous.

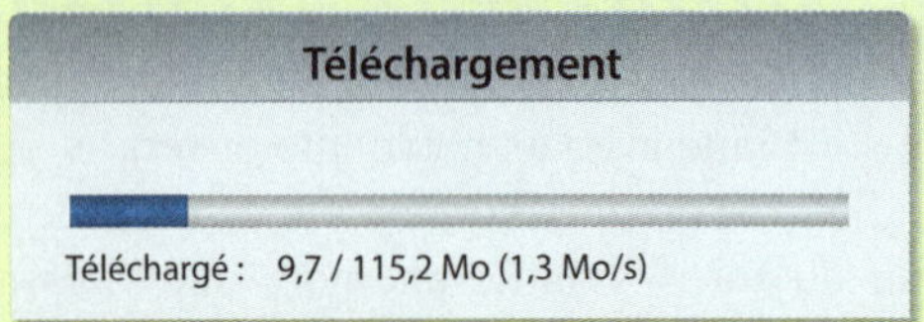

Si la vitesse de téléchargement reste constante, faudra-t-il plus d'une minute et vingt-cinq secondes pour que le téléchargement se termine ?

CORRIGÉ

Il y a 9,7 Mo téléchargés sur 115,2 Mo.
115,2 – 9,7 = 105,5 : il reste 105,5 Mo à télécharger à une vitesse de 1,3 Mo/s.
105,5 ÷ 1,3 = 81,15 : il reste 81,15 secondes de téléchargement, soit environ 1 min et 21 secondes.
Il reste donc moins d'une minute et vingt-cinq secondes de téléchargement.

60 s = 1 min

Sujet 58

Thalès et réciproque

Exercice : 6 points

ÉNONCÉ Théorème de Thalès, raisonnement par l'absurde

Une entreprise veut produire un nouveau modèle de desserte en bois. Pour cela, un employé propose le schéma d'une desserte en bois donné ci-contre.

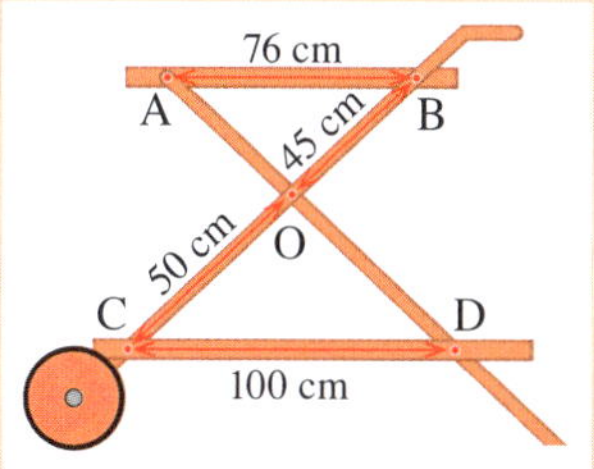

Pour que la desserte soit jugée bonne et fabriquée par l'entreprise, les plateaux en bois symbolisés par les droites (AB) et (CD) doivent être parallèles.

L'entreprise produira-t-elle cette desserte ?

CORRIGÉ

Raisonnons par l'absurde en supposant que (AB) et (CD) soient parallèles.

On aurait alors AOB un triangle avec C sur (OB), D sur (OA) et (AB) et (CD) parallèles.

D'après le théorème de Thalès, on aurait $\frac{OA}{OD} = \frac{OB}{OC} = \frac{AB}{DC}$, soit en particulier $\frac{OB}{OC} = \frac{AB}{DC}$, c'est-à-dire $\frac{45}{50} = \frac{76}{100}$, ou encore $0{,}9 = 0{,}76$: ce qui est faux.

Les droites (AB) et (CD) ne sont pas parallèles, la desserte ne sera pas jugée bonne et **elle ne sera pas produite par l'entreprise**.

Sujet 59

Thalès et réciproque

Exercice : 16 points

ÉNONCÉ Théorème de Thalès

Pour régler les feux de croisement d'une automobile, on la place face à un mur vertical. Le phare, identifié au point P, émet un faisceau lumineux dirigé vers le sol.

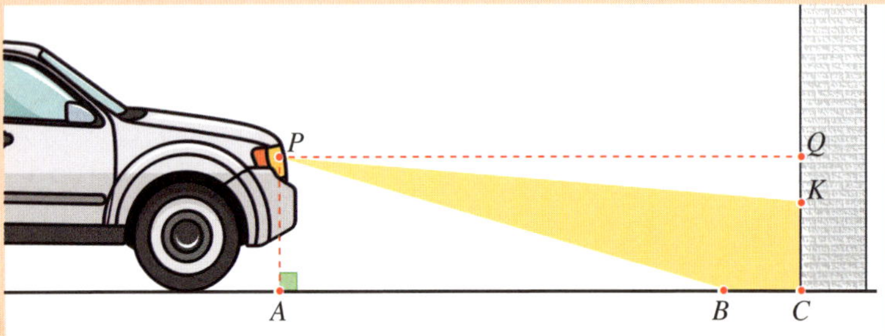

On relève les mesures suivantes :
$PA = 0{,}65$ m, $AC = QP = 5$ m et $CK = 0{,}58$ m.
Sur le schéma ci-dessous, qui n'est pas à l'échelle, le point S représente l'endroit où le rayon supérieur du faisceau rencontrerait le sol en l'absence du mur.

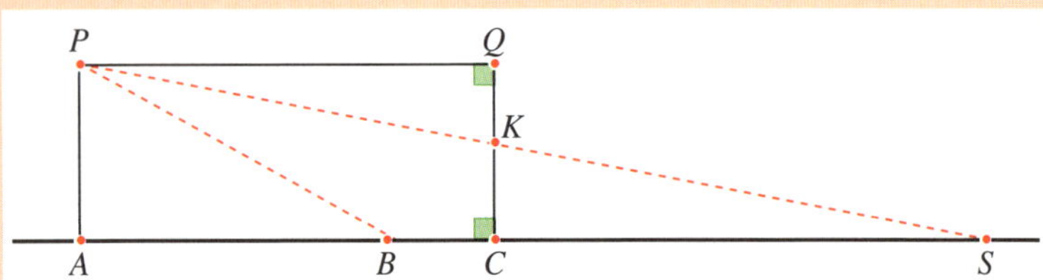

On considère que les feux de croisement sont bien réglés si le rapport $\frac{QK}{QP}$ est compris entre 0,01 et 0,015.

1. Vérifier que les feux de croisement de la voiture sont bien réglés.
2. À quelle distance maximale de la voiture un obstacle se trouvant sur la route est-il éclairé par les feux de croisement ?

CORRIGÉ

1. Le quadrilatère $APQC$ possède trois angles droits en A, en Q et en C.
Si un quadrilatère possède 3 angles droits, alors c'est un rectangle.
Le quadrilatère $APQC$ est un rectangle.
Dans un rectangle, les côtés opposés ont la même longueur.
On a : $QC = PA = 0{,}65$ m.
Comme K est sur $[CQ]$, on a donc :
$QK = QC - CK = 0{,}65 \text{ m} - 0{,}58 \text{ m} = 0{,}07 \text{ m}$.
On a aussi : $\dfrac{QK}{QP} = \dfrac{0{,}07}{5} = 0{,}014$.
Les feux de croisement de Pauline sont réglés avec une inclinaison égale à 0,014.
Ils sont correctement réglés.

2. Étant perpendiculaires toutes les deux à (CQ), les droites (PQ) et (CS) sont parallèles.
PQK est un triangle, C un point sur (QK) et S un point sur (PK) avec (CS) parallèle à (PQ).
D'après le théorème de Thalès, on a $\dfrac{KC}{KQ} = \dfrac{KS}{KP} = \dfrac{CS}{QP}$, soit $\dfrac{0{,}58}{0{,}07} = \dfrac{CS}{5}$.
On a donc $\dfrac{0{,}58}{0{,}07} \times 5 = CS$, soit $41{,}42 \approx CS$.
Comme C est sur $[AS]$, on a $AS = AC + CS$, soit $AS = 5 + 41{,}42 = 46{,}42$.
Un objet se trouvant sur la route est éclairé par les feux de croisement à une distance maximale de 46 mètres, à 1 mètre près.

Sujet 60

Thalès et réciproque

Exercice : 16 points

ÉNONCÉ Réciproque de Thalès, agrandissement

Soit ADU un triangle représenté ci-contre, F un point de $[AD]$, C un point de $[AU]$.
L'unité de longueur est le centimètre.
On donne $AF = 3$; $FD = 1{,}5$; $AC = 2$; $AU = 3$
Sur la figure, les dimensions ne sont pas respectées.

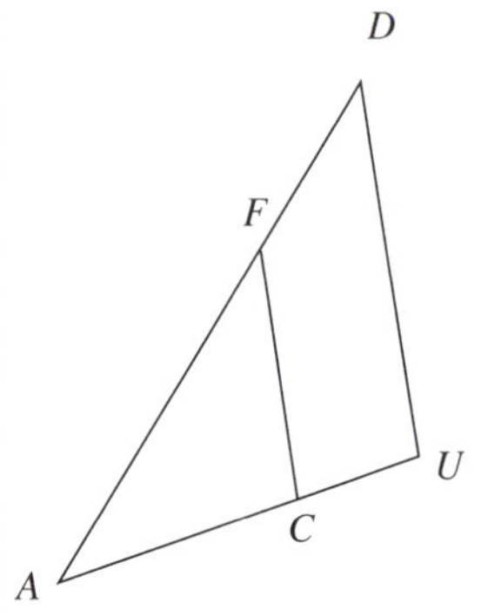

1. Démontrer que les droites (FC) et (DU) sont parallèles.
2. Déterminer le rapport d'agrandissement permettant de passer du triangle AFC au triangle ADU.
3. La hauteur issue de C dans le triangle ACF mesure 1,6 cm. Calculer l'aire du triangle ADU.

CORRIGÉ

1. ADU est un triangle avec F un point de $[AD]$ et C un point de $[AU]$.
On a donc $AD = AF + FD = 3 + 1{,}5 = 4{,}5$ cm.
D'une part, on a $\dfrac{AF}{AD} = \dfrac{3}{4{,}5} = \dfrac{2 \times 1{,}5}{3 \times 1{,}5} = \dfrac{2}{3}$.
D'autre part, on a $\dfrac{AC}{AU} = \dfrac{2}{3}$.
On constate que $\dfrac{AF}{AD} = \dfrac{AC}{AU}$.
De plus, les points A, F et D sont alignés dans le même ordre relatif que les points A, C et U.
D'après la réciproque du théorème de Thalès, **les droites (FC) et (DU) sont parallèles**.

2. Le rapport d'agrandissement permettant de passer du triangle AFC au triangle ADU est $\boldsymbol{\frac{AU}{AC} = \frac{3}{2}}$.

3. L'aire du triangle ACF est :

$\frac{\text{base } AF \times \text{hauteur issue de } C}{2} = \frac{3 \times 1{,}6}{2} = 2{,}4 \text{ cm}^2$.

Le triangle ADU étant un agrandissement du triangle ACF dans un rapport de 1,5, on a :

$\text{aire}_{ADU} = \text{aire}_{ACF} \times 1{,}5^2 = 2{,}4 \times 1{,}5^2 = 5{,}4$.

L'aire du triangle *ADU* est 5,4 cm².

Dans un agrandissement de rapport k, les aires sont multipliées par k^2.

Espace et géométrie

Sujet 61

Pythagore et réciproque

Exercice : 19 points

ÉNONCÉ Pythagore, aire d'un carré, équation

Avec un logiciel de géométrie, on exécute le programme ci-dessous.

Programme de construction :

- construire un carré $ABCD$;
- tracer le cercle de centre A et de rayon $[AC]$;
- placer le point E à l'intersection du cercle et de la demi-droite $[AB)$;
- construire un carré $DEFG$.

Figure obtenue :

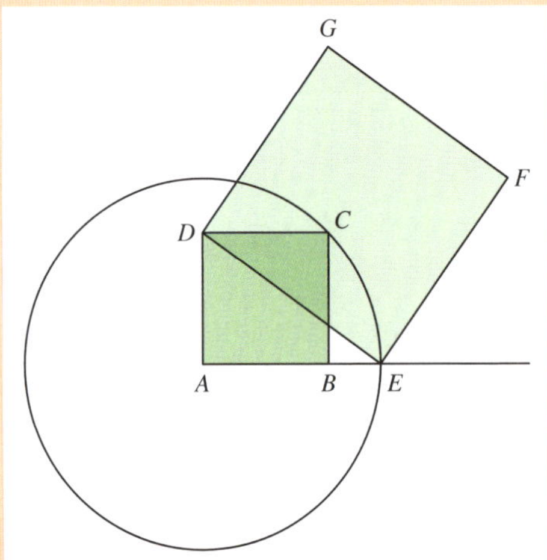

1. Sur la copie, réaliser la construction avec $AB = 3$ cm.

2. Dans cette question, $AB = 10$ cm.

a) Montrer que $AC = \sqrt{200}$ cm.

b) Expliquer pourquoi $AE = \sqrt{200}$ cm.

c) Montrer que l'aire du carré $DEFG$ est le triple de l'aire du carré $ABCD$.

3. On admet pour cette question que, pour n'importe quelle longueur du côté $[AB]$, l'aire du carré $DEFG$ est toujours le triple de l'aire du carré $ABCD$.
En exécutant ce programme de construction, on souhaite obtenir un carré $DEFG$ ayant une aire de $48\ cm^2$.
Quelle longueur AB faut-il choisir au départ ?

CORRIGÉ

1.

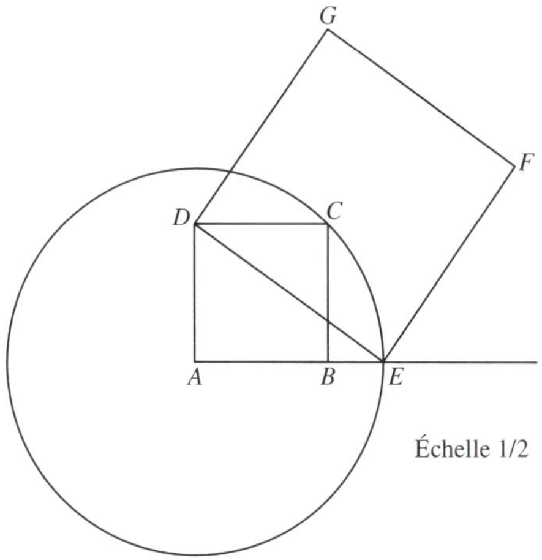

2. a) *ABCD* étant un carré, le triangle *ABC* est rectangle en *B*.
D'après le théorème de Pythagore, on a :
$AC^2 = AB^2 + BC^2$, soit $AC^2 = 10^2 + 10^2$ ou encore $AC^2 = 200$.
Comme *AC* est une longueur, on a bien $\mathbf{AC = \sqrt{200}}$ **cm.**
b) *E* est sur le cercle de centre *A* et de rayon *AC*, donc on a $\mathbf{AE = AC = \sqrt{200}}$ **cm.**
c) Le triangle *EAD* est rectangle en *A*.
D'après le théorème de Pythagore, on a :
$ED^2 = AE^2 + AD^2 = 200 + 10^2 = 300$.
L'aire du carré *DEFG* est ED^2, soit 300 cm².
L'aire du carré *ABCD* est AB^2, soit 10^2 cm² ou encore 100 cm².

> L'aire d'un carré de côté *a* est a^2.

L'aire du carré *DEFG* est le triple de l'aire du carré *ABCD*.

3. L'aire du carré *DEFG* étant toujours le triple de l'aire du carré *ABCD*, pour obtenir un carré *DEFG* ayant une aire de 48 cm², il faut que le carré *ABCD* ait une aire de $48 \div 3$ cm², soit 16 cm².
Son côté mesure $\sqrt{16}$ cm, soit 4 cm.
Il faut choisir au départ *AB* = 4 cm.

Sujet 62

Pythagore et réciproque

Exercice : 18 points

ÉNONCÉ Trigonométrie, tableur, volumes

Des ingénieurs de l'Office National des Forêts font le marquage d'un lot de pins destinés à la vente.

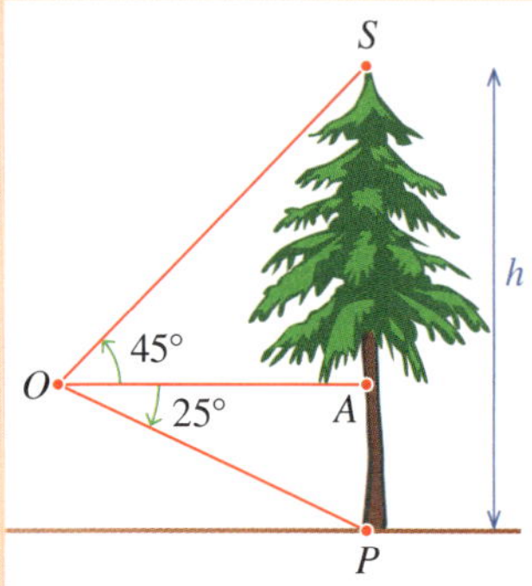

1. Dans un premier temps, ils estiment la hauteur des arbres de ce lot, en plaçant leur œil au point O.
Ils ont relevé les données suivantes :
$OA = 15$ m, $\widehat{SOA} = 45°$ et $\widehat{AOP} = 25°$.
Calculer la hauteur h de l'arbre arrondie au mètre.

2. Dans un second temps, ils effectuent une mesure de diamètre sur chaque arbre et répertorient toutes les données dans la feuille de calculs suivante :

	A	B	C	D	E	F	G	H	I	J	K	L	M
1	Diamètre (cm)	30	35	40	45	50	55	60	65	70	75	80	
2	Effectif	2	4	8	9	10	12	14	15	11	4	3	

a) Quelle formule doit-on saisir dans la cellule M2 pour obtenir le nombre total d'arbres ?
b) Calculer, en centimètres, le diamètre moyen de ce lot. On arrondira le résultat à l'unité.

3. Pour calculer le volume commercial d'un pin en mètres cubes, on utilise la formule suivante :

$$V = \frac{10}{24} \times D^2 \times h$$

où D est le diamètre moyen d'un pin en mètres et h la hauteur en mètres.
Le lot est composé de 92 arbres de même hauteur 22 m dont le diamètre moyen est 57 cm. Sachant qu'un mètre cube de pin rapporte 70 €, combien la vente de ce lot rapporte-elle ? On arrondira à l'euro.

CORRIGÉ

1. Dans le triangle OAS rectangle en A, on a :

$\tan(\widehat{SOA}) = \dfrac{\text{côté opposé à } O}{\text{côté adjacent à } O} = \dfrac{AS}{OA}$, soit $\tan(45°) = \dfrac{AS}{15}$.

On fait $\tan(45°) \times 15 = AS$, soit $AS = 15$.

Dans le triangle OAP rectangle en A, on a :

$\tan(\widehat{AOP}) = \dfrac{\text{côté opposé à } O}{\text{côté adjacent à } O} = \dfrac{AP}{OA}$, soit $\tan(25°) = \dfrac{AP}{15}$.

On fait $\tan(25°) \times 15 = AP$, soit $AP \approx 6{,}99$.

Comme A est entre S et P, la hauteur de l'arbre est $h = SA + AP$, soit environ **22 m**.

2. a) Dans la cellule M2, pour avoir le nombre total d'arbres, on peut écrire **=Somme(B2:L2)**.

b) On effectue une moyenne des diamètres pondérée par les effectifs.

$m = \dfrac{30 \times 2 + 35 \times 4 + 40 \times 8 + 45 \times 9 + 50 \times 10 + 55 \times 12 + 60 \times 14 + 65 \times 15 + 70 \times 11 + 75 \times 4 + 80 \times 3}{2 + 4 + 8 + 9 + 10 + 12 + 14 + 15 + 11 + 4 + 3}$

$= \dfrac{5\,210}{92}$.

Le diamètre moyen de ce lot est 57 cm, au cm près.

3. Le volume commercial des 92 arbres est $92 \times \dfrac{10}{24} \times 0{,}57^2 \times 22$, soit environ 274 m^3.

Chaque mètre cube rapportant 70 €, la vente rapportera 274 × 70 €, soit environ **19 180 €**.

Sujet 63

Pythagore et réciproque

Exercice : 16 points

ÉNONCÉ **Théorème de Pythagore, réduction, patron**

La pyramide du Louvre est une œuvre de l'architecte Leoh Ming Pei.
Il s'agit d'une pyramide régulière dont la base est un carré de côté 35,50 mètres et dont les quatre arêtes qui partent du sommet mesurent toutes 33,14 mètres.

1. La pyramide du Louvre est schématisée ci-contre.
Calculer la hauteur réelle de la pyramide du Louvre. On arrondira le résultat au centimètre.

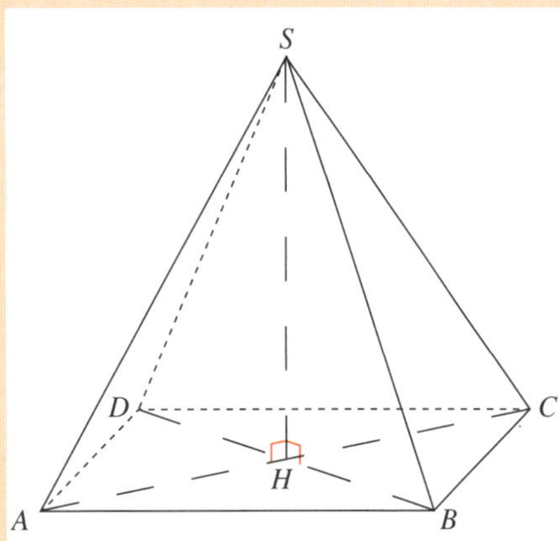

2. On veut tracer un patron de cette pyramide à l'échelle 1/800.

a) Calculer les dimensions nécessaires de ce patron en les arrondissant au millimètre.

b) Construire le patron en faisant apparaître les traits de construction. On attend une précision de tracé au millimètre.

CORRIGÉ

1. *ABCD* est un carré, donc *ABC* est un triangle rectangle isocèle en *B*.
D'après le théorème de Pythagore,
on a $AC^2 = AB^2 + BC^2$, soit $AC^2 = 2 \times 35{,}5^2$ ou encore $AC^2 = 2\ 520{,}5$.
Comme *AC* est une longueur, on a $AC = 2\ 520{,}5$.

La pyramide étant régulière, le pied H de la hauteur est le centre du carré, c'est-à-dire le milieu de $[AC]$.
On a donc $AH = 0{,}5AC = 0{,}5\sqrt{2\,520{,}5}$.
Dans le triangle AHS rectangle en H, d'après le théorème de Pythagore, on a :
$AS^2 = AH^2 + HS^2$, soit $33{,}14^2 = (0{,}5\sqrt{2\,520{,}5})^2 + HS^2$.
On a donc $1\,098{,}\,2596 - 630{,}125 = HS^2$.
On obtient $\sqrt{468{,}1346} = HS$.
La hauteur de la pyramide est de 21,64 m, au centimètre près.

2. a) On a 35,50 m ÷ 800 = 0,044375 m, soit 4,4 cm au mm près
et 33,14 m ÷ 800 = 0,041425 m, soit 4,1 cm au mm près.
b) Un patron de la pyramide est donc constitué d'un carré de 4,4 cm de côté et de 4 triangles isocèles avec un côté de 4,4 cm et deux côtés de 4,1 cm.

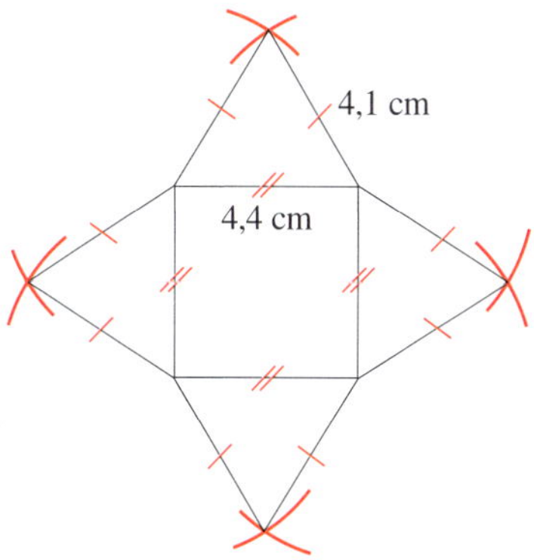

Sujet 64

Pythagore et réciproque

Exercice : 12 points

ÉNONCÉ Théorème de Pythagore, trigonométrie

Sur le schéma ci-dessous, la terrasse est représentée par le segment [*DN*], elle est horizontale et mesure 4 mètres de longueur. Elle est construite au-dessus d'un terrain en pente qui est représenté par le segment [*DP*] de longueur 4,20 m. Pour cela, il a fallu construire un mur vertical représenté par le segment [*NP*].

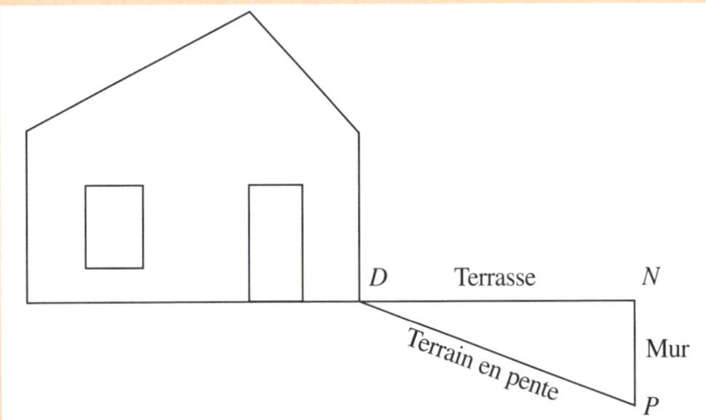

1. Quelle est la hauteur du mur ? Justifier. Donner l'arrondi au cm près.
2. Calculer l'angle $\widehat{NDP}$ compris entre la terrasse et le terrain en pente. (Donner l'arrondi au degré près.)

CORRIGÉ

1. Dans le triangle *DNP* rectangle en *N*, d'après le théorème de Pythagore, on a $DP^2 = DN^2 + NP^2$, soit $4{,}2^2 = 4^2 + NP^2$.
On fait $4{,}2^2 - 4^2 = NP^2$, puis $\sqrt{1{,}64} = NP$, car *NP* est une longueur.
On obtient $NP \approx 1{,}28$.
La hauteur du mur est 1,28 m au cm près.

2. Dans le triangle *DNP* rectangle en *N*, on a $\cos(\widehat{NDP}) = \dfrac{\text{côté adjacent à } D}{\text{hypoténuse}} = \dfrac{4}{4{,}2}$.
On fait $\widehat{NDP} = \cos^{-1}\left(\dfrac{4}{4{,}2}\right)$. **L'angle $\widehat{NDP}$ mesure 18° au degré près.**

Sujet 65 Pythagore et réciproque

Exercice : 14 points

ÉNONCÉ Théorème de Thalès

La figure ci-contre n'est pas en vraie grandeur.
On donne les informations suivantes :
– Le triangle ADE a pour dimensions :
$AD = 7$ cm, $AE = 4,2$ cm et $DE = 5,6$ cm.
– F est le point de $[AD]$ tel que $AF = 2,5$ cm.
– B est le point de $[AD)$ et C est le point de $[AE)$ tels que $AB = AC = 9$ cm.
– La droite (FG) est parallèle à la droite (DE).

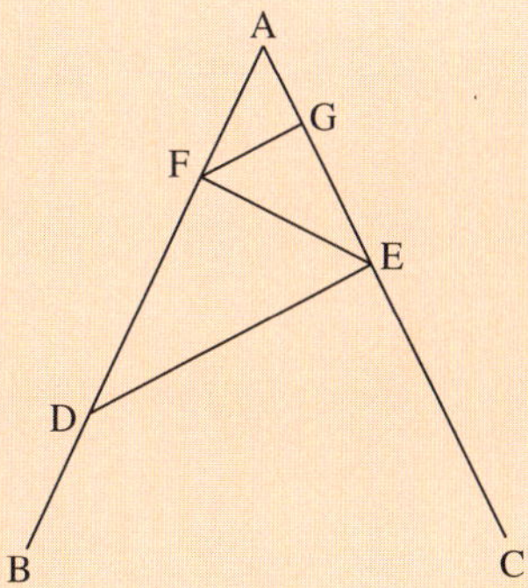

1. Réaliser une figure en vraie grandeur.

2. Prouver que ADE est un triangle rectangle en E.

3. Calculer la longueur FG.

CORRIGÉ

1. On trace le segment $[AD]$ de longueur 7 cm.
On trace un arc de cercle de centre A et de rayon 4,2 cm qui coupe un arc de cercle de centre D et de rayon 5,6 cm en un point E.
On place le point F sur $[AD]$ tel que $AF = 2,5$ cm.
On place le point B sur $[AD)$ et le point C sur $[AE)$ tels que $AB = AC = 9$ cm.
On trace la droite Δ perpendiculaire à (DE) en D, puis la perpendiculaire à Δ qui passe par F. Cette dernière droite coupe (AE) en G.
Voir le schéma page suivante.

2. Dans le triangle ADE, on a :
$AD^2 = 7^2 = 49$ et $AE^2 + ED^2 = 4,2^2 + 5,6^2 = 49$.
On constate que $AD^2 = AE^2 + ED^2$.
D'après la réciproque du théorème de Pythagore, ***ADE* est un triangle rectangle en *E*.**

3. ADE est un triangle avec F sur (AD), G sur (AE) et (FG) parallèle à (DE).
D'après le théorème de Thalès, on a :
$\frac{AF}{AD} = \frac{AG}{AE} = \frac{FG}{DE}$, soit $\frac{2{,}5}{7} = \frac{AG}{4{,}2} = \frac{FG}{5{,}6}$.
On a en particulier $\frac{2{,}5}{7} = \frac{FG}{5{,}6}$ qui donne $\frac{2{,}5}{7} \times 5{,}6 = FG$.
On a donc $\boldsymbol{FG = 2}$ **cm**.

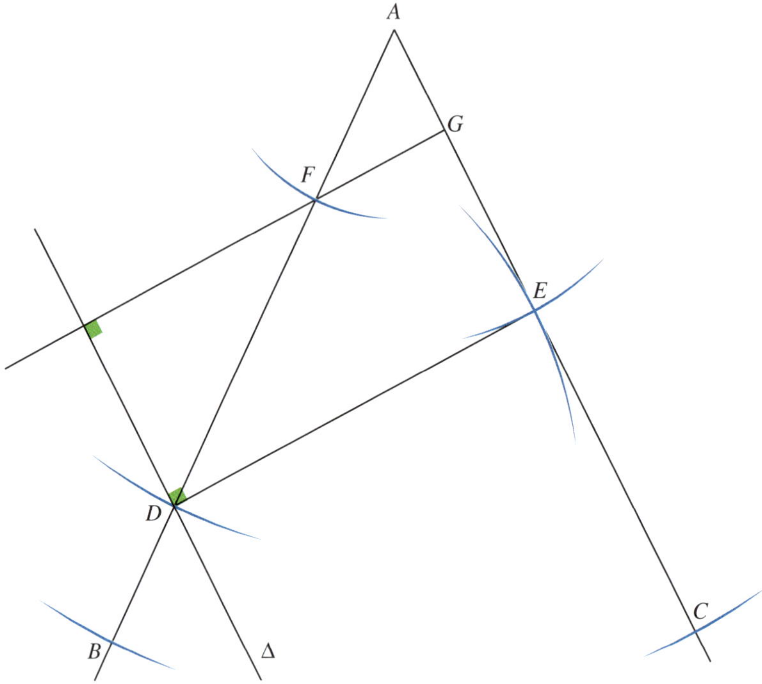

Sujet 66

Pythagore et réciproque

Exercice : 14 points

ÉNONCÉ **Théorème de Pythagore, trigonométrie**

La figure ci-dessous n'est pas à l'échelle.
Les points C, B et E sont alignés.
Le triangle ABC est rectangle en A.
Le triangle BCD est rectangle en B.

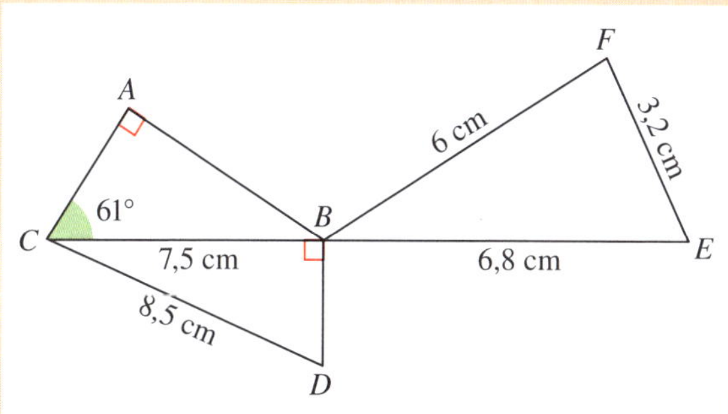

1. Montrer que la longueur BD est égale à 4 cm.
2. Montrer que les triangles CBD et BFE sont semblables.
3. Sophie affirme que l'angle $\widehat{BFE}$ est un angle droit. A-t-elle raison ?
4. Max affirme que l'angle $\widehat{ACD}$ est un angle droit. A-t-il raison ?

CORRIGÉ

1. CBD est un triangle rectangle en B.
D'après le théorème de Pythagore, on a :
$CD^2 = CB^2 + BD^2$, soit $8{,}5^2 = 7{,}5^2 + BD^2$.
On a donc $72{,}25 - 56{,}25 = BD^2$, soit $16 = BD^2$.
Comme BD est une longueur, on a $BD = 516$.
La longueur BD est égale à 4 cm.

2. On a $\frac{CD}{BE} = \frac{8,5}{6,8} = 1,25$, $\frac{CB}{BF} = \frac{7,5}{6} = 1,25$ et $\frac{BD}{FE} = \frac{4}{3,2} = 1,25$.

Ayant leurs côtés de longueurs proportionnelles, **les triangles *BCD* et *BEF* sont semblables**.

3. Les triangles *BCD* et *BEF* étant semblables, ils ont des angles de mêmes mesures. Le triangle *CDB* étant rectangle en *B*, le triangle *BFE* est rectangle en *F*. **Sophie a raison**.

4. Dans le triangle *BCD* rectangle en *B*, on a :

$$\cos(\widehat{BCD}) = \frac{\text{côté adjacent à } C}{\text{hypoténuse}} = \frac{BC}{CD} = \frac{7,5}{8,5} = \frac{15}{17}.$$

On a donc $\widehat{BCD} = \cos^{-1}(\frac{15}{17})$, soit $\widehat{BCD} \approx 28,1°$.

On a $\widehat{ACD} = \widehat{ACB} + \widehat{BCD} \approx 61° + 28,1° \approx 89,1°$.

L'angle $\widehat{ACD}$ n'est pas droit. Max se trompe.

Sujet 67

Trigonométrie

Exercice : 14 points

ÉNONCÉ Sinus, tangente

On obtient la pente d'une route en calculant le quotient du dénivelé (c'est-à-dire du déplacement vertical) par le déplacement horizontal correspondant. Une pente s'exprime sous forme d'un pourcentage.
Sur l'exemple ci-dessous, la pente de la route est :

$$\frac{\text{dénivelé}}{\text{distance horizontale}} = \frac{15}{120} = 0{,}125 = 12{,}5\ \%.$$

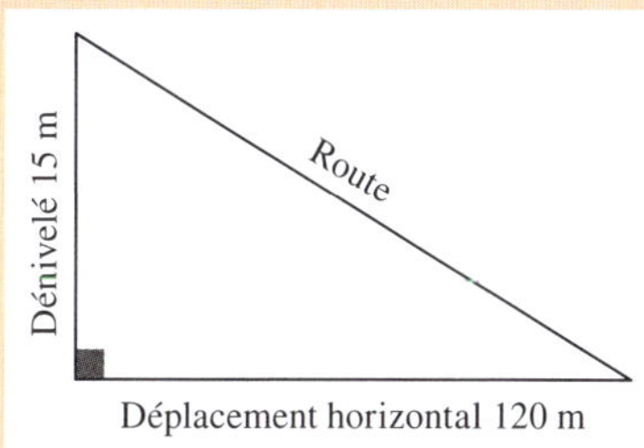

Classer les pentes suivantes dans l'ordre décroissant, c'est-à-dire de la pente la plus forte à la pente la moins forte.

Route descendant du château des Adhémar, à Montélimar	
Tronçon d'une route descendant du col du Grand-Colombier (Ain)	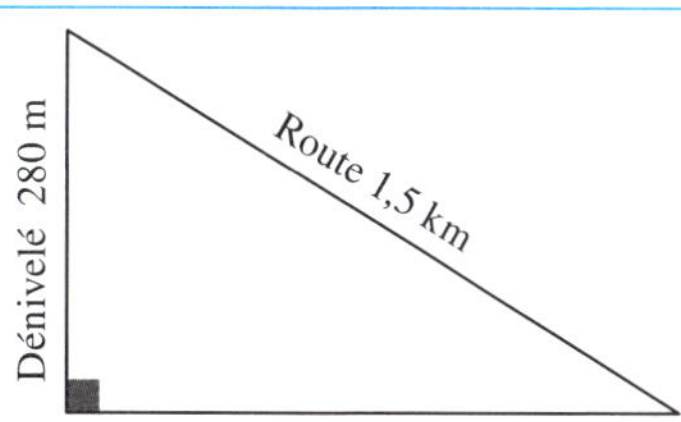

Tronçon d'une route descendant de l'Alto de l'Angliru (région des Asturies, Espagne)

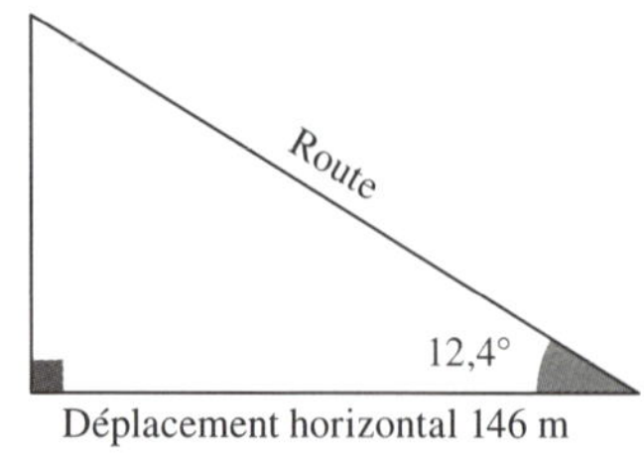

CORRIGÉ

On obtient la pente d'une route en calculant le quotient du dénivelé (c'est-à-dire du déplacement vertical) par le déplacement horizontal correspondant, c'est-à-dire en calculant la tangente de l'angle aigu $\widehat{a}$ formé par la route et l'horizontale.

Pour la route descendant du château des Adhémar, à Montélimar, **la pente est 24 %.**

Pour le tronçon d'une route descendant du col du Grand-Colombier, l'angle $\widehat{a}$ entre la route et l'horizontale est tel que :

$\sin(\widehat{a}) = \dfrac{\text{côté opposé à } \widehat{a}}{\text{hypoténuse}} = \dfrac{280 \text{ m}}{1\,500 \text{ m}} = \dfrac{28}{150}$. On a $\widehat{a} = \sin^{-1}\left(\dfrac{28}{150}\right) \approx 10{,}758$ et $\tan(\widehat{a}) \approx 0{,}19$. **La pente est de 19 %.**

Pour le tronçon d'une route descendant de l'Alto de l'Angliru, $\widehat{a} = 12{,}4$ et $\tan(\widehat{a}) \approx 21{,}9$. **La pente est 21,9%.**

Dans l'ordre décroissant des pentes, on a : **la route descendant du château des Adhémar, à Montélimar, le tronçon d'une route descendant de l'Alto de l'Angliru et le tronçon d'une route descendant du col du Grand-Colombier**.

Sujet 68

Trigonométrie

Exercice : 16 points

ÉNONCÉ Tangente d'un angle, Pythagore, aire

Les panneaux photovoltaïques permettent de produire de l'électricité à partir du rayonnement solaire.
Une unité courante pour mesurer l'énergie électrique est le kilowatt heure, abrégé en kWh.

1. Le plus souvent, l'électricité produite n'est pas utilisée directement, mais vendue pour être distribuée dans le réseau électrique collectif. Le prix d'achat du kWh, donné en **centimes d'euros**, dépend du type d'installation et de sa puissance totale, ainsi que de la date d'installation des panneaux photovoltaïques. Ce prix d'achat du kWh est donné dans le tableau ci-dessous.

Tarifs d'un kWh en centimes d'euros

		Date d'installation			
Type d'installation	**Puissance totale**	**du 01/01/15 au 31/03/15**	**du 01/04/15 au 30/06/15**	**du 01/07/15 au 30/09/15**	**du 01/10/15 au 31/12/15**
Type A	**0 à 9 kW**	26,57	26,17	25,78	25,39
Type B	**0 à 36 kW**	13,46	13,95	14,7	14,4
	36 à 100 kW	12,79	13,25	13,96	13,68

Source : http://www.developpement-durable.gouv.fr

En mai 2015, on installe une centrale solaire du type B, d'une puissance de 28 kW.
Vérifier que le prix d'achat de 31 420 kWh est d'environ 4 383 €.

2. Une personne souhaite installer des panneaux photovoltaïques sur la partie du toit de sa maison orientée au sud. Cette partie est grisée sur la figure ci-contre. Elle est appelée pan sud du toit.
La production d'électricité des panneaux solaires d
toit.
Déterminer, au degré près, l'angle $\widehat{ABC}$ que forme ce pan sud du toit avec l'horizontale.

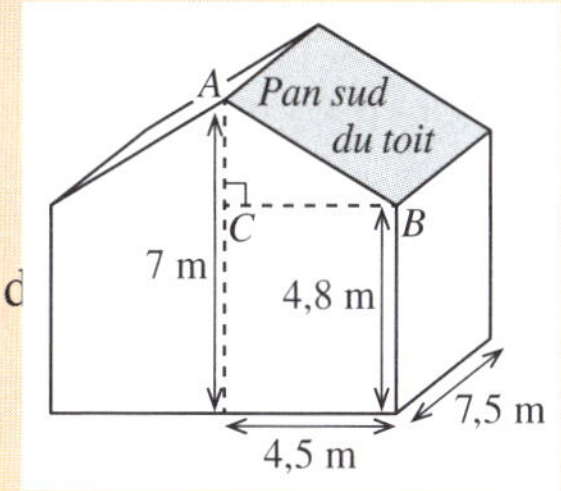

3. a) Montrer que la longueur AB est environ égale à 5 m.

b) Les panneaux photovoltaïques ont la forme d'un carré de 1 m de côté. Le propriétaire prévoit d'installer 20 panneaux.
Quel pourcentage de la surface totale du pan sud du toit sera alors couvert par les panneaux solaires ? On donnera une valeur approchée du résultat à 1 % près.

c) La notice d'installation indique que les panneaux doivent être accolés les uns aux autres et qu'une bordure d'au moins 30 cm de large doit être laissée libre pour le système de fixation tout autour de l'ensemble des panneaux.
Le propriétaire peut-il installer les 20 panneaux prévus ?

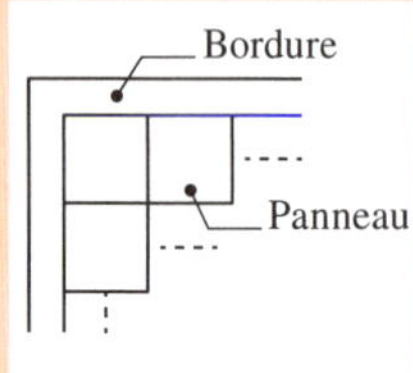

CORRIGÉ

1. D'après le tableau, pour une installation de type B installée en mai 2015 avec une puissance de 28 kW, le prix d'achat du kWh est de 13,95 centimes d'euros, soit 0,1395 euro. Pour 31 420 kWh achetés, le prix d'achat est $31\,420 \times 0{,}1395$ €, soit **environ 4 383 €**.

2. ABC est un triangle rectangle en C avec $AC = 7 \text{ m} - 4{,}8 \text{ m} = 2{,}2 \text{ m}$ et $CB = 4{,}5 \text{ m}$.
On a $\tan \widehat{ABC} = \dfrac{\text{côté opposé à } \widehat{B}}{\text{côté adjacent à } \widehat{B}} = \dfrac{AC}{BC} = \dfrac{2{,}2}{4{,}5}$.
On fait $\widehat{ABC} = \tan^{-1}\left(\dfrac{2{,}2}{4{,}5}\right)$.
L'angle $\widehat{ABC}$ que forme le pan sud du toit avec l'horizontale est de **26°** à 1° près.

3. a) ABC est un triangle rectangle en C.
D'après le théorème de Pythagore, on a :
$AB^2 = AC^2 + BC^2$, soit $AB^2 = 2{,}2^2 + 4{,}5^2$, ou encore $AB^2 = 25{,}09$.
Comme AB est une longueur, on a $AB = \sqrt{25{,}09}$, d'où $AB \approx 5$.
La longueur *AB* est environ égale à 5 m.

b) Chaque panneau solaire est un carré de 1 m de côté et d'aire 1 m^2.
La surface des 20 panneaux solaires est de 20 m^2.
La surface du pan sud du toit est celle d'un rectangle de 5 m sur 7,5 m ; sa surface est 5 m × 7,5 m soit 37,5 m^2.
On a $20 \div 37{,}5 \approx 0{,}53$.

Environ 53 % de la surface du pan sud du toit sera occupée par les panneaux solaires.

Aire d'un rectangle de dimensions *l* et *L* = *lL*.

c) En faisant un rectangle avec 4 panneaux solaires dans le sens de la hauteur et 5 panneaux solaires dans le sens de la longueur et en ajoutant 0,3 m pour les fixations sur chaque bord, il faut avoir dans le sens de la hauteur 4×1 m + $2 \times 0{,}3$ m, soit 4,6 m et dans le sens de la longueur 5×1 m + $2 \times 0{,}3$ m, soit 5,6 m.

Le propriétaire peut installer les 20 panneaux prévus.

1 cm = 0,01 m.

Sujet 69

Trigonométrie

Exercice : 18 points

ÉNONCÉ Calculs élémentaires, proportionnalité, trigonométrie

Le poids d'un corps sur un astre dépend de la masse et de l'accélération de la pesanteur.

On peut montrer que la relation est $P = mg$, P est le poids (en Newton) d'un corps sur un astre (c'est-à-dire la force que l'astre exerce sur le corps), m la masse (en kg) de ce corps, g l'accélération de la pesanteur de cet astre.

1. Sur la Terre, l'accélération de la pesanteur de la Terre g_T est environ 9,8. Calculer le poids (en Newton) sur Terre d'un homme ayant une masse de 70 kg.

2. Sur la Lune, la relation $P = mg$ est toujours valable.

On donne le tableau ci-dessous de correspondance Poids-Masse sur la Lune :

Masse (kg)	3	10	25	40	55
Poids (N)	5,1	17	42,5	68	93,5

a) Est-ce que le tableau ci-dessus est un tableau de proportionnalité ?

b) Calculer l'accélération de la pesanteur sur la Lune notée g_L.

c) Est-il vrai que l'on pèse environ 6 fois moins lourd sur la Lune que sur la Terre ?

3. Le dessin ci-dessous représente un cratère de la Lune.

BCD est un triangle rectangle en *D*.

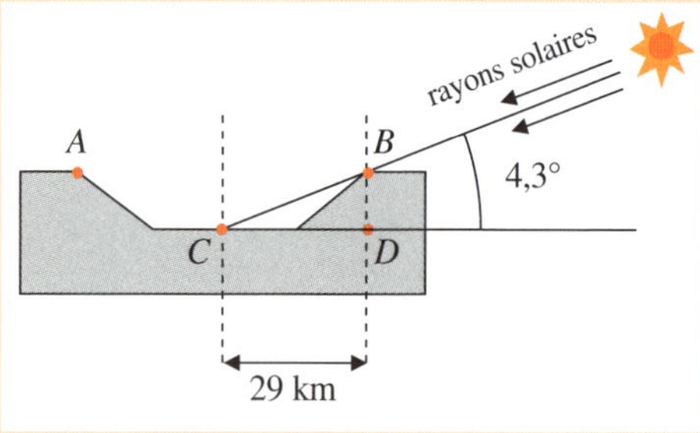

a) Calculer la profondeur du cratère. Arrondir au dixième de km près.

b) On considère que la longueur *CD* représente 20 % du diamètre du cratère. Calculer la longueur *AB* du diamètre du cratère.

CORRIGÉ

1. On a : $P = 70 \times 9{,}8 = 686$.
Sur la Terre, un homme ayant une masse de 70 kg pèse **686 N**.

2. a) On a : $\frac{5{,}1}{3} = 1{,}7$; $\frac{17}{10} = 1{,}7$; $\frac{42{,}5}{25} = 1{,}7$; $\frac{68}{40} = 1{,}7$ et $\frac{93{,}5}{55} = 1{,}7$
Le tableau donné est un tableau de proportionnalité.
b) De $P = mg$, on obtient $g = P \div m$.
D'après la question a) l'accélération de la pesanteur sur la Lune est $\boldsymbol{g_L = 1{,}7}$.
c) On a : $\frac{g_T}{g_L} = \frac{9{,}8}{1{,}7} \approx 5{,}76$. L'accélération de la pesanteur est presque 6 fois plus forte sur la Terre que sur la Lune donc **l'affirmation « l'on pèse environ 6 fois moins lourd sur la Lune que sur la Terre » est vraie.**

3. a) Dans le triangle BCD rectangle en D,
on a $\tan(\widehat{BCD}) = \frac{\text{côté opposé à } C}{\text{côté adjacent à } C} = \frac{BD}{CD}$, soit $\tan(\widehat{BCD}) \times CD = BD$.
On a donc $\tan(4{,}3°) \times 29 = BD$.
La profondeur du cratère est 2,2 km au dixième près.
b) On a $0{,}2 \times AB = CD$, d'où $AB = CD \div 0{,}2 = 29 \div 0{,}2 = 145$.
Le diamètre du cratère est de 145 km.

Sujet 70

Trigonométrie

Exercice : 16 points

ÉNONCÉ Espace, trigonométrie, volume, équation

Dans les marais salants, le sel récolté est stocké sur une surface plane comme l'illustre la photo ci-dessous.
On admet qu'un tas de sel a toujours la forme d'un cône de révolution.

1. a) Pascal souhaite déterminer la hauteur d'un cône de sel de diamètre 5 mètres. Il possède un bâton de longueur 1 mètre. Il effectue des mesures et réalise les deux schémas ci-dessous :

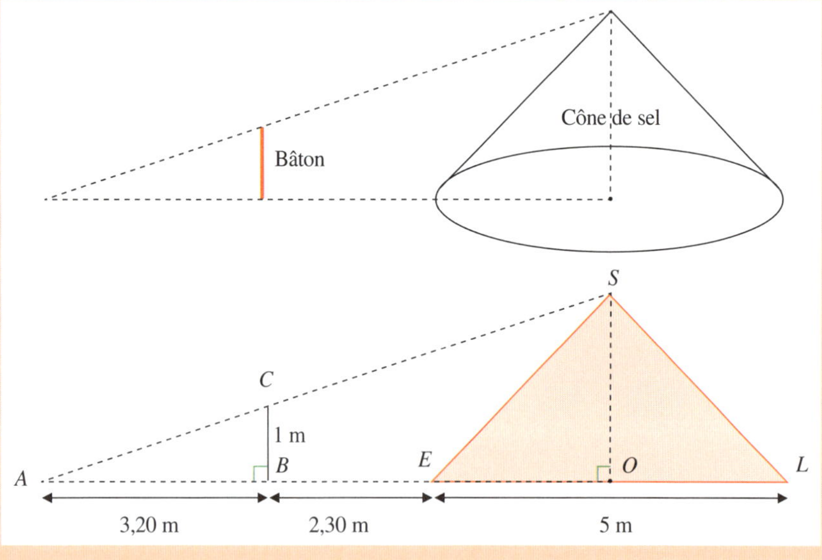

Démontrer que la hauteur de ce cône de sel est égale à 2,50 mètres.
Dans cette question, on n'attend pas de démonstration rédigée. Il suffit d'expliquer brièvement le raisonnement suivi et de présenter clairement les calculs.
b) À l'aide de la formule $V_{\text{cône}} = \dfrac{\pi \times \text{rayon}^2 \times \text{hauteur}}{3}$, déterminer, en m³, le volume de sel contenu dans ce cône. Arrondir le résultat au m³ près.
2. Le sel est ensuite stocké dans un entrepôt sous la forme de cônes de volume 1 000 m³. Par mesure de sécurité, la hauteur d'un tel cône de sel ne doit pas dépasser 6 mètres.
Quel rayon faut-il prévoir au minimum pour la base ? Arrondir le résultat au décimètre près.

CORRIGÉ

1. a) Les points A, B, E et O étant alignés dans cet ordre et O étant le milieu de $[EL]$, on a $AO = AB + BE + EO = 3{,}2 + 2{,}3 + 5 \div 2 = 8$ m.
CAB et SAO sont deux triangles rectangles respectivement en B et en O qui possèdent en A le même angle aigu.
Les tangentes de ces deux angles aigus sont égales.
Dans CAB, on a : $\tan(\widehat{A}) = \dfrac{\text{côté opposé à } A}{\text{côté adjacent à } A} = \dfrac{CB}{AB} = \dfrac{1}{3{,}20}$.
Dans SAO, on a $\tan(\widehat{A}) = \dfrac{\text{côté opposé à } A}{\text{côté adjacent à } A} = \dfrac{SO}{AO} = \dfrac{SO}{8}$.
On a donc $\dfrac{1}{3{,}2} \times 8 = SO$, soit $2{,}5 = SO$.
La hauteur du tas de sel est égale à 2,50 mètres.

On peut aussi utiliser le théorème de Thalès.

b) On a : $V = \dfrac{\pi \times 2{,}5^2 \times 2{,}5}{3} \approx 16{,}36$.
Le volume de sel dans le cône est 16 m³ à 1 m³ près.

2. Soit x le rayon minimal à prévoir.
On veut avoir $1\,000 = \dfrac{\pi \times x^2 \times 6}{3}$, qui donne successivement :
$3\,000 = \pi \times x^2 \times 6$;
$3\,000 \div (6\pi) = x^2$;
$\sqrt{\dfrac{3\,000}{6\pi}} = x$ car x est une longueur donc un nombre positif ; $\sqrt{\dfrac{500}{\pi}} = x$.
Le rayon minimum est de 12,6 m au décimètre près.

Sujet 71

Trigonométrie

Exercice : 16 points

ÉNONCÉ — Triangle rectangle, coefficient de réduction

La figure ci-dessous n'est pas à l'échelle.

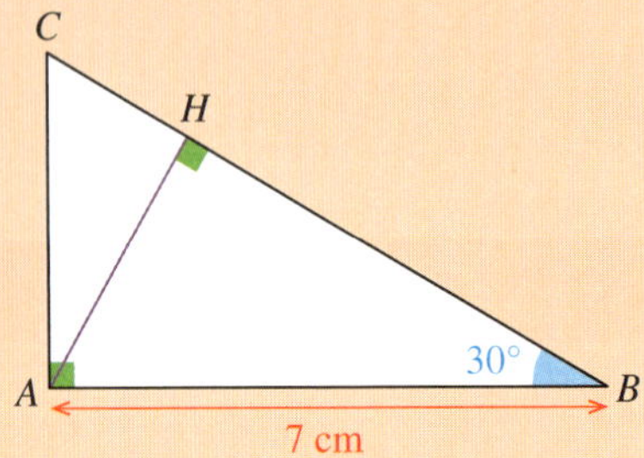

On considère ci-dessus un triangle ABC rectangle en A tel que $\widehat{ABC} = 30°$ et $AB = 7$ cm. H est le pied de la hauteur issue de A.

1. Tracer la figure en vraie grandeur sur la copie. Laisser les traits de construction apparents sur la copie.

2. Démontrer que $AH = 3,5$ cm.

3. Démontrer que les triangles ABC et HAC sont semblables.

4. Déterminer le coefficient de réduction permettant de passer du triangle ABC au triangle HAC.

CORRIGÉ

1. Tracer un segment $[AB]$ de longueur 7 cm.
Tracer une demi-droite $[Ax)$ perpendiculaire à (AB).
Tracer une demi-droite $[By)$ telle que $\widehat{ABy} = 30°$ et qui coupe $[Ax)$ en un point C.
Tracer la droite perpendiculaire à (BC) passant par A ; elle coupe (BC) en H.

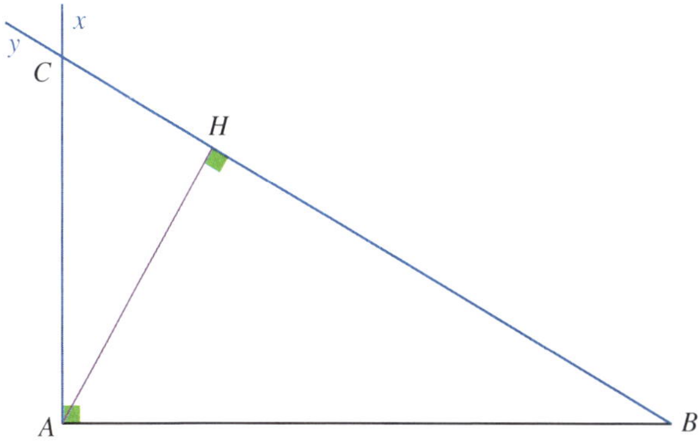

2. Dans le triangle *ABH* rectangle en *H*, on a

$\sin(\widehat{ABC}) = \frac{\text{côté opposé à } B}{\text{hypoténuse}} = \frac{AH}{AB}$, soit $\sin(30°) = \frac{AH}{7}$.

On a donc $7 \times \sin(30°) = AH$

On a bien AH = 3,5 cm.

3. Les deux triangles *ABC* et *HAC* sont rectangles (donc chacun avec un angle droit) et possèdent un angle en *B* de 30°. Ayant deux fois des angles de même mesure, **les triangles *ABC* et *HAC* sont semblables**.

4. Les triangles *ABC* et *HAC* étant semblables, le coefficient de réduction permettant de passer du triangle *ABC* au triangle *HAC* est égal au rapport des hypoténuses respectives *BC* et *AB*.

Comme le triangle *ABC* est rectangle en *A*, on a :

$\frac{AB}{BC} = \frac{\text{côté adjacent à } B}{\text{hypoténuse}} = \cos(30°)$

Le coefficient de réduction permettant de passer du triangle *ABC* au triangle *HAC* est cos(30°).

N.B. $\cos(30°) = \frac{\sqrt{3}}{2}$

Sujet 72

Transformation du plan

Exercice : 6 points

ÉNONCÉ Transformation, translation

Gaspard travaille avec un logiciel de géométrie dynamique pour construire une frise.

Il a construit un triangle ABC isocèle en C (motif 1) puis il a obtenu le losange $ACBD$ (motif 2).

Voici les captures d'écran de son travail.

Motif 1

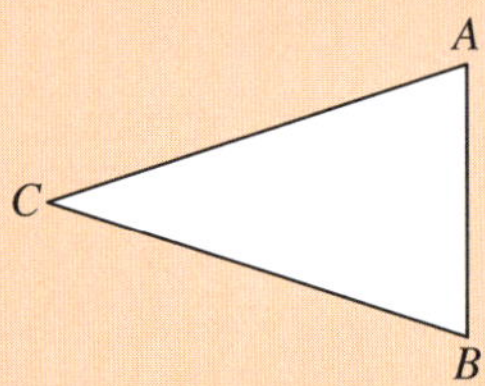

Motif 2

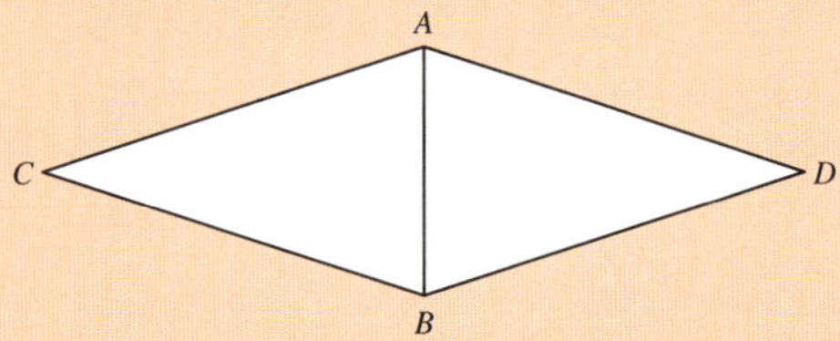

1. Préciser une transformation permettant de compléter le motif 1 pour obtenir le motif 2.

2. Une fois le motif 2 construit, Gaspard a appliqué à plusieurs reprises une translation. Il obtient ainsi la frise ci-dessous.
Préciser de quelle translation il s'agit.

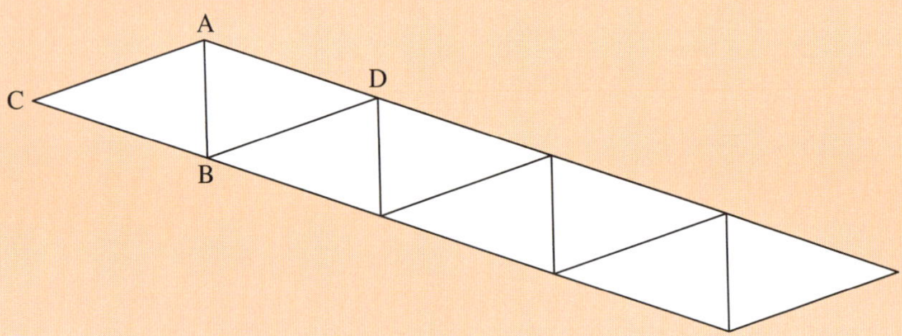

CORRIGÉ

1. On peut compléter le motif 1 pour obtenir le motif 2, soit par **une symétrie axiale d'axe (*AB*),** mais aussi par **une symétrie centrale de centre le milieu de [*AB*]**.
2. La translation qui permet de construire par répétition la frise à partir du motif 2 est **la translation qui transforme *A* en *D*** (ou *C* en *B*).

Sujet 73

Transformation du plan

Exercice : 9 points

ÉNONCÉ Aire

Le pavage représenté sur la figure 1 est réalisé à partir d'un motif appelé pied-de-coq qui est présent sur de nombreux tissus utilisés pour la fabrication de vêtements.

Le motif pied-de-coq est représenté par le polygone ci-dessous à droite (figure 2) qui peut être réalisé à l'aide d'un quadrillage régulier.

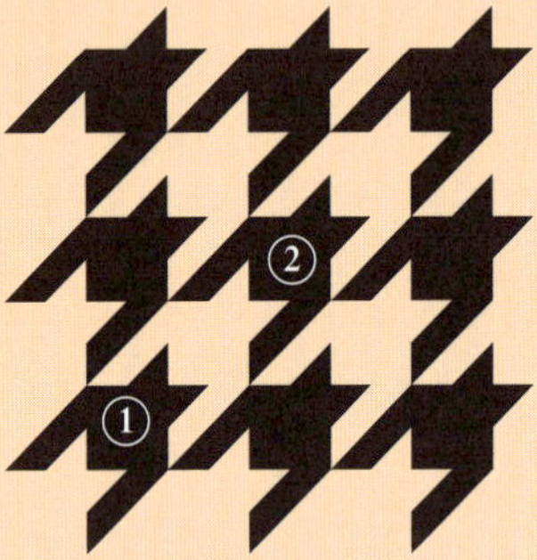

Figure 1

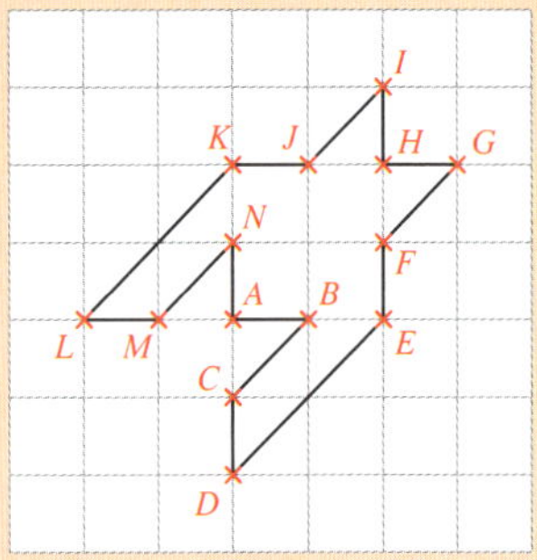

Figure 2

1. Sur la figure 1, quel type de transformation géométrique permet d'obtenir le motif 2 à partir du motif 1 ?

2. Dans cette question, on considère que : $AB = 1$ cm (figure 2).
Déterminer l'aire d'un motif pied-de-coq.

3. Marie affirme : « Si je divise par 2 les longueurs d'un motif, son aire sera aussi divisée par 2. » A-t-elle raison ? Expliquer pourquoi.

CORRIGÉ

1. C'est **une translation** qui permet d'obtenir le motif 2 à partir du motif 1.

2. Si $AB = 1$ cm, alors l'aire d'un carreau est 1 cm^2.

Dans le motif, on compte 4 carrés entiers et 8 demi-carrés, soit un total de 8 carrés. **L'aire d'un motif pied-de-coq est 8 cm^2.**

3. **L'affirmation de Marie est fausse.** En divisant les longueurs des motifs par 2, elle réalise une réduction de rapport 0,5, donc l'aire est multipliée par $0{,}5^2$, c'est-à-dire multipliée par 0,25 ou encore divisée par 4.

Dans une réduction de rapport k, les aires sont multipliées par k^2.

Sujet 74

Autres propriétés

Exercice : 15 points

ÉNONCÉ **Triangle rectangle, calcul d'aire**

Soit un cercle de diamètre [KM] avec $KM = 6$ cm.
Soit un point L sur le cercle tel que $ML = 3$ cm.

1. Faire une figure.
2. Déterminer l'aire en cm² du triangle KLM. Donner la valeur exacte puis un arrondi au cm² près.

CORRIGÉ

1. On trace un segment [KM] avec $KM = 6$ cm, puis le cercle de diamètre [KM]. On trace un arc de cercle de centre M et de rayon 3 cm qui coupe le cercle en un point L.

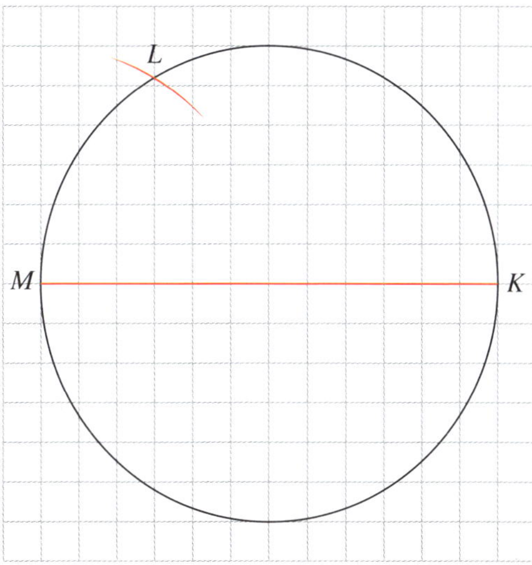

2. [KM] est un diamètre du cercle circonscrit au triangle MLK.
Si un côté d'un triangle est un diamètre de son cercle circonscrit, alors ce triangle est rectangle au sommet opposé au côté diamètre.
MLK est rectangle en L.
D'après le théorème de Pythagore, on a $MK^2 = ML^2 + LK^2$, soit $6^2 = 3^2 + LK^2$.
On fait $36 - 9 = LK^2$, soit $27 = LK^2$.
On a donc $LK = \sqrt{27}$, car c'est une longueur.
L'aire du triangle MLK est $\dfrac{\text{base } ML \times \text{hauteur } LK}{2} = \mathbf{\dfrac{3\sqrt{27}}{2}}$ cm², soit environ **8 cm²** à 1 cm² près.

Sujet 75

Autres propriétés

Exercice : 12 points

ÉNONCÉ Trigonométrie, triangle rectangle, polygone régulier

Trois figures codées sont données ci-dessous. Elles ne sont pas dessinées en vraie grandeur.
Pour chacune d'elles, déterminer la mesure de l'angle $\widehat{ABC}$.

Figure 1

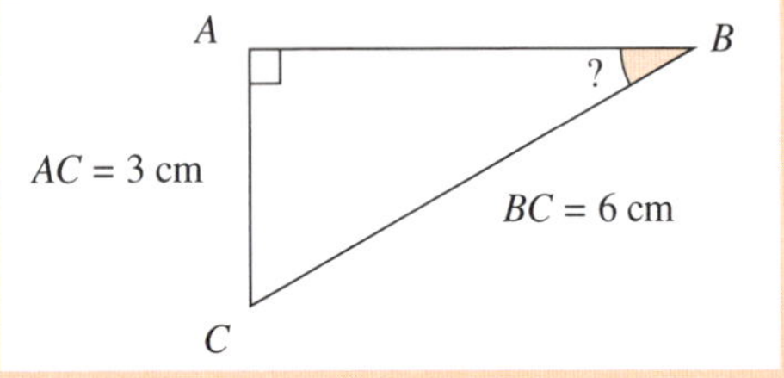

Figure 2

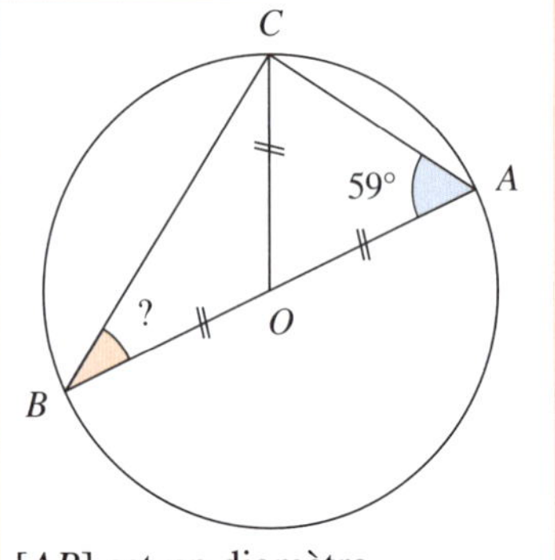

[AB] est un diamètre du cercle de centre O.

Figure 3

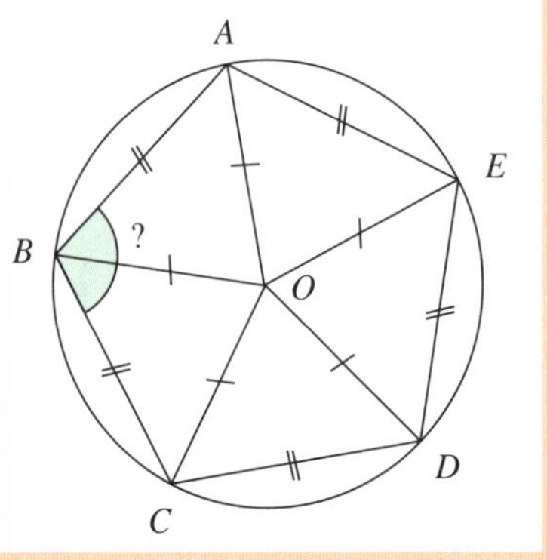

CORRIGÉ

Figure 1

ABC est un triangle rectangle en A.

On a $\sin(\widehat{ABC}) = \dfrac{\text{côté opposé à } B}{\text{hypoténuse}} = \dfrac{AC}{BC}$, soit $\sin(\widehat{ABC}) = \dfrac{3}{6} = 0{,}5$.

On a donc : $\boldsymbol{\widehat{ABC} = 30°}$.

Figure 2

[AB] est un diamètre du cercle circonscrit à ABC.
Si un côté d'un triangle est un diamètre de son cercle circonscrit, alors ce triangle est rectangle au sommet opposé au côté diamètre.
ABC est rectangle en C. Ses angles aigus sont complémentaires.
On a $\widehat{ABC} = 90° - \widehat{BAC} = 90° - 59°$ donc $\boldsymbol{\widehat{ABC} = 31}°$.

Figure 3

$ABCDE$ est un pentagone régulier, donc $\widehat{AOB} = \dfrac{360°}{5} = \mathbf{72}°$.

Les triangles AOB et BOC sont semblables donc $\widehat{OBC} = \widehat{OAB}$.
On a $\widehat{ABC} = \widehat{ABO} + \widehat{OBC} = \widehat{ABO} + \widehat{OAB}$.
Or, dans un triangle, la somme des trois angles vaut 180°.
On a $\widehat{ABO} + \widehat{OAB} = 180° - \widehat{AOB} = 180° - 72° = 108°$.
On a donc $\boldsymbol{\widehat{ABC} = 108}°$.

Dans un polygone régulier à n côtés, l'angle au centre entre deux sommets consécutifs mesure $\dfrac{360°}{n}$.

Sujet 76

Autres propriétés

Exercice : 8 points

ÉNONCÉ Rectangle, théorème de Pythagore

Pour une bonne partie de pêche au bord du canal, il faut un siège pliant adapté !
Nicolas est de taille moyenne et, pour être bien assis, il est nécessaire que la hauteur de l'assise du siège soit comprise entre 44 cm et 46 cm.
Voici les dimensions d'un siège pliable qu'il a trouvé en vente sur Internet :
– longueur des pieds : 56 cm ;
– largeur de l'assise : 34 cm ;
– profondeur de l'assise : 31 cm.

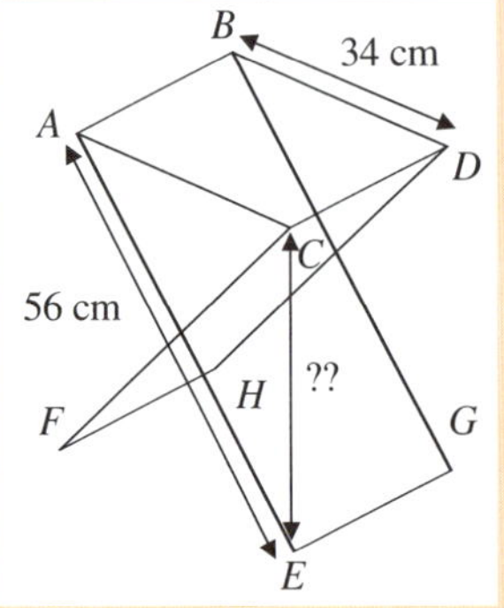

L'angle $\widehat{ACE}$ est droit et *ABDC* est rectangle.
La hauteur du siège lui est-elle adaptée ?

CORRIGÉ

ABDC étant un rectangle, on a $AC = BD = 34$ cm.
Dans le triangle rectangle *ACE*, d'après le théorème de Pythagore, on a successivement :
$AE^2 = AC^2 + CE^2$; $56^2 = 34^2 + CE^2$; $3\,136 - 1\,156 = CE^2$;
$\sqrt{1980} = CE$ car *CE* est une longueur.
On a donc $CE \approx 44{,}5$ cm, donc la hauteur *CE* de l'assise est comprise entre 44 et 46 cm. **Elle est adaptée à Nicolas.**

Sujet 77 Autres propriétés

Exercice : 16 points

ÉNONCÉ **Pentagone régulier, triangle isocèle**

Le Pentagone est un bâtiment hébergeant le ministère de la Défense des États-Unis.
Il a la forme d'un pentagone régulier inscrit dans un cercle de rayon $OA = 238$ m.
Il est représenté par le schéma ci-contre.

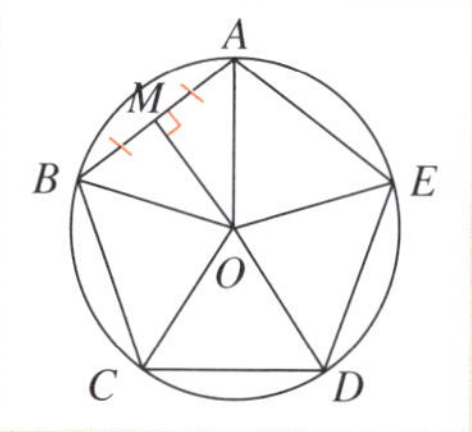

1. Calculer la mesure de l'angle $\widehat{AOB}$.
2. La hauteur issue de O dans le triangle AOB coupe le côté $[AB]$ au point M.
a) Justifier que (OM) est aussi la bissectrice de $\widehat{AOB}$ et la médiatrice de $[AB]$.
b) Prouver que $[AM]$ mesure environ 140 m.
c) En déduire une valeur approchée du périmètre du Pentagone.

CORRIGÉ

1. Le pentagone est régulier, donc $\widehat{AOB} = \dfrac{360°}{5} = \mathbf{72°}$.

Dans un polygone régulier à n côtés, l'angle au centre entre deux sommets consécutifs mesure $\dfrac{360°}{n}$.

2. a) On a $AO = BO$, donc le triangle AOB est isocèle en O et (OM) est la hauteur principale. Si un triangle est isocèle, alors la hauteur principale est aussi une médiane, une bissectrice et une médiatrice.
(OM) est aussi la bissectrice de $\widehat{AOB}$ et la médiatrice de $[AB]$.
b) (OM) est la bissectrice de $\widehat{AOB}$, donc on a $\widehat{AOM} = 72° \div 2 = 36°$.
(OM) étant la hauteur issue de O, le triangle AOM est rectangle en M.
On a $\sin(\widehat{AOM}) = \dfrac{\text{côté opposé à } O}{\text{hypoténuse}} = \dfrac{AM}{AO}$, soit $\sin(36°) = \dfrac{AM}{238}$.
On fait $\sin(36°) \times 238 = AM$. **$[AM]$ mesure environ 140 mètres.**
c) (OM) est aussi la médiatrice de $[AB]$, donc M est le milieu de $[AB]$.
On a donc $AB = 2AM$.
Le périmètre du Pentagone vaut $5AB$, soit $10AM$, ou environ **1 400 mètres**.

Sujet 78

Autres propriétés

Exercice : 10 points

ÉNONCÉ Triangle isocèle, trigonométrie

Certaines écluses ont des portes dites « busquées » qui forment un angle pointé vers l'amont de manière à résister à la pression de l'eau.

En vous appuyant sur le schéma ci-dessous, déterminer la longueur des portes au cm près.
Si le travail n'est pas terminé, laisser tout de même une trace de la recherche. Elle sera prise en compte dans la notation.

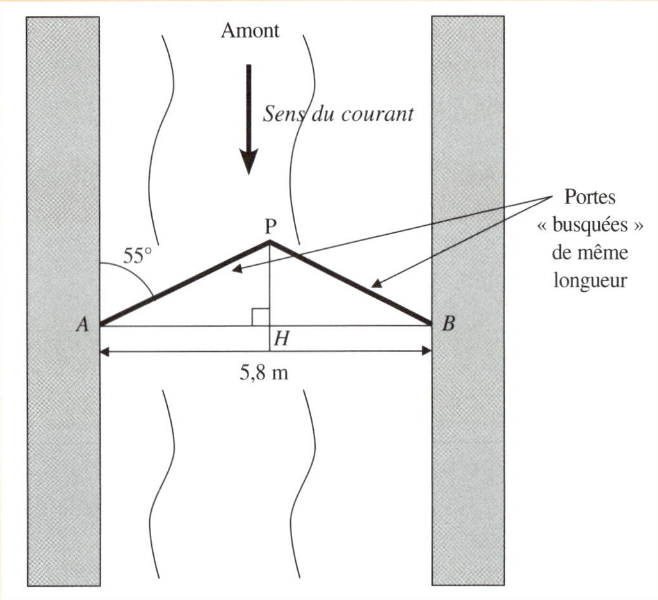

CORRIGÉ

Les portes ayant la même taille, le triangle APB est isocèle en P et la hauteur principale (PH) est aussi une médiane.
H est le milieu du segment $[AB]$ et $AH = \dfrac{AB}{2} = 2{,}9$ m.

La droite (AB) étant perpendiculaire au bord du canal, l'angle $\widehat{PAH}$ mesure $90° - 55°$, soit $35°$.
Dans le triangle APH rectangle en H, on a successivement :

$\cos(\widehat{PAH}) = \dfrac{\text{côté adjacent à } A}{\text{hypoténuse}} = \dfrac{AH}{AP}$;

$\cos(35°) = \dfrac{2{,}9}{AP}$;

$AP \cos(35°) = 2{,}9$;

$AP = \dfrac{2{,}9}{\cos(35°)}$.

La longueur de chacune des portes est de 3,54 m au centimètre près.

Sujet 79

Calcul d'aires

Exercice : 20 points

ÉNONCÉ **Aire rectangle, tableur**

Le schéma ci-dessous représente le jardin de Leïla. Il n'est pas à l'échelle. $[OB]$ et $[OF]$ sont des murs, $OB = 6$ m et $OF = 4$ m.
La ligne pointillée $BCDEF$ représente le grillage que Leïla veut installer pour délimiter un enclos rectangulaire $OCDE$.
Elle dispose d'un rouleau de 50 m de grillage qu'elle veut utiliser entièrement.

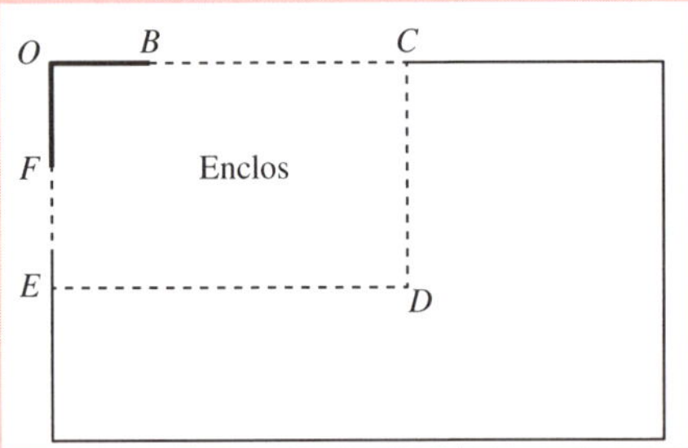

Leïla envisage plusieurs possibilités pour placer le point C.

1. En plaçant C pour que $BC = 5$ m, elle n'obtient que $FE = 15$ m.
a) Vérifier qu'elle utilise les 50 m de grillage.
b) Justifier que l'aire A de l'enclos $OCDE$ est 209 m^2.
2. Pour avoir une aire maximale, Leïla fait appel à sa voisine professeure de mathématiques qui, un peu pressée, lui écrit sur un bout de papier :
« En notant $BC = x$, on a $A(x) = -x^2 + 18x + 144$ ».
Vérifier que la formule de la voisine est bien cohérente avec le résultat de la question 1.
3. Dans cette partie, les questions a) et b) ne nécessitent pas de justification.
a) Leïla a saisi une formule en B2 puis l'a étirée jusqu'à la cellule I2.

B2		=–B1*B1+18*B1+144								
	A	**B**	**C**	**D**	**E**	**F**	**G**	**H**	**I**	**J**
1	x	5	6	7	8	9	10	11	12	
2	$A(x) = -x^2+18x+144$	**209**	216	221	224	225	224	221	216	
3										

Quelle formule est alors inscrite dans la cellule F2 ?

b) Parmi les valeurs figurant dans le tableau, quelle est celle que Leïla va choisir pour BC afin d'obtenir un enclos d'aire maximale ?
c) Donner les dimensions de l'enclos ainsi obtenu.

CORRIGÉ

1. a) Comme le point B appartient au segment $[BC]$,
on a $OC = OB + BC = 6 + 5 = 11$.
Comme le point F appartient au segment $[OE]$,
on a $OE = OF + FE = 4 + 15 = 19$.
Dans le rectangle $OCDE$, on a $DE = OC = 11$ et $CD = OE = 19$.
La longueur de grillage utilisée est :
$FE + ED + DC + CB = 15 + 11 + 19 + 5 = 50$.
Elle utilise donc les 50 m de grillage.
b) L'aire du rectangle $OCDE$ est $OC \times OE = 11 \times 19 = 209$.
L'aire de l'enclos est 209 m^2.

2. Si $x = 5$ alors on a $A(5) = -5^2 + 18 \times 5 + 144 = -25 + 90 + 144 = 209$.
La formule de la voisine est bien cohérente avec le résultat de la question 1.

3. a) Dans la cellule F2, on a **=–F1*F1+18*F1+144**.
b) Dans le tableau l'aire est maximale quand $\boldsymbol{BC = 9}$.
c) On a alors $OC = OB + BC = 6 + 9 = 15$.
L'aire de l'enclos étant alors de 225, on a $OE = 225 \div OC = 15$.
L'enclos est donc un carré dont les côtés mesurent 15 m.

Sujet 80

Calcul d'aires

Exercice : 12 points

ÉNONCÉ Calculs d'aires

Les longueurs sont données en centimètres.
ABCD est un trapèze.

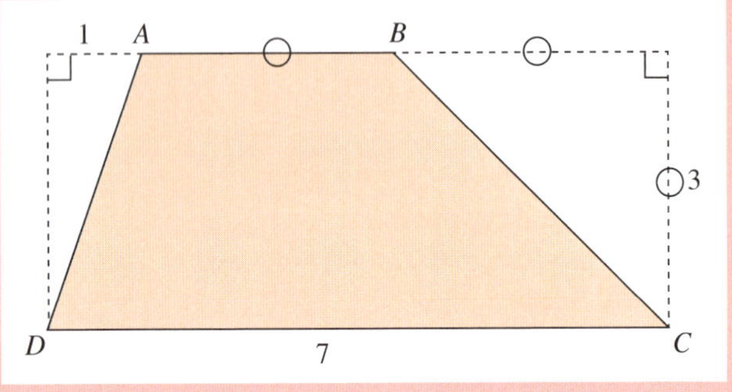

1. a) Donner une méthode permettant de calculer l'aire du trapèze *ABCD*.
b) Calculer l'aire de *ABCD*.

2. *Dans cette question, si le travail n'est pas terminé, laisser tout de même une trace de la recherche. Elle sera prise en compte dans l'évaluation.*
L'aire *A* d'un trapèze est donnée par l'une des formules suivantes.
Retrouver la formule juste en expliquant votre choix.

$A = \dfrac{(b \times B)h}{2}$ $\qquad A = \dfrac{(b + B)h}{2}$ $\qquad A = 2(b + B)h$

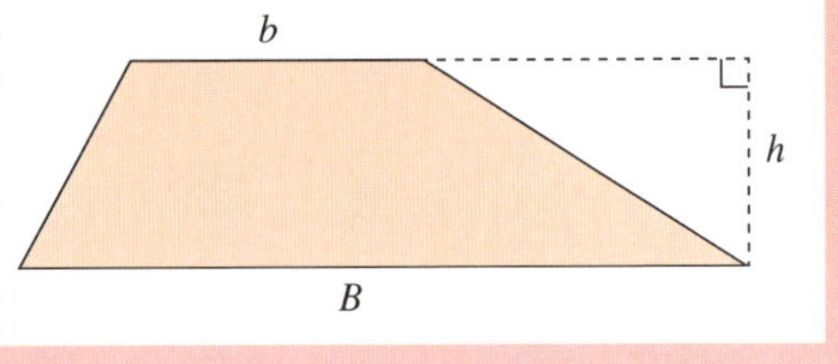

CORRIGÉ

1. a) On peut calculer l'aire du rectangle en pointillé et ôter les aires des deux triangles rectangles afin d'obtenir l'aire du trapèze *ABCD*.

b) On a : $A = 7 \times 3 - \frac{3 \times 3}{2} - \frac{3 \times 1}{2} = 21 - 4{,}5 - 1{,}5 = 15$.

L'aire de *ABCD* est 15 cm².

2. Pour calculer l'aire du trapèze, on peut le partager à l'aide d'une diagonale en deux triangles de même hauteur *h*.

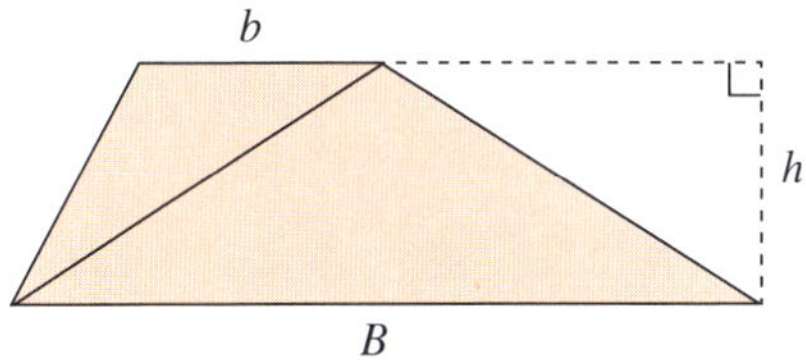

L'aire d'un triangle est $\frac{bh}{2}$ et celle de l'autre triangle est $\frac{Bh}{2}$.

L'aire du trapèze est : $A = \frac{bh}{2} + \frac{Bh}{2} = \frac{bh + Bh}{2} = \frac{(b + B)h}{2}$.

Sujet 81

Calcul d'aires

Exercice : 16 points

ÉNONCÉ Calculs d'aires, équation

Le dessin ci-contre représente une figure composée d'un carré $ABCD$ et d'un rectangle $DEFG$.
E est un point du segment $[AB]$.
C est un point du segment $[DG]$.
Dans cette figure, la longueur AB peut varier, mais on a toujours : $AE = 15$ cm et $CG = 25$ cm.

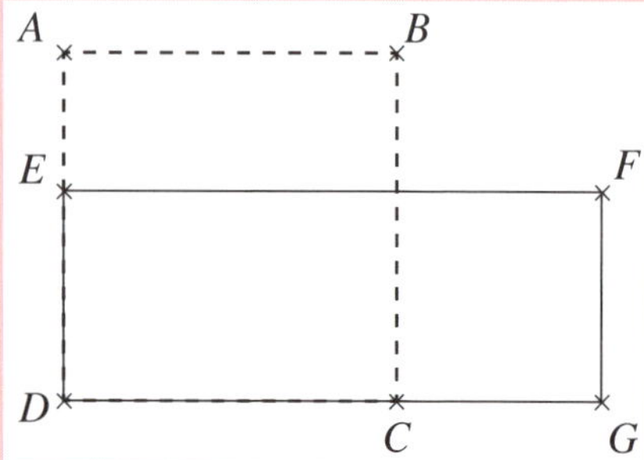

1. Dans cette question, on suppose que : $AB = 40$ cm.
a) Calculer l'aire du carré $ABCD$.
b) Calculer l'aire du rectangle $DEFG$.
2. Peut-on trouver la longueur AB de sorte que l'aire du carré $ABCD$ soit égale à l'aire du rectangle $DEFG$?
Si le travail n'est pas terminé, laisser tout de même une trace de la recherche. Elle sera prise en compte dans la notation.

CORRIGÉ

1. a) Le côté du carré est 40 cm. On a $40 \times 40 = 1\,600$.
L'aire du carré $ABCD$ est 1 600 cm².

> L'aire d'un carré de côté a est a^2.

b) Comme E est sur $[AD]$, on a $DE = DA - AE = 40 - 15 = 25$.
Comme C est sur $[DG]$, on a $DG = DC + CG = 40 + 25 = 65$.
On a $25 \times 65 = 1\,625$.
L'aire du rectangle $DEFG$ est 1 625 cm².

> L'aire d'un rectangle de dimensions l et L est lL.

2. Soit x le côté AB du carré. L'aire du carré est x^2.

Comme E est sur $[AD]$, on a $DE = DA - AE = x - 15$.
Comme C est sur $[DG]$, on a $DG = DC + CG = x + 25$.
L'aire du rectangle est $(x - 15)(x + 25)$.
On veut que le carré et le rectangle aient la même aire, ce qui donne successivement :
$x^2 = (x - 15)(x + 25)$;
$x^2 = x^2 + 25x - 15x - 375$;
$0 = 10x - 375$;
$375 = 10x$;
$375 \div 10 = x$;
$37{,}5 = x$.
Pour une longueur *AB* de 37,5, l'aire du carré *ABCD* est égale à l'aire du rectangle *DEFG*.

Sujet 82

Calcul d'aires

Exercice : 12 points

ÉNONCÉ Calculs d'aires, proportionnalité, pourcentage

BIENVENUE DANS LE PARC « D'ANI-MATH-ION »

Le parc vous accueille dans une entrée-billetterie : c'est un pavé droit à base carrée surmonté d'une coupole semi-sphérique, représenté ci-contre.

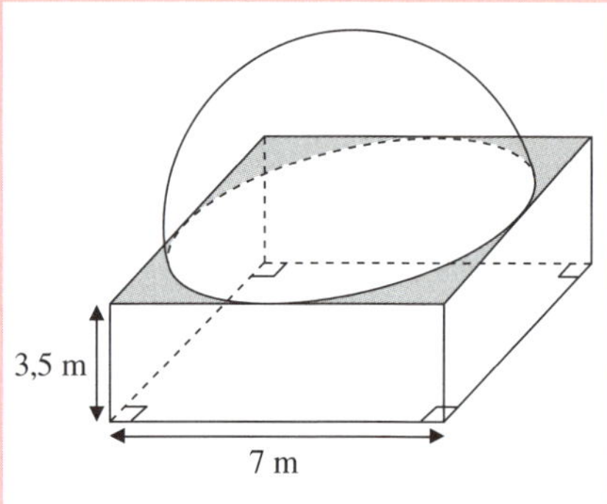

Ouvert depuis quelques années, abîmé par les intempéries, ce bâtiment doit être repeint.

Toutes les surfaces extérieures sont repeintes, c'est-à-dire :

- les 4 faces latérales du pavé droit ;
- la partie plane du toit (parties grisées sur la figure) ;
- la coupole semi-sphérique.

1. Sachant que les ouvertures (portes et fenêtres, non représentées sur la figure) occupent une surface de 18 m², montrer que l'aire totale des surfaces à peindre est d'environ 168 m².

On rappelle que l'aire A d'une sphère de rayon R est donnée par la formule : $A = 4\pi R^2$.

2. On trouvera ci-dessous la facture correspondant aux travaux de peinture. Compléter cette facture à l'aide des informations fournies ci-dessous :

- un pot de 10 L de peinture permet de couvrir une surface de 40 m² ;
- le coût d'un pot de 10 L de peinture est de 400 € ;
- un ouvrier peint une surface de 42 m² à l'heure.

Quantité	Désignation	Prix unitaire	Prix total
5	pots d'antirouille	500,00 €	2 500,00 €
....	pots de peinture	400,00 €	....
....	heures (main-d'œuvre)	35,00 €	....
Total HT (coût hors taxes)			....
Montant de la TVA à 19,6 %			....
TOTAL TTC (coût toutes taxes comprises)			....

CORRIGÉ

1. Le périmètre du pavé droit est 4 × 7 m, soit 28 m.
L'aire des 4 parties verticales du pavé droit est 28 m × 3,5 m, soit **98 m²**.
L'aire de la partie horizontale du pavé droit à repeindre est : aire d'un carré de côté 7 m diminuée de l'aire d'un disque de rayon 3,5 m, soit $7 \times 7 - \pi \times 3{,}5^2$, donc environ **10,52 m²**.
L'aire de la coupole est $4 \times \pi \times 3{,}5^2 / 2$, soit environ **76,97 m²**.
L'aire totale des surfaces à peindre est : 98 m² + 10,52 m² + 76,97 m² – 18 m², soit environ 168 m².

2.

- 168 ÷ 40 = 4,2 : il faut 5 pots de 10 L de peinture.
- 168 ÷ 4 = 42 : il faut 4 heures de travail à l'ouvrier.

Quantité	Désignation	Prix unitaire	Prix total
5	pots d'antirouille	500,00 €	2 500,00 €
5	pots de peinture	400,00 €	**2 000,00 €**
4	heures (main-d'œuvre)	35,00 €	**140,00 €**
Total HT (coût hors taxes)			**4 640,00 €**
Montant de la TVA à 19,6 %			**909,44 €**
TOTAL TTC (coût toutes taxes comprises)			**5 549,44 €**

Sujet 83

Espace

Exercice : 18 points

ÉNONCÉ Espace

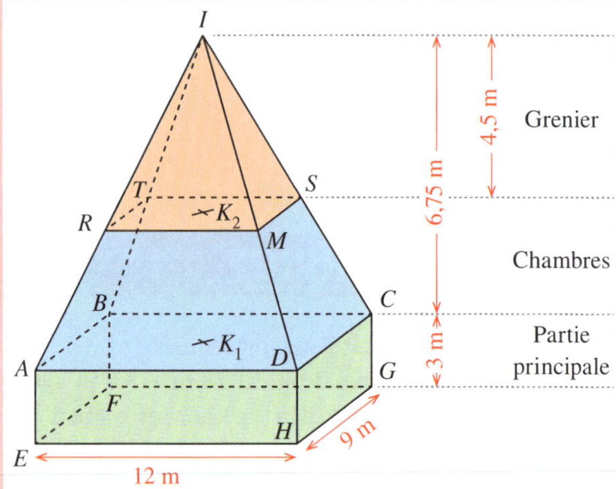

Une maison est composée d'une partie principale qui a la forme d'un pavé droit *ABCDEFGH* surmonté d'une pyramide *IABCD* de sommet *I* et de hauteur $[IK_1]$ perpendiculaire à la base de la pyramide.
Cette pyramide est coupée en deux parties :
– une partie basse *ABCDRTSM*, destinée aux chambres ;
– une partie haute *IRTSM*, réduction de hauteur $[IK_2]$ de la pyramide *IABCD*, correspondant au grenier.
On a : $EH = 12$ m ; $AE = 3$ m ; $HG = 9$ m ; $IK_1 = 6{,}75$ m et $IK_2 = 4{,}5$ m.
La figure donnée n'est pas à l'échelle.

1. Calculer la surface au sol de la maison.

2. Des radiateurs électriques seront installés dans toute la maison, excepté au grenier. On cherche le volume à chauffer de la maison.
On rappelle que le volume d'une pyramide est donné par :

$$V_{\text{pyramide}} = \frac{\text{Aire de la base} \times \text{Hauteur}}{3}.$$

a) Calculer le volume de la partie principale.

b) Calculer le volume des chambres.

c) Montrer que le volume à chauffer est égal à 495 m^3.

3. Un expert a estimé qu'il faut dans cette maison une puissance électrique de 925 Watts pour chauffer 25 mètres cubes.

Le propriétaire de la maison décide d'acheter des radiateurs qui ont une puissance de 1 800 watts chacun et qui coûtent 349,90 € pièce.

Combien va-t-il devoir dépenser pour l'achat des radiateurs ?

CORRIGÉ

1. Le sol est un rectangle de 12 m sur 9 m ; la surface au sol est donc égale à 12 m × 9 m, soit **108 m²**.

2. a) La base est un pavé droit d'aire de la base 108 m² et de hauteur 3 m.

Le volume de la partie principale est donc égal à : 108 m² × 3 m, soit **324 m³**.

b) La partie haute (chambres + grenier) est une pyramide *IABCD* de base 108 m² et de hauteur 6,75 m. Son volume est $\frac{108 \text{ m}^2 \times 6{,}75 \text{ m}}{3}$, soit 243 m³.

Le grenier est une réduction de la pyramide *IABCD* de rapport $\frac{4{,}5}{6{,}75} = \frac{450}{675} = \frac{2 \times 225}{3 \times 225} = \frac{2}{3}$.

Son volume est $V_{IABCD} \times \left(\frac{2}{3}\right)^3$, soit $243 \times \frac{8}{27}$, c'est-à-dire 72 m³.

On a $V_{\text{chambres}} = V_{IABCD} - V_{\text{grenier}} = 243 - 72 = 171$.

Le volume des chambres est de **171 m³**.

c) Le volume à chauffer est donc $V_{ABCDEFGH} + V_{\text{chambres}} = 324 + 171$, soit **495 m³**.

3. Pour chauffer la partie principale et les chambres, il faut une puissance de $\frac{495}{25} \times 925$ W, soit 18 315 Watts. On a $18\,315 \div 1\,800 \approx 10{,}18$.

Il faut acheter 11 radiateurs à 349,90 euros pièce, d'où une dépense de 11 × 349,90 €, soit **3 848,90 €**.

Sujet 84

Espace

Exercice : 8 points

ÉNONCÉ Cylindre, boule, volumes

Pour amortir les chocs contre les autres embarcations ou le quai, les péniches sont équipées de « boudins » de protection.

Calculer le volume exact en cm³ du « boudin » de protection ci-dessous, puis arrondir au centième.

Rappel

Volume d'un cylindre de révolution

$V = \pi R^2 h$

où h désigne la hauteur du cylindre et R le rayon de la base.

Volume d'une boule

$V = \frac{4}{3}\pi R^3$

où R désigne le rayon de la boule.

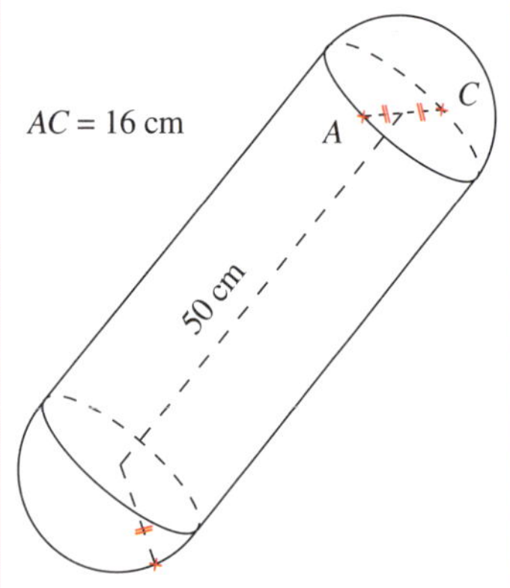

CORRIGÉ

Le « boudin » est constitué d'un cylindre de rayon $R = \frac{AC}{2} = 8$ cm et de hauteur 50 cm et d'une boule partagée en deux demi-boules identiques de rayon $R = 8$ cm.

Le volume du « boudin » est :

$V = \pi \times 8^2 \times 50 + \frac{4}{3}\pi \times 8^3 = 3\,200\pi + \frac{2\,048}{3}\pi = \frac{11\,648}{3}\pi$ cm³.

Le volume du « boudin » est $\frac{11\,648}{3}\pi$ cm³, soit 12 197,76 cm³ au centième près.

Sujet 85

Espace

Exercice : 12 points

ÉNONCÉ **Vitesse, volume, variations en pourcentage**

1. La longueur du canal du Midi est de 240 km de Toulouse à l'étang de Thau et la vitesse des embarcations y est limitée à 8 km/h.
Combien de temps, au moins, faut-il pour effectuer ce trajet en péniche sans faire de pause ?

2. On assimilera une écluse à un pavé droit de 8,4 m de large, de 30 m de long et de 3 m de hauteur.
Calculer le volume de cette écluse.

3. Le prix hebdomadaire de la location d'un bateau à moteur dépend de la période. Il est de 882 € du 01/01/2018 au 28/04/2018.
Il augmente de 27 % pour la période du 29/04/2018 au 15/05/2018.
Calculer le prix de la location pour cette période.

CORRIGÉ

1. La formule $v = \frac{d}{t}$ donne $vt = d$, puis $t = \frac{d}{v}$.
La durée minimale de trajet est $t = \frac{240}{8}$, soit **30 heures**.

2. Le volume de cette écluse est 8,4 m × 30 m × 3 m, soit **756 m^3**.

Le volume d'un pavé droit de dimensions ℓ, L et h est $V = \ell L h$.

3. On a : $882 \times \left(1 + \frac{27}{100}\right) = 882 \times 1{,}27 = 1\,120{,}14$.
Le prix de la location hebdomadaire pour la période du 29/04/2018 au 15/05/2018 est de **1 120,14 €**.

Augmenter une valeur de a % revient à multiplier cette valeur par $\left(1 + \frac{a}{100}\right)$.

Sujet 86

Espace

Exercice : 16 points

ÉNONCÉ Calcul de volumes, grandeurs composées

La gélule est une forme médicamenteuse utilisée quand le médicament qu'elle contient a une odeur forte ou un goût désagréable que l'on souhaite cacher.

On trouve des gélules de différents calibres. Ces calibres sont numérotés de « 000 » à « 5 » comme le montre l'illustration ci-dessous (« 000 » désignant le plus grand calibre et « 5 » désignant le plus petit) :

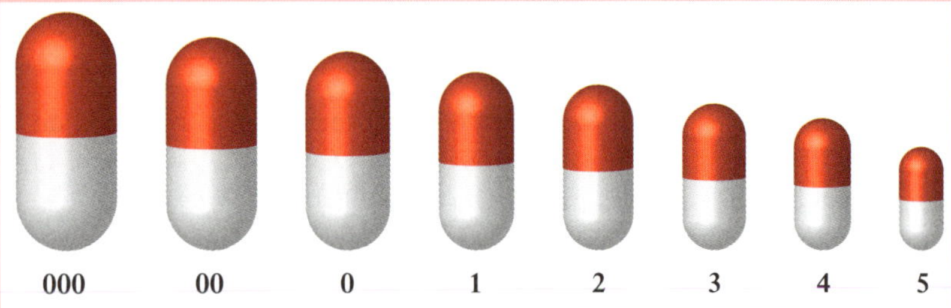

Le tableau suivant donne la longueur de ces différents calibres de gélule :

Calibre de la gélule	000	00	0	1	2	3	4	5
Longueur L de la gélule (en mm)	26,1	23,3	21,7	19,4	18	15,9	14,3	11,1

Source : « Technical Reference File 1st edition CAPSUGEL - Gélules Coni-Snap. »

On considère une gélule constituée de deux demi-sphères identiques de diamètre 9,5 mm et d'une partie cylindrique d'une hauteur de 16,6 mm comme l'indique le croquis ci-contre.

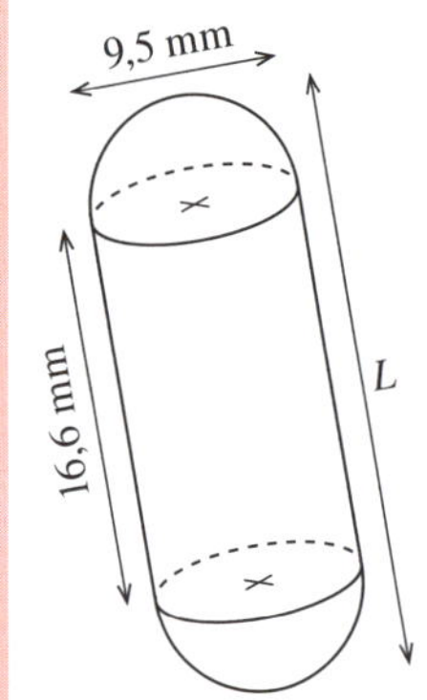

1. À quel calibre correspond cette gélule ? Justifier la réponse.
2. Calculer le volume arrondi au mm^3 de cette gélule.
On rappelle les formules suivantes :

Volume d'un cylindre de rayon *R* et de hauteur *h*	Volume d'un cône de rayon de base *R* et de hauteur *h*	Volume d'une sphère de rayon *R*
$V = \pi \times R^2 \times h$	$V = \dfrac{\pi \times R^2 \times h}{3}$	$V = \dfrac{4}{3} \times \pi \times R^3$

3. Robert tombe malade et son médecin lui prescrit comme traitement une boîte d'antibiotiques conditionnés en gélules correspondant au croquis ci-dessus.
Chaque gélule de cet antibiotique a une masse volumique de $6{,}15 \times 10^{-4}$ g/mm³.
La boîte d'antibiotiques contient 3 plaquettes de 6 gélules.
Quelle masse d'antibiotique Robert a-t-il absorbée durant son traitement ? Donner le résultat en grammes arrondi à l'unité.

CORRIGÉ

1. La longueur L de la gélule est la longueur du cylindre augmentée des deux rayons des demi-sphères, c'est-à-dire augmentée d'un diamètre.
On a $L = 16{,}6$ mm + 9,5 mm = 26,1 mm.
La gélule est de calibre 000.

2. Le rayon commun au cylindre et aux demi-sphères est 9,5 mm ÷ 2, soit 4,75 mm.
Le volume du cylindre vaut $\pi \times 16{,}6 \times 4{,}75^2$, soit environ 1 176,64 mm³.
Les deux demi-sphères constituent ensemble une sphère de volume $\dfrac{4}{3} \times \pi \times 4{,}75^3$, soit environ 448,92 mm³.
Le volume de la gélule est donc 1 176,64 mm³ + 448,92 mm³, soit **1 626 mm³** à 1 mm³ près.

3. La masse d'antibiotique dans une gellule est $1\,626 \times 6{,}15 \times 10^{-4}$ g.
Robert absorbe 3×6 gélules, soit 18 gélules.
La masse d'antibiotique absorbée est $18 \times 1\,626 \times 6{,}15 \times 10^{-4}$ g, soit **18 g** à 1 g près.

Sujet 87

Espace

Exercice : 16 points

ÉNONCÉ Volume, calculs d'aires, angle

Madame Martin souhaite réaliser une terrasse en béton en face de sa baie vitrée. Elle réalise le dessin ci-contre.

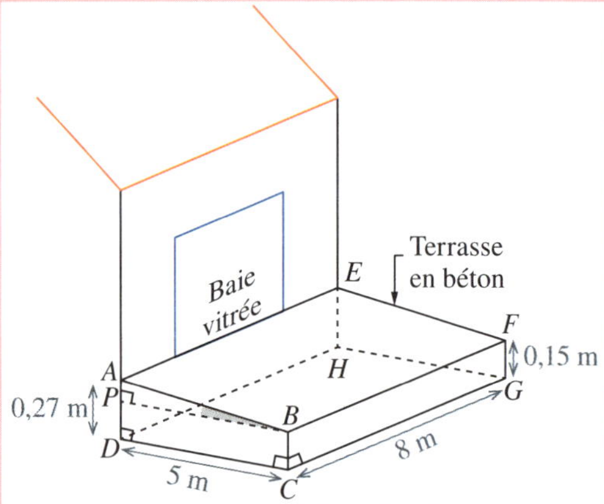

Pour faciliter l'écoulement des eaux de pluie, le sol de la terrasse doit être incliné.
La terrasse a la forme d'un prisme droit dont la base est le quadrilatère $ABCD$ et la hauteur est le segment $[CG]$.
P est le point du segment $[AD]$ tel que $BCDP$ est un rectangle.

1. L'angle $\widehat{ABP}$ doit mesurer entre 1° et 1,5°.

Le projet de Madame Martin vérifie-t-il cette condition ?

2. Madame Martin souhaite se faire livrer le béton nécessaire à la réalisation de sa terrasse. Elle fait appel à une entreprise spécialisée.
À l'aide des informations contenues dans le tableau ci-dessous, déterminer le montant de la facture établie par l'entreprise.
On rappelle que toute trace de recherche, même incomplète, pourra être prise en compte dans l'évaluation.

Information 1 : Distance Distance entre l'entreprise et la maison de Madame Martin : 23 km
Information 2 : Formule du volume d'un prisme droit Volume d'un prisme droit = Aire de la base du prisme × hauteur du prisme

Information 3 : Conditions tarifaires de l'entreprise spécialisée
– Prix du m^3 de béton : 95 €.
– Capacité maximale du camion-toupie : 6 m^3.
– Frais de livraison : 5 € par km parcouru par le camion-toupie.
– L'entreprise facture les distances aller et retour (entreprise / lieu de livraison) parcourues par le camion-toupie.

CORRIGÉ

1. $DPBC$ et $BFGC$ étant des rectangles, on a $DP = CB = GF = 0{,}15$ et $BP = DC = 5$.

Comme P est sur $[AD]$, on a $AP = AD - DP = 0{,}27 - 0{,}15 = 0{,}12$.

Dans le triangle ABP rectangle en P, on a :

$$\tan(\widehat{ABP}) = \frac{\text{côté opposé à } B}{\text{côté adjacent à } B} = 0{,}024.$$

On a $\widehat{ABP} = \tan^{-1}(0{,}024)$ soit $\approx 1{,}37°$.

Le projet de Madame Martin vérifie bien la condition que la pente de la terrasse soit entre 1° et 1,5°.

2. • Calcul du volume de béton

$ABCDEFGH$ est un prisme droit de base dont la base $ABCD$ est un trapèze et de hauteur $[CG]$.

On a : aire de $ABCD = \dfrac{BC + AD}{2} \times DC = \dfrac{0{,}15 + 0{,}27}{2} \times 5 = 1{,}05$ (en m^2)

et volume de $ABCDEFGH$ = aire de $ABCD \times$ hauteur $CG = 1{,}05 \times 8 = 8{,}4$

Il faut 8,4 m^3 de béton.

• Coût du béton : $8{,}4 \times 95$ € = **798 €**

• Nombre de voyages du camion-toupie : Comme il faut 8,4 m^3 de béton et qu'un camion ne peut transporter que 6 m^3, il faut **2 allers-retours du camion-toupie**.

• Coût de livraison : 2 allers-retours représentent $2 \times (2 \times 23$ km$)$ soit 92 km.

Les frais de livraisons sont de 92×5 €, soit **460 €**.

• Total facture

798 € + 460 €, soit **1 258 €**

Aire d'un trapèze = $\dfrac{\text{petite base + grande base}}{2} \times$ hauteur

Sujet 88

Espace

Exercice : 11 points

ÉNONCÉ Diamètre d'un cylindre, volume

Le gros globe de cristal est un trophée attribué au vainqueur de la coupe du monde de ski. Ce trophée pèse 9 kg et mesure 46 cm de hauteur.

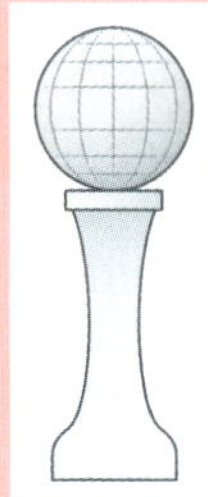

1. Le biathlète français Martin Fourcade a remporté le sixième gros globe de cristal de sa carrière en 2017 à Pyeongchang en Corée du Sud.
Donner approximativement la latitude et la longitude de ce lieu repéré sur la carte ci-dessous.

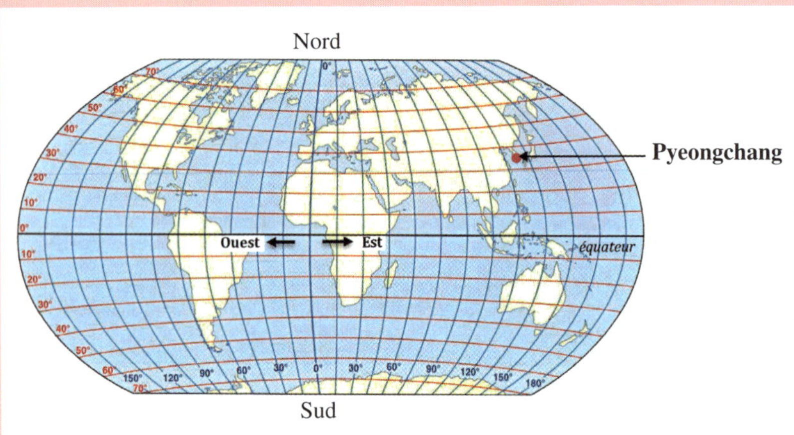

2. On considère que le globe est composé d'un cylindre en cristal de diamètre 6 cm, surmonté d'une boule de cristal. Voir schéma ci-contre. Montrer qu'une valeur approchée du volume de la boule de ce trophée est de 6 371 cm^3.

3. Marie affirme que le volume de la boule de cristal représente environ 90 % du volume total du trophée.
A-t-elle raison ?

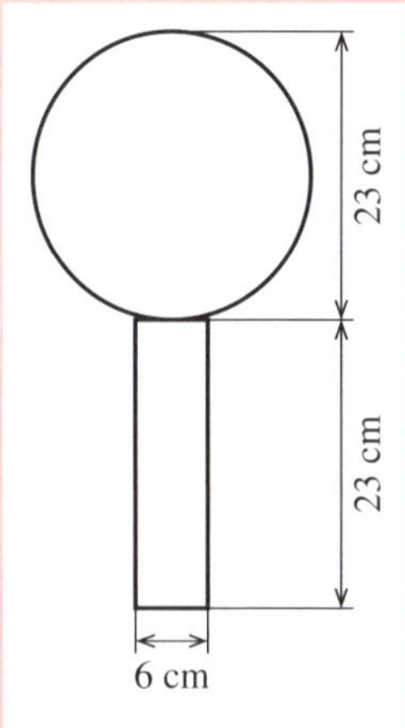

Rappels :
– volume d'une boule de rayon R : $V = \frac{4}{3}\pi R^3$
– volume d'un cylindre de rayon r et de hauteur h : $V = \pi r^2 h$

CORRIGÉ

1. Approximativement, la latitude de Pyeongchang est **35° Nord** et sa longitude est **130° Est**.

2. Le diamètre de la boule étant de 23 cm, son rayon est 11,5 cm.
Le volume de la boule est $\frac{4}{3} \times \pi \times 11{,}5^3$, soit **environ 6371 cm^3**.

3. Le diamètre du cylindre étant 6 cm, son rayon est 3 cm.
Le volume du cylindre est : aire de base × hauteur = $\pi \times 3^2 \times 23$, soit environ 650 cm^3.
Le volume total du globe est environ 6371 cm^3 + 650 cm^3, soit environ 7021 cm^3.
On a $6371 \div 7021 \approx 0{,}907$.
Le volume de la boule représente environ 90,7 % du volume total.
L'affirmation de Marie est acceptable.

Sujet 89

Réduction – Agrandissement

Exercice : 16 points

ÉNONCÉ Probabilités, puissances de 10, angles, réduction

Pour chacune des affirmations suivantes, dire si elle est vraie ou fausse en justifiant soigneusement la réponse.

1. Un sac contient 6 jetons rouges, 2 jetons jaunes et des jetons verts.
La probabilité de tirer un jeton vert vaut 0,5.
Affirmation : le sac contient 4 jetons verts.

2. En informatique, on utilise comme unités de mesure les multiples suivants de l'octet : 1 Ko = 10^3 octets, 1 Mo = 10^6 octets, 1 Go = 10^9 octets, 1 To = 10^{12} octets, où Ko est l'abréviation de kilooctet, Mo celle de mégaoctet, Go celle de gigaoctet, To celle de téraoctet.
On partage un disque dur de 1,5 To en dossiers de 60 Go chacun.
Affirmation : on obtient ainsi 25 dossiers.

3. Sur la figure codée ci-contre, les points B, A et E sont alignés.
Affirmation : l'angle $\widehat{EAC}$ mesure 137°.

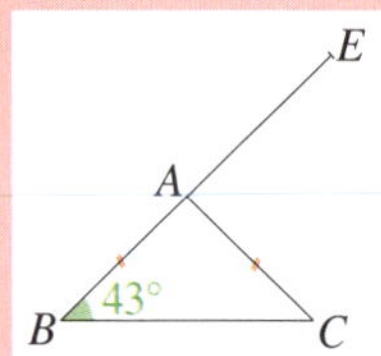

4. Un verre de forme conique est complètement rempli. On verse son contenu de sorte que la hauteur du liquide soit divisée par 2.
Affirmation : le volume du liquide est divisé par 6.

CORRIGÉ

1. Soit x le nombre de jetons verts.
La probabilité de tirer un jeton vert vaut 0,5.
On a $p(\text{vert}) = \dfrac{\text{nombre de jetons verts}}{\text{nombre total de jetons}}$, soit $0{,}5 = \dfrac{x}{6+2+x}$, qui donne successivement $0{,}5(8+x) = x$; $4 + 0{,}5x = x$; $4 = x - 0{,}5x$; $4 = 0{,}5x$; $4 \div 0{,}5 = x$.
Il y a 8 jetons verts dans le sac **: l'affirmation « le sac contient 4 jetons verts » est fausse.**

Remarque : on peut raisonner par l'absurde en supposant qu'il y ait 4 jetons verts et en calculant alors la probabilité d'obtenir un jeton vert qui serait $\frac{4}{12}$, soit $\frac{1}{3}$.

2. Un disque dur de 1,5 To, c'est $1{,}5 \times 10^{12}$ octets.
Un dossier de 60 Go, c'est 60×10^9 octets.
Avec 25 dossiers de 60 Go, le nombre d'octets est :
$25 \times 60 \times 10^9 = 1\,500 \times 10^9 = 1{,}5 \times 10^3 \times 10^9 = 1{,}5 \times 10^{3+9} = 1{,}5 \times 10^{12}$.
L'affirmation « on obtient ainsi 25 dossiers » est exacte.

$10^m \times 10^n = 10^{m+n}$

3. Le triangle ABC est isocèle en A, donc les angles à la base en B et en C ont la même mesure 43°.
Dans un triangle, la somme des angles vaut 180°.
On a $\widehat{BAC} = 180° - \widehat{ABC} - \widehat{ACB} = 180° - 43° - 43° = 94°$.
Comme les points B, A et E sont alignés, on a
$\widehat{EAC} = 180° - \widehat{BAC} = 180° - 94° = 86°$.
L'affirmation : « l'angle $\widehat{EAC}$ mesure 137° » est fausse.

4. En remplissant à moitié le verre, on réalise une réduction de rapport $\frac{1}{2}$.
Le volume d'eau est égal au volume du verre multiplié par $\left(\frac{1}{2}\right)^3$, c'est-à-dire par $\frac{1}{8}$.
L'affirmation « le volume du liquide est divisé par 6 » est fausse.

Dans une réduction de rapport k, les volumes sont multipliés par k^3.

Sujet 90

Réduction – Agrandissement

Exercice : 16 points

ÉNONCÉ Pyramide, volumes, réduction, périmètre

Une pyramide régulière de sommet S a pour base le carré $ABCD$ telle que son volume V est égal à 108 cm^3.

Sa hauteur $[SH]$ mesure 9 cm.

Le volume d'une pyramide est donné par la relation :

Volume d'une pyramide $= \dfrac{\text{aire de la base} \times \text{hauteur}}{3}$.

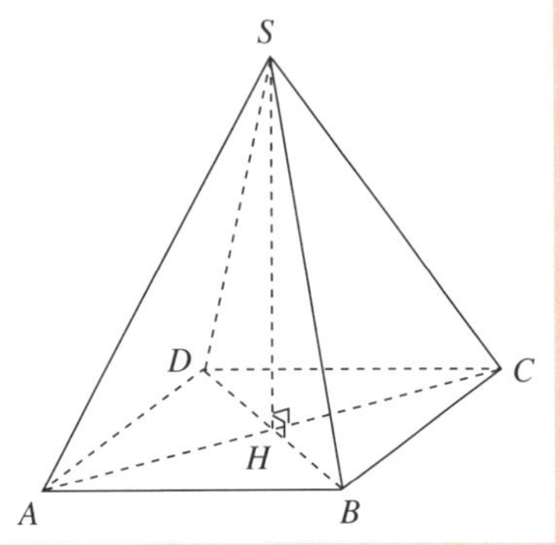

1. a) Vérifier que l'aire de $ABCD$ est 36 cm^2.

b) En déduire la valeur de AB.

c) Montrer que le périmètre du triangle ABC est égal à $12 + 6\sqrt{2}$ cm.

2. $SMNOP$ est une réduction de la pyramide $SABCD$.

On obtient alors la pyramide $SMNOP$ telle que l'aire du carré $MNOP$ soit égale à 4 cm^2.

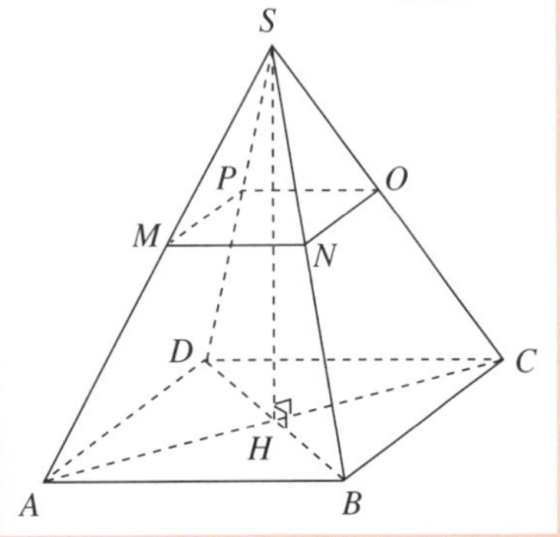

a) Calculer le volume de la pyramide $SMNOP$.

Pour cette question, toute trace de recherche, même incomplète, sera prise en compte dans l'évaluation.

b) Élise pense que pour obtenir le périmètre du triangle MNO, il suffit de diviser le périmètre du triangle ABC par 3.

Êtes-vous d'accord avec elle ?

CORRIGÉ

1. a) En utilisant la relation qui donne le volume d'une pyramide en fonction de l'aire de la base et de la hauteur, on a :

$108 = \dfrac{\text{aire de la base} \times 9}{3}$, soit $108 = 3 \times$ aire de la base, ou encore $108 \div 3$ = aire de la base. **On a bien l'aire de *ABCD* qui vaut 36 cm².**

b) Or, l'aire du carré est aussi AB^2.

On a donc $AB^2 = 36$ et $\boldsymbol{AB = 6}$ **cm** car AB est une longueur.

c) *ABCD* étant un carré, *ABC* est un triangle rectangle isocèle en *B*.

D'après le théorème de Pythagore,

on a $AC^2 = AB^2 + BC^2$, soit $AC^2 = 6^2 \times 2$. On a donc $AC = 6\sqrt{2}$.

Le périmètre du triangle *ABC* est égal à $AB + BC + AC$ soit à $\boldsymbol{12 + 6\sqrt{2}}$ **cm.**

2. a) Si l'aire du carré *MNOP* est égale à 4 cm², alors son côté [*MN*] mesure 2 cm.

SMNOP est une réduction de la pyramide *SABCD* de rapport $\dfrac{MN}{AB} = \dfrac{2}{6} = \dfrac{1}{3}$.

Dans une réduction de rapport k, les volumes sont multipliés par k^3.

On a $V_{SMNOP} = V_{SABCD} \times \left(\dfrac{1}{3}\right)^3 = 108 \times \dfrac{1}{27} = 4$.

Le volume de la pyramide *SMNOP* est 4 cm³.

b) Comme *MNO* est une réduction de *ABC* dans un rapport $\dfrac{1}{3}$, pour obtenir le périmètre du triangle *MNO*, il suffit de multiplier le périmètre du triangle *ABC* par $\dfrac{1}{3}$, c'est-à-dire de diviser le périmètre du triangle *ABC* par 3.

Élise a raison.

Sujet 91

Algorithme et tableur

Exercice : 8 points

ÉNONCÉ Algorithmes, calcul littéral

On propose les deux algorithmes suivants :

Algorithme A

Variables
x, a, y sont des nombres
Entrée
Saisir la valeur de x
Traitement
  a prend la valeur $x + 2$
  y prend la valeur a^2
Sortie
Afficher y

Algorithme B

Variables
x, a, b, y sont des nombres
Entrée
Saisir la valeur de x
Traitement
  a prend la valeur $x + 4$
  b prend la valeur ax
  y prend la valeur $b + 4$
Sortie
Afficher y

1. Montrer que si on saisit 3 comme nombre de départ, les deux algorithmes donnent 25 comme affichage.
2. Avec l'algorithme A, quel nombre faut-il saisir au départ pour que l'affichage obtenu soit 0 ?
3. Ysah prétend que, pour n'importe quel nombre saisi, ces deux algorithmes affichent le même résultat. A-t-elle raison? Justifier la réponse.

CORRIGÉ

1. Pour l'algorithme A, si on saisit 3 comme valeur de x, a prend la valeur $3 + 2$, soit 5.
y prend la valeur 5^2, soit 25. L'algorithme A affiche 25.
Pour l'algorithme B, si on saisit 3 comme valeur de x, a prend la valeur $3 + 4$, soit 7.
b prend la valeur 7×3, soit 21 et y prend la valeur $21 + 4$, soit 25. L'algorithme B affiche 25.
Si on saisit 3 comme nombre de départ, les deux algorithmes affichent 25.

2. Avec l'algorithme A, a prend la valeur $x + 2$ et y prend la valeur a^2, soit $(x + 2)^2$.
On veut $y = 0$, soit $(x + 2)^2 = 0$, ou encore $x + 2 = 0$, c'est-à-dire $x = -2$.
Il faut saisir −2 au départ pour que l'affichage obtenu soit 0.

3. Pour un nombre x saisi, l'affichage de l'algorithme A est $(x + 2)^2$, soit $x^2 + 4x + 4$.
Pour un nombre x saisi, l'algorithme B attribue $x + 4$ dans a, puis $(x + 4)x$ dans b, soit $x^2 + 4x$ et enfin il affecte à y la valeur $x^2 + 4x + 4$.
Ysah a raison de prétendre que, pour n'importe quel nombre saisi, ces deux algorithmes affichent le même résultat.

Sujet 92

Algorithme et tableur

Exercice : 10 points

ÉNONCÉ Algorithme, équation

On considère l'algorithme ci-dessous.
Quel nombre faut-il entrer pour obtenir -340 comme affichage ?

Entrer un nombre x
a prend la valeur $x - 10$
b prend la valeur a^2
y prend la valeur $b - x^2$
Afficher y

CORRIGÉ

b prend la valeur a^2, soit $(x - 10)^2$ et y prend la valeur $b - x^2$, soit $(x - 10)^2 - x^2$.
On veut un affichage de -340.
On a donc $(x - 10)^2 - x^2 = -340$, ce qui donne successivement :
$x^2 - 20x + 100 - x^2 = -340$;
$-20x + 100 = -340$;
$-20x = -340 - 100$;
$-20x = -440$;
$x = -440 \div (-20)$;
$x = 22$.
Il faut entrer le nombre 22.

Sujet 93

Algorithme et tableur

Exercice : 8 points ✓

ÉNONCÉ **Statistiques, moyenne, tableur, pourcentage**

À partir du 2 janvier 2012, une compagnie aérienne teste un nouveau vol entre Nantes et Toulouse. Ce vol s'effectue chaque jour à bord d'un appareil qui peut transporter au maximum 190 passagers.

1. L'avion décolle chaque matin à 9 h 35 de Nantes et atterrit à 10 h 30 à Toulouse. Calculer la durée du vol.

2. Le tableau suivant donne le nombre de passagers qui ont emprunté ce vol pendant la première semaine de mise en service. L'information concernant le mercredi a été perdue.

Jour	Lundi	Mardi	Mercredi	Jeudi	Vendredi	Samedi	Dimanche	**Total**
Nombre de passagers	152	143		164	189	157	163	**1 113**

a) Combien de passagers ont emprunté ce vol le mercredi ?

b) En moyenne, combien y avait-il de passagers par jour dans l'avion cette semaine-là ?

3. À partir de février, on décide d'étudier la fréquentation de ce vol pendant douze semaines. La compagnie utilise une feuille de calcul indiquant le nombre de passagers par jour. Cette feuille est donnée ci-dessous.

= MOYENNE (J12:J13)

	A	B	C	D	E	F	G	H	I	J
1		lundi	mardi	mercredi	jeudi	vendredi	samedi	dimanche	TOTAL	MOYENNE
2	Sem. 1	157	145	142	159	190	156	161	1 110	159
3	Sem. 2	147	158	156	141	141	152	155	1 050	150
4	Sem. 3	153	148	162	149	160	146	163	1 081	154
5	Sem. 4	168	156	162	157	166	158	161	1 128	161
6	Sem. 5	163	169	170	162	167	169	162	1 162	166
7	Sem. 6	156	167	171	173	165	165	162	1 162	166
8	Sem. 7	173	172	168	173	161	162	167	1 176	168
9	Sem. 8	168	166	170	173	168	176	165	1 186	169
10	Sem. 9	176	175	175	171	172	178	173	1 220	174
11	Sem. 10	185	176	172	180	185	171	171	1 240	177
12	Sem. 11	178	181	183	172	178	172	173	1 237	177
13	Sem. 12	171	183	171	184	172	176	173	1 230	176
14							moyenne sur trois mois :			166

a) Quelle formule a-t-on saisie dans la cellule I2 pour obtenir le nombre total de passagers au cours de la semaine 1 ?
b) Quelle formule a-t-on saisie dans la cellule J2 pour obtenir le nombre moyen de passagers au cours de la semaine 1 ?
4. Le nombre moyen de passagers par jour au cours de ces douze semaines est égal à 166. La compagnie s'était fixée comme objectif d'avoir un nombre moyen de passagers supérieur aux 80 % de la capacité maximale de l'avion.
L'objectif est-il atteint ?

CORRIGÉ

1. 10 h 30 – 9 h 35 = (9 h + 1 h + 30 min) – (9 h + 35 min)
= 9 h + 60 min + 30 min – 9 h – 35 min
= 55 min.

La durée du vol est 55 minutes.

une heure = 60 min

2. a) 1 113 – 152 – 143 – 164 – 189 – 157 – 163 = 145.
145 passagers ont emprunté ce vol le mercredi.
b) On a 1 113 ÷ 7 = 159.
En moyenne, il y avait **159 passagers** par jour dans l'avion cette semaine-là.

3. a) Dans la cellule I2, on peut écrire comme formule :
=SOMME(B2:H2) ou **=B2+C2+D2+E2+F2+G2+H2** pour obtenir le nombre total de passagers au cours de la semaine 1.
b) Dans la cellule J2, on peut écrire comme formule :
=MOYENNE(B2:H2) ou **=I2/7** pour obtenir le nombre moyen de passagers au cours de la semaine 1.

4. L'avion dispose de 190 places.
80 % de 190, c'est 0,8 × 190, soit 152.
Le nombre moyen de passagers par jour au cours de ces douze semaines est égal à 166, donc supérieur à 152.
L'objectif est atteint.

Sujet 94

Algorithme et tableur

Exercice : 8 points

ÉNONCÉ Tableur

Durant un parcours sur le canal du Midi partant de l'écluse de Renneville jusqu'à l'écluse de Gay, on a relevé les hauteurs de chaque écluse franchie depuis le départ dans la feuille de calcul ci-après.

	A	B	C	D	E	F	G	H	I	J	K	L	M
1	**Écluse**	**de Renneville**	**d'Encassan**	**d'Emborrel**	**de l'Océan**	**de la Méditerranée**	**du Roc**	**de Laurens**	**de la Doumerque**	**de la Planque**	**de Saint-Roch**	**de Gay**	
2													
3	**Hauteur (m)**	2,44	4,85	3,08	2,62	– 2,58	– 5,58	– 6,78	– 2,24	– 2,63	– 9,42	– 5,23	
4													
5													

Les hauteurs franchies de manière ascendante sont notées positivement, celles de manière descendante négativement.

1. Quelle formule doit-on saisir dans la cellule M5 pour obtenir la valeur du dénivelé* du parcours ?
2. Quelle est la valeur du dénivelé du parcours ?
3. Le parcours est-il globalement ascendant ou descendant ?

*Le dénivelé du parcours représente la différence de niveau (hauteur) entre l'écluse de départ et celle d'arrivée.

CORRIGÉ

1. Le dénivelé du parcours est la somme des hauteurs algébriques des différentes écluses : on l'obtient à l'aide de la formule **=Somme(B3:L3)**.

2. On a 2,44 + 4,85 + 3,08 + 2,62 + (– 2,58) + (– 5,58) + (– 6,78) + (– 2,24) + (– 2,63) + (– 9,42) + (– 5,23) = – 21,47 m. **La valeur du dénivelé est de – 21,47 m.**

3. Le dénivelé étant négatif, le parcours est globalement **descendant**.

Sujet 95

Algorithme et tableur

Exercice : 10 points

ÉNONCÉ Algorithme, branchements conditionnels

On considère l'algorithme donné ci-contre :

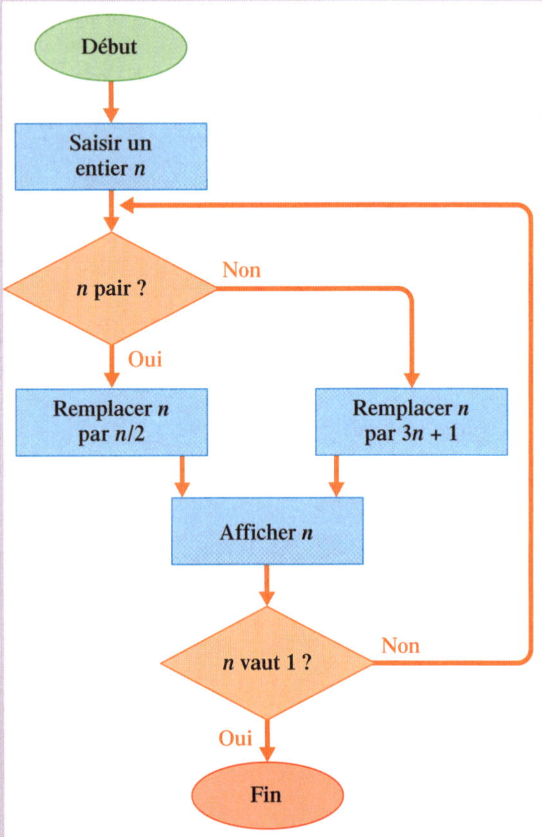

1. Que vaut n quand l'algorithme s'arrête ?

2. a) Donner les différentes valeurs affichées par l'algorithme quand on saisit la valeur 1.

b) Faire de même quand on saisit la valeur 28.

c) Recommencer avec la valeur 32 pour n.

d) Que constate-t-on sur les trois derniers nombres affichés ?

3. Que peut-on penser de l'affirmation : « Plus l'entier n saisi est grand, plus le nombre d'affichages effectués par l'algorithme est grand. » ?

4. Existe-t-il un entier simple pour lequel l'algorithme ne s'arrête pas ? Justifier la réponse.

CORRIGÉ

1. Quand l'algorithme s'arrête, ***n* vaut 1**.

2. a) Quand on saisit la valeur 1, l'algorithme affiche : **4 – 2 – 1**.
b) Quand on saisit la valeur 28, l'algorithme affiche :
14 – 7 – 22 – 11 – 34 – 17 – 52 – 26 – 13 – 40 – 20 – 10 – 5 – 16 – 8 – 4 – 2 – 1.
c) Quand on saisit la valeur 32, l'algorithme affiche : **16 – 8 – 4 – 2 – 1**.
d) Les trois derniers nombres affichés sont toujours **4 – 2 – 1**.

3. En partant de 28, on a plus d'affichages qu'en partant de 32, donc l'affirmation « plus l'entier *n* saisi est grand, plus le nombre d'affichages effectués par l'algorithme est grand » est **fausse**.

4. **Si on entre 0** qui est pair, *n* garde la valeur 0/2, soit 0 qui est affichée et le **processus recommence sans fin**.

Sujet 96

Programme Scratch

Exercice : 14 points

ÉNONCÉ **Programme Scratch, équation**

On considère le programme de calcul ci-dessous dans lequel x, *Étape 1*, *Étape 2* et *Résultat* sont quatre variables.

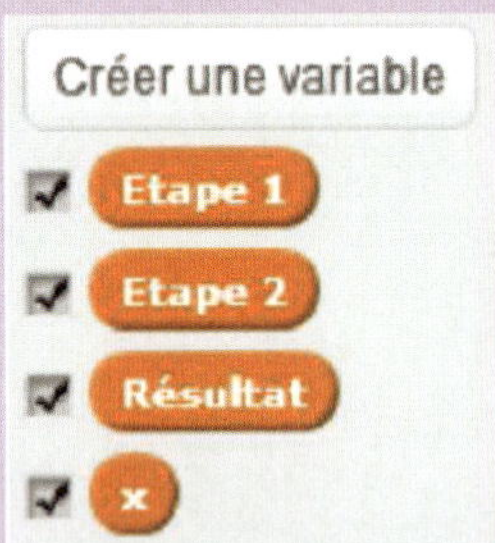

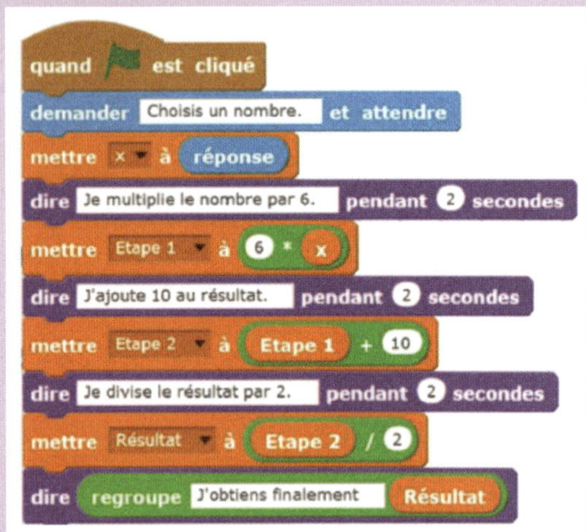

1. a) Julie a fait fonctionner ce programme en choisissant le nombre 5. Vérifier que ce qui est dit à la fin est : « J'obtiens finalement 20 ».

b) Que dit le programme si Julie le fait fonctionner en choisissant au départ le nombre 7 ?

2. Julie fait fonctionner le programme, et ce qui est dit à la fin est : « J'obtiens finalement 8 ». Quel nombre Julie a-t-elle choisi au départ ?

3. Si l'on appelle x le nombre choisi au départ, écrire en fonction de x l'expression obtenue à la fin du programme, puis réduire cette expression autant que possible.

4. Maxime utilise le programme de calcul ci-dessous :

- Choisir un nombre.
- Lui ajouter 2.
- Multiplier le résultat par 5.

Peut-on choisir un nombre pour lequel le résultat obtenu par Maxime est le même que celui obtenu par Julie ?

CORRIGÉ

1. a) Si Julie a fait fonctionner ce programme en choisissant le nombre 5, x vaut 5, puis *Étape 1* vaut 5×6, soit 30. *Étape 2* vaut alors $30 + 10$, soit 40 et *Résultat* vaut $40 \div 2$, soit 20.

Ce qui est dit à la fin est : « J'obtiens finalement 20 ».

b) Si Julie fait fonctionner ce programme en choisissant au départ le nombre 7, x vaut 7, puis *Étape 1* vaut 7×6, soit 42. *Étape 2* vaut alors $42 + 10$, soit 52 et *Résultat* vaut $52 \div 2$, soit 26.

Ce qui est dit à la fin est : « J'obtiens finalement 26 ».

2. Si le *Résultat* est 8, alors on a :
Étape 2 qui vaut $2 \times$ *Résultat*, soit 16 ;
Étape 1 qui vaut *Étape 2* $- 10$, soit 6 ;
x qui vaut *Étape 1* $\div 6$, soit 1.
Julie a choisi 1 au départ.

3. Si l'on appelle x le nombre choisi au départ, alors :
Étape 1 vaut $6x$;
Étape 2 vaut *Étape 1* $+ 10$, soit $6x + 10$;
Résultat vaut *Étape 2* $\div 2$, soit $(6x + 10) \div 2$.
Le résultat est $3x + 5$.

4. Si x est le nombre de départ choisi par Maxime, son résultat est $5(x + 2)$.
Pour que Maxime et Julie aient le même résultat, il faut que :
$5x + 10 = 3x + 5$, ce qui donne successivement :
$5x - 3x = 5 - 10$;
$2x = -5$;
$x = -5 \div 2$.
Si Maxime et Julie choisissent comme **nombre – 2,5**, alors ils auront le même résultat.

Sujet 97

Programme Scratch

Exercice : 10 points

ÉNONCÉ Repérage dans le plan

L'image ci-contre représente la position obtenue au déclenchement du bloc départ d'un programme de jeu.
L'arrière-plan est constitué de points espacés de 40 unités.
Dans cette position, le chat a pour coordonnées (– 120 ; – 80).
Le but du jeu est de positionner le chat sur la balle.

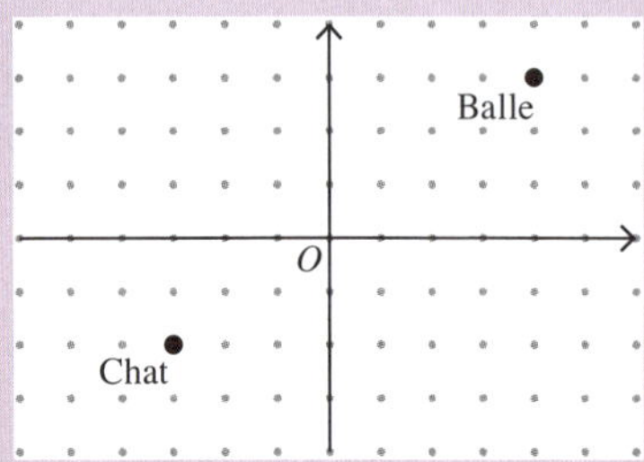

1. Quelles sont les coordonnées du centre de la balle représentée dans cette position ?

2. Dans cette question, le chat est dans la position obtenue au déclenchement du bloc départ.
Voici le script du lutin « chat » qui se déplace.

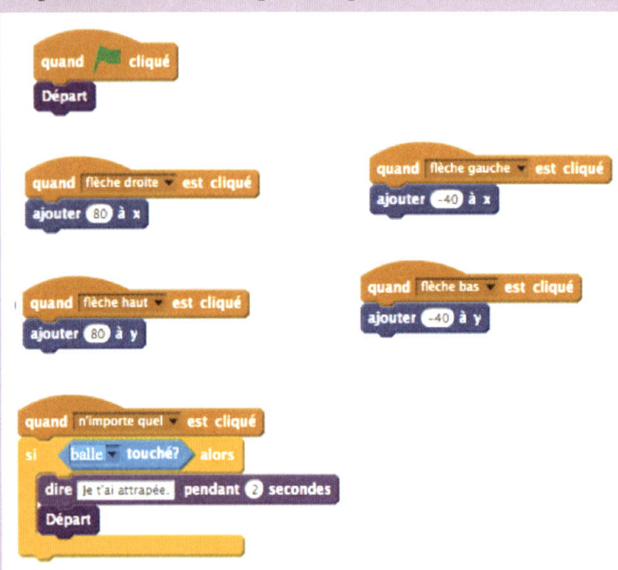

a) Expliquer pourquoi le chat ne revient pas à sa position de départ si le joueur appuie sur la touche → puis sur la touche ←.
b) Le joueur appuie sur la succession de touches suivante : →→↑←↓.
Quelles sont les coordonnées *x* et *y* du chat après ce déplacement ?
c) Parmi les propositions de succession de touches ci-dessous, laquelle permet au chat d'atteindre la balle ?

Déplacement 1	Déplacement 2	Déplacement 3
→→→→→→→↑↑↑↑↑	→→→↑↑↑→↓←	↑→↑→↑→→↓↓

3. Que se passe-t-il quand le chat atteint la balle ?

CORRIGÉ

1. Le centre de la balle se trouvant 4 graduations à droite de l'origine O et 3 unités au-dessus, ses coordonnées sont $(40 \times 4 ; 40 \times 3)$, soit **(160 ; 120)**.

2. a) Si le joueur appuie sur la touche → puis sur la touche ←, l'abscisse du chat augmente de 80, puis diminue de 40, donc globalement elle augmente de 40 et **le chat ne revient pas à sa position de départ**.
b) Le joueur appuie sur la succession de touches suivante : →→↑←↓.
Comme il y a deux flèches vers la droite et une flèche vers la gauche, son abscisse augmente de 2×80 et diminue de 40.
On a $x = -120 + 2 \times 80 - 40 = 0$.
Comme il y a une flèche vers le haut et une flèche vers le bas, son ordonnée augmente de 80 et diminue de 40.
On a $y = -80 + 80 - 40 = -40$.
Après ce déplacement, les coordonnées du chat sont (0 ; –40).
c) Avec la séquence →→→↑↑↑→↓←, le chat se déplace 4 fois vers la droite et une fois vers la gauche.
Son abscisse devient $-120 + 4 \times 80 - 40 = 160$.
Il se déplace également 3 fois vers le haut et une fois vers le bas.
Son ordonnée devient $-80 + 3 \times 80 - 40 = 120$.
Or (160 ; 120) sont les coordonnées du centre de la balle.
La séquence →→→↑↑↑→↓← permet au chat d'atteindre la balle.

3. Quand le chat atteint la balle, **le message « Je t'ai attrapée. » est affiché pendant deux secondes et le chat retourne à sa position de départ.**

Sujet 98

Programme Scratch

Exercice : 12 points

ÉNONCÉ **Programme Scratch, coordonnées**

On donne le programme suivant qui permet de tracer plusieurs triangles équilatéraux de tailles différentes.

Ce programme comporte une variable nommée « **côté** ». Les longueurs sont données en pixels.

On rappelle que l'instruction 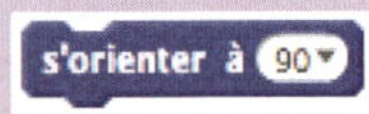

signifie que l'on se dirige vers la droite.

Numéros d'instruction — Script — Le bloc **triangle**

1
2
3
4
5
6
7
8
9

1. Quelles sont les coordonnées du point de départ du tracé ?
2. Combien de triangles sont dessinés par le script ?
3. a) Quelle est la longueur (en pixels) du côté du deuxième triangle tracé ?
   b) Tracer à main levée l'allure de la figure obtenue quand on exécute ce script.
4. On modifie le script initial pour obtenir la figure ci-dessous.

Indiquer le numéro d'une instruction du script **après laquelle** on peut placer l'instruction **tourner ↺ de 60 degrés** pour obtenir cette nouvelle figure.

CORRIGÉ

1. L'instruction 3 donne les coordonnées du point de départ du tracé qui sont **(– 200 ; – 100)**.

2. L'instruction 6 donne que **5 triangles sont dessinés par le script**.

3. a) La longueur du côté du premier triangle dessiné est 100 (instruction 5), puis on ajoute – 20 à cette longueur (instruction 9), donc la longueur (en pixels) du côté du deuxième triangle tracé est 100 + (– 20), soit **80**.
b) Quand on exécute ce script, on obtient :

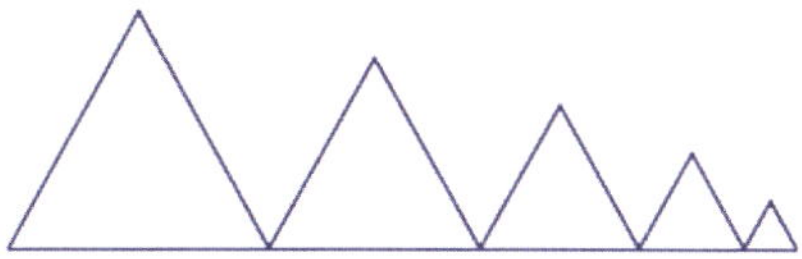

4. On peut placer l'instruction **après l'instruction 8 ou après l'instruction 9** afin d'obtenir la nouvelle figure.

Sujet 99

Programme Scratch

Exercice : 18 points

ÉNONCÉ **Pourcentages, calcul littéral, programme Scratch**

L'argent et l'or sont deux métaux précieux.
La masse volumique de l'argent est 10,5 kg/dm^3
et celle de l'or est 19,3 kg/dm^3.

1. a) Déterminer la masse de 0,4 dm^3 d'argent et celle de 1,6 dm^3 d'or.

b) Quelle serait la masse d'un mélange d'argent et d'or dont le volume total serait de 2 dm^3 et qui contiendrait en volume 20 % d'argent ?

2. On considère une couronne constituée d'un mélange d'argent et d'or. Son volume est de 2 dm^3. On appelle x la proportion en pourcentage du volume d'argent dans la couronne (x compris entre 0 et 100).

a) Exprimer en fonction de x le volume d'argent dans la couronne. En déduire en fonction de x le volume d'or.

b) Montrer que la masse en kilogramme de la couronne est $38{,}6 - 0{,}176x$.

c) Déterminer la masse d'une couronne constituée de 20 % d'argent.

3. Pierre a écrit un programme qui, en fonction de la masse y de la couronne, donne la proportion x en pourcentage du volume d'argent.

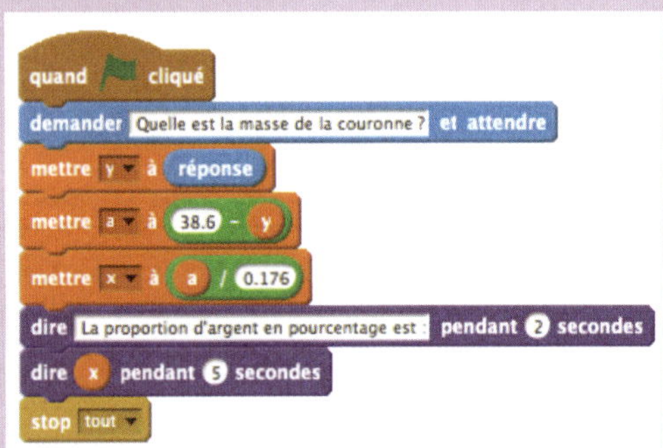

a) Justifier la formule employée par Pierre.

b) Quelle est la proportion d'argent en volume si la masse de la couronne est 34,2 kg ?

CORRIGÉ

1. a) On a $0{,}4 \times 10{,}5 = 4{,}2$; 0,4 dm^3 d'argent a une masse de **4,2 kg**.
On a $1{,}6 \times 19{,}3 = 30{,}88$; 1,6 dm^3 d'or a une masse de **30,88 kg**.
b) S'il y a en volume 20 % d'argent dans 2 dm^3, le volume d'argent est $20 / 100 \times 2$ dm^3, soit 0,4 dm^3. La masse d'argent est 4,2 kg. Le volume d'or est alors $2 - 0{,}4$ en dm^3, soit 1,6 dm^3 et la masse de l'or est 30,88 kg. On a $4{,}2 + 30{,}88 = 35{,}08$.
La masse d'un mélange d'argent et d'or dont le volume total serait de 2 dm^3 et qui contiendrait 20 % d'argent serait de **35,08 kg**.

2. a) Le volume d'argent est $x / 100 \times 2$, soit $\mathbf{0{,}02x}$ (en dm^3).
Le volume d'or est $\mathbf{2 - 0{,}02x}$ (en dm^3).
b) La masse de l'argent est $0{,}02x \times 10{,}5$, soit $0{,}21x$.
La masse de l'or est $(2 - 0{,}02x) \times 19{,}3$, soit $38{,}6 - 0{,}386x$.
La masse en kilogramme de la couronne est $0{,}21x + 38{,}6 - 0{,}386x$, soit $\mathbf{38{,}6 - 0{,}176x}$.
c) Si $x = 20$, alors la masse de la couronne est $38{,}6 - 0{,}176 \times 20$, soit **35,08 kg**.

3. a) Si y est la masse de la couronne, on a $y = 38{,}6 - 0{,}176x$ qui donne successivement
$y + 0{,}176x = 38{,}6$;
$0{,}176x = 38{,}6 - y$, valeur mise dans a ;
$x = a / 0{,}176$.
La formule employée par Pierre est correcte.
b) Si y vaut 34,2, a prend la valeur $38{,}6 - 34{,}2$, soit 4,4 et x prend la valeur $4{,}4 / 0{,}176$, soit 25. Si la masse de la couronne est 34,2 kg, alors il y a **25 % d'argent** dans la couronne.

Sujet 100

Programme Scratch

Exercice : 8 points

ÉNONCÉ Programme Scratch, figures géométriques

1. Pour réaliser la figure ci-dessus, on a défini un motif en forme de losange et on a utilisé l'un des deux programmes A et B ci-dessous.

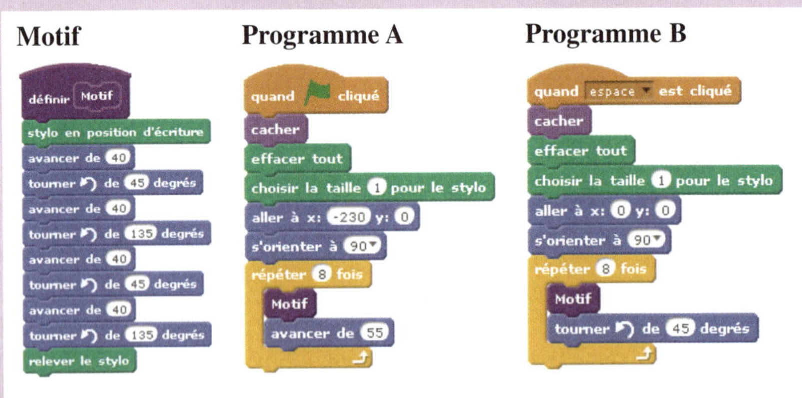

Déterminer lequel et indiquer par une figure à main levée le résultat que l'on obtiendrait avec l'autre programme.

2. Combien mesure l'espace entre deux motifs successifs ?

3. On souhaite réaliser la figure ci-dessous :

Pour ce faire, on envisage d'insérer l'instruction **ajouter 1 à la taille du stylo** dans le programme utilisé à la question 1. Où faut-il insérer cette instruction ?

CORRIGÉ

1. C'est **le programme A** qui permet d'obtenir le résultat obtenu.
Avec le programme B, on obtient la figure ci-contre.

2. Comme le côté du motif mesure 40 et qu'on avance de 55 entre 2 motifs, la distance séparant deux motifs consécutifs est 55 – 40, soit **15**.

3. Pour obtenir la seconde figure, il faut insérer l'instruction « ajouter 1 à la taille du stylo » dans le programme A utilisé à la question 1, dans la boucle « répéter 8 fois », soit après l'instruction « **motif** », soit après l'instruction « **avancer de 55** ».

Sujet 101

Programme Scratch

Exercice : 16 points

ÉNONCÉ **Programme Scratch, expressions conditionnelles**

Un site de développement de photos affiche les tarifs suivants :
- de 1 à 20 tirages : 0,15 € par tirage et 3 € de frais de port ;
- de 21 à 60 tirages : 0,10 € par tirage et 4 € de frais de port ;
- à partir de 61 tirages : 0,05 € par tirage et 7 € de frais de port.

1. Déterminer les prix à payer pour 10 tirages, 25 tirages et 75 tirages.

2. Un élève a écrit le programme ci-dessous :

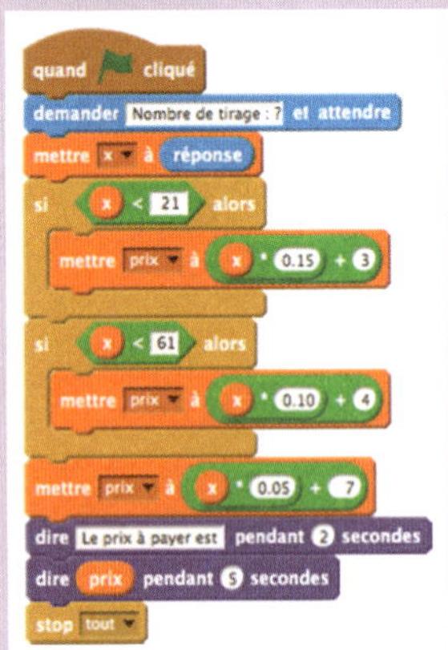

a) Quel prix est affiché si on entre 10 comme valeur de x ? et si on entre 25 ?

b) Expliquer pourquoi ce programme ne donne pas les bons prix.

3. Un professeur a donné la structure suivante pour un programme qui permet d'avoir le bon prix. Replacer à leurs bonnes places les cinq instructions données au-dessus du programme.

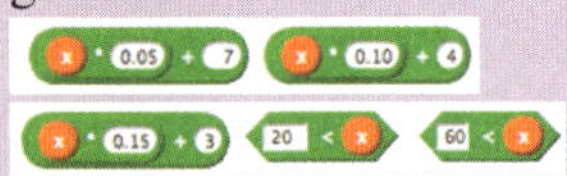

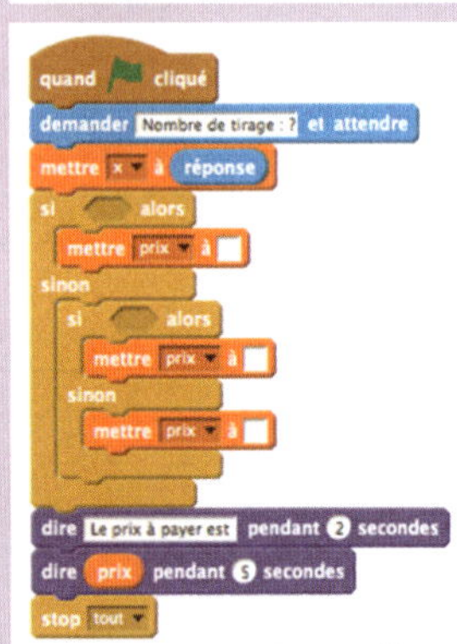

CORRIGÉ

1. Pour 10 tirages, on paie $10 \times 0{,}15 + 3$, soit **4,50 €**.
Pour 25 tirages, on paie $25 \times 0{,}10 + 4$, soit **6,50 €**.
Pour 75 tirages, on paie $75 \times 0{,}05 + 7$, soit **10,75 €**.

2. a) Si on entre 10 comme valeur de x, le prix affiché est $10 \times 0{,}05 + 7$, soit **7,50 €**.
Si on entre 25 comme valeur de x, le prix affiché est $25 \times 0{,}05 + 7$, soit **8,25 €**.
b) Quel que soit le nombre de tirages indiqué par la variable x, l'instruction « Mettre prix à x * 0,05 + 7 » est effectuée avant l'affichage et le prix affiché correspond toujours à la formule pour un nombre de tirages supérieur à 60.

3. Le bon programme est :

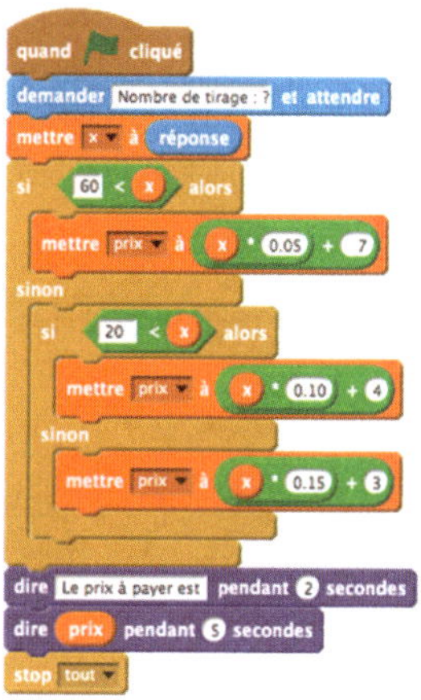

N.B. $60 < x$ correspond à $x \geqslant 61$ car on travaille sur des entiers.

Sujet 102

Programme Scratch

Exercice : 15 points

ÉNONCÉ Programmes Scratch, tableur, équation

Mathilde et Paul ont chacun écrit un programme de calcul sous Scratch.

Programme de calcul de Mathilde

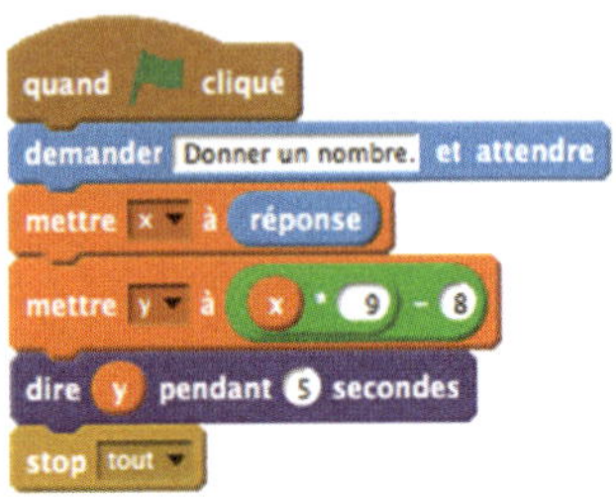

Programme de calcul de Paul

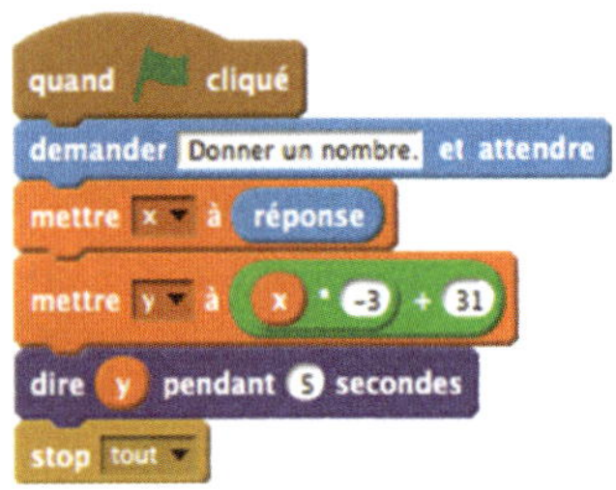

Afin de comparer leurs programmes de calcul, ils décident d'utiliser un tableur.

1. On considère la feuille de calcul suivante :

	A	B	C	D	E	F	G	H	I	J	K	L
1	**Nombre de départ**	0	1	2	3	4	5	6	7	8	9	10
2	**Mathilde**											
3	**Paul**											

a) Quelle formule doit-on saisir dans la cellule B2 puis étirer jusqu'à la cellule L2 pour obtenir les résultats de Mathilde ?

b) Quelle formule doit-on saisir dans la cellule B3 puis étirer jusqu'à la cellule L3 pour obtenir les résultats de Paul ?

2. Voici ce que la feuille de calcul fait apparaître après avoir correctement programmé les cellules B2 et B3, puis les avoir recopiées vers la droite.

	A	B	C	D	E	F	G	H	I	J	K	L
1	**Nombre de départ**	0	1	2	3	4	5	6	7	8	9	10
2	**Mathilde**	– 8	1	10	19	28	37	46	55	64	73	82
3	**Paul**	31	28	25	22	19	16	13	10	7	4	1

Mathilde et Paul cherchent à obtenir le même résultat.

Au vu du tableau, quelle conjecture pourrait-on faire sur l'encadrement à l'unité du nombre à saisir dans les programmes pour obtenir le même résultat ?

3. Déterminer par le calcul le nombre de départ à saisir par Mathilde et Paul pour obtenir le même résultat et vérifier la conjecture sur l'encadrement.

CORRIGÉ

1. a) Comme dans le programme de Mathilde le résultat est y qui prend la valeur $x \times 9 - 8$, il faut mettre dans la cellule B2 la formule **=B1*9–8**.

b) Comme dans le programme de Paul le résultat est y qui prend la valeur $x \times (-3) + 31$, il faut mettre dans la cellule B3 la formule **=B1*(–3)+31**.

2. Au vu du tableau, Mathilde a un résultat inférieur à celui de Paul pour x qui vaut 3, mais un résultat supérieur pour x qui vaut 4.

On conjecture que le nombre à saisir dans les programmes pour obtenir le même résultat est compris entre 3 et 4, soit $3 < x < 4$.

3. Mathilde et Paul ont le même résultat lorsque $9x - 8 = -3x + 31$, ce qui donne successivement : $9x + 3x = 31 + 8$; $12\,x = 39$; $x = 39 \div 12$; $x = 3{,}25$.

En saisissant 3,25 comme nombre de départ, Mathilde et Paul obtiendront le même résultat, ce qui vérifie la conjecture sur l'encadrement.

Sujet 103

Programme Scratch

Exercice : 14 points

ÉNONCÉ Programme Scratch, variations en pourcentage

L'épicier souhaite revendre le sel 20 % plus cher que son prix d'achat (voir Sujet 37).

1. Si le prix d'achat d'un carton de sel est 150 euros, quel sera le prix de revente par l'épicier ?

2. On considère les trois programmes suivants :

Programme A

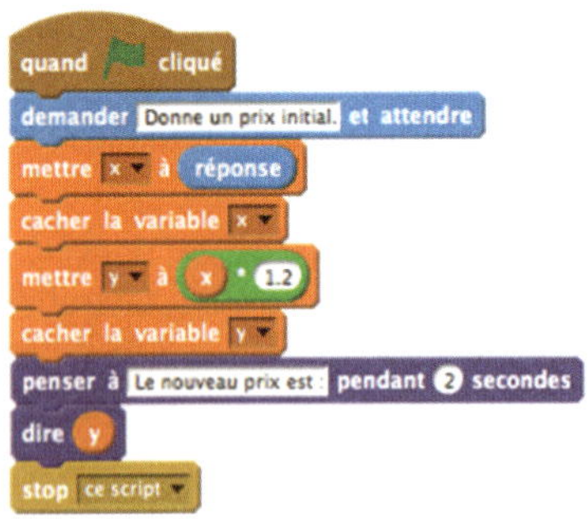

Programme B

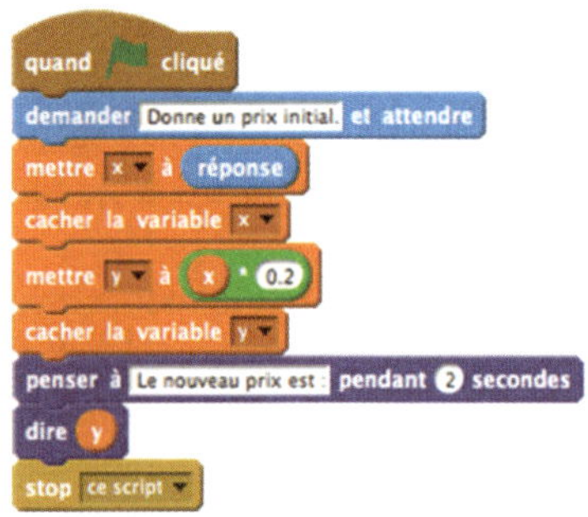

Programme C

a) Quel résultat est affiché par le programme C si on saisit la valeur 150 ?

b) Pour chaque programme, préciser si le nouveau prix affiché est correct ou incorrect. Justifier la réponse.

3. a) Écrire un algorithme qui demande le prix de revente et qui retourne le prix d'achat.

b) Finalement, après une hausse de 20 %, le prix de revente est 144 €. Déterminer le prix d'achat par l'épicier.

CORRIGÉ

1. Si le prix d'achat d'un carton est de 150 euros, alors le prix de revente sera 150 euros × (1 + 20/100), soit **180 euros**.

Augmenter une valeur de *a* % revient à multiplier par $\left(1 + \frac{a}{100}\right)$.

2. a) Si on saisit 150 comme valeur dans le programme C, la variable x prend la valeur 150, la variable y prend la valeur $x \times 0,2$, soit 30 et le résultat affiché est **180**.
b) **Avec le programme A**, x prend la valeur 150 et y prend la valeur $x \times 1,2$, soit 180 ; **la valeur de y qui est affichée est correcte**.
Avec le programme B, x prend la valeur 150 et y prend la valeur $x \times 0,2$, soit 30 ; **la valeur de y qui est affichée est incorrecte**.
D'après la question précédente, **le programme C affiche un prix correct**.

3. a) Si x est le prix d'achat, le prix de vente est $y = 1,2\,x$.
Si y est le prix de vente, le prix d'achat x est donné par $x = y \div 1,2$.
Un algorithme peut être :

Afficher « Donner le prix de vente »
Saisir y
x prend la valeur $y \div 1,2$
Afficher « Le prix d'achat est » : x

b) Si le prix de vente est 144 €, alors le prix d'achat par l'épicier est 144 € ÷ 1,2, soit **120 €.**

Sujet 104

Programme Scratch

Exercice : 20 points

ÉNONCÉ Triangle, probabilité, programme Scratch

Dans tout l'exercice l'unité de longueur est le mm.

On lance une fléchette sur une plaque carrée sur laquelle figure une cible circulaire (en gris sur la figure). Si la pointe de la fléchette est sur le bord de la cible, on considère que la cible n'est pas atteinte.

On considère que cette expérience est aléatoire et l'on s'intéresse à la probabilité que la fléchette atteigne la cible.

– La longueur du côté de la plaque carrée est 200.

– Le rayon de la cible est 100.

– La fléchette est représentée par le point F de coordonnées $(x\ ;\ y)$ où x et y sont des nombres aléatoires compris entre –100 et 100.

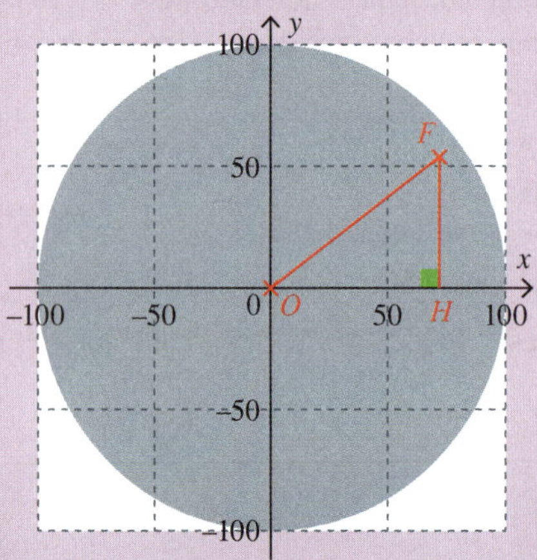

1. Dans l'exemple ci-dessus, la fléchette F est située au point de coordonnées (72 ; 54).

Montrer que la distance OF, entre la fléchette et l'origine du repère, est 90.

2. D'une façon générale, quel nombre ne doit pas dépasser la distance OF pour que la fléchette atteigne la cible ?

3. On réalise un programme qui simule plusieurs fois le lancer de cette fléchette sur la plaque carrée et qui compte le nombre de lancers atteignant la cible. Le programmeur a créé trois variables nommées : « carré de OF », « distance » et « score ».

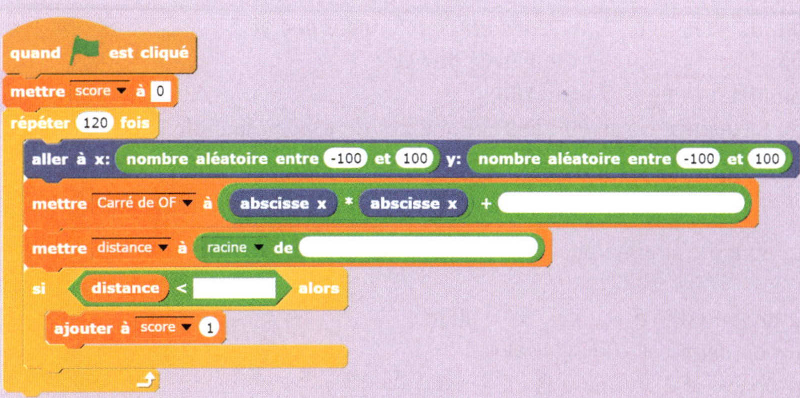

a) Lorsqu'on exécute ce programme, combien de lancers sont simulés ?
b) Quel est le rôle de la variable score ?
c) Compléter et recopier sur la copie uniquement les lignes 5, 6 et 7 du programme afin qu'il fonctionne correctement.
d) Après une exécution du programme, la variable score est égale à 102. À quelle fréquence la cible a-t-elle été atteinte dans cette simulation ? Exprimer le résultat sous la forme d'une fraction irréductible.

4. On admet que la probabilité d'atteindre la cible est égale au quotient : aire de la cible divisée par aire de la plaque carrée.
Donner une valeur approchée de cette probabilité au centième près.

CORRIGÉ

1. Le triangle OFH est rectangle en H avec $OH = 72$ et $HF = 54$.
D'après le théorème de Pythagore, on a :
$OF^2 = OH^2 + HF^2$, soit $OF^2 = 72^2 + 54^2$ ou encore $OF^2 = 8\,100$.
Comme OF est une longueur, on a $OF = \sqrt{8\,100}$.
La distance OF est 90.

2. Pour que la fléchette atteigne la cible, il faut que ***OF* ne dépasse pas la valeur 100**.

3. a) La troisième ligne indique que **120 lancers sont simulés**.
b) La variable score indique **le nombre de simulations où la flèche atteint la cible**.

c) Pour que le programme fonctionne correctement, il faut :
– compléter la ligne 5 avec ***ordonnée y * ordonnée y*** ;
– compléter la ligne 6 avec **Carré de OF** ;
– compléter la ligne 7 avec **100**.

d) La fréquence est le quotient du nombre de fois où la cible est atteinte par le nombre d'essais.

Ici, $f = \frac{102}{120} = \frac{6 \times 17}{6 \times 20}$.

La cible a été atteinte dans cette simulation avec une fréquence de $\mathbf{\frac{17}{20}}$.

4. L'aire de cible est $\pi \times r^2 = 10\ 000\pi$.

L'aire du carré est $200^2 = 40\ 000$.

La probabilité d'atteindre la cible est $\frac{10\,000\pi}{40\,000} = \frac{\pi}{4}$.

Cette probabilité vaut 0,79 au centième près.

L'aire d'un disque de rayon r est $\pi \times r^2$.

Sujet 105

Programmation Scratch

Exercice : 14 points

ÉNONCÉ **Programme Scratch, figure géométrique**

Dans cet exercice, aucune justification n'est attendue.
Simon travaille sur un programme. Voici des copies de son écran :

Script principal

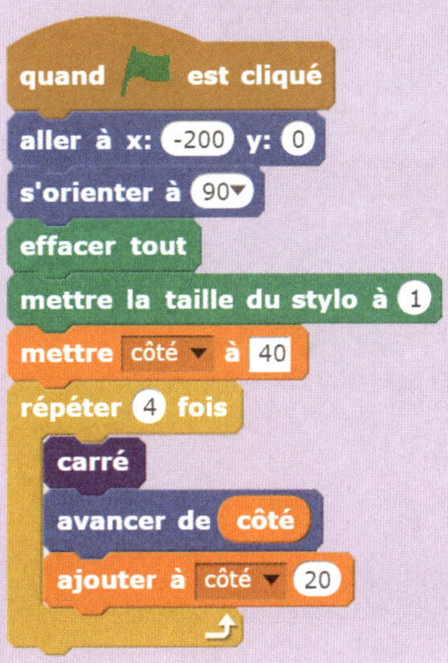

Bloc carré

Information
L'instruction « s'orienter à 90 » signifie qu'on se dirige vers la droite.

1. Il obtient le dessin ci-dessous.

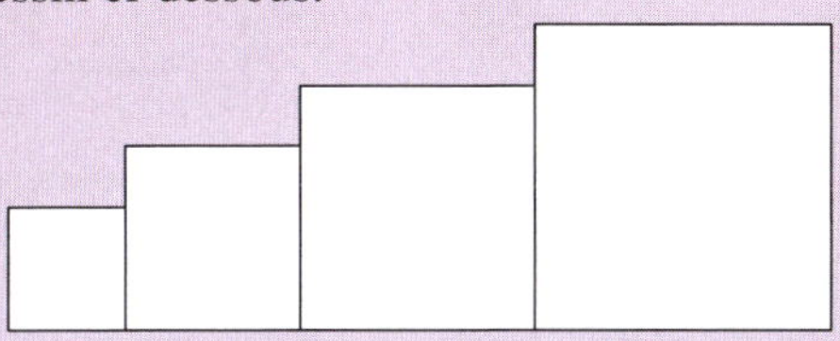

a) D'après le script principal, quelle est la longueur du côté du plus petit carré dessiné ?
b) D'après le script principal, quelle est la longueur du côté du plus grand carré dessiné ?

2. Dans le script principal, où peut-on insérer l'instruction « ajouter 2 à la taille du stylo » de façon à obtenir le dessin ci-dessous ?

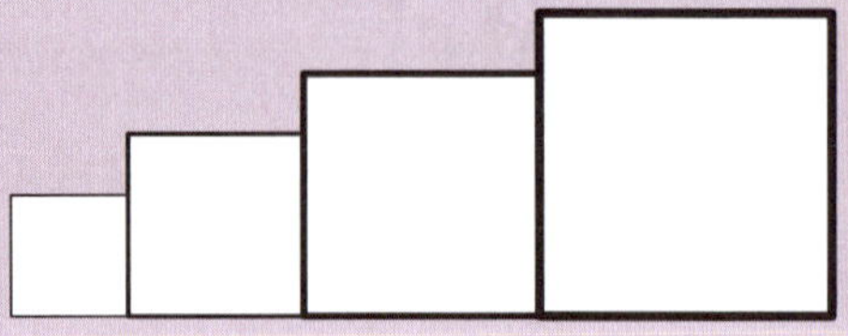

3. On modifie maintenant le script principal pour obtenir celui qui est présenté ci-dessous :

Pour rappel : le bloc carré

Parmi les dessins ci-dessous, lequel obtient-on ?

Dessin 1

Dessin 2

Dessin 3

CORRIGÉ

1. a) L'instruction « Mettre côté à 40 » indique que le premier carré dessiné, qui est **le plus petit carré, a pour côté 40**.
b) Pour le plus grand carré, on a augmenté 3 fois de 20 la taille de départ.
$40 + 3 \times 20 = 100$. **Le côté du plus grand carré est 100**.

2. Dans le script principal, il faut mettre l'instruction « ajouter 2 à la taille du stylo » **dans la boucle « répéter 4 fois » n'importe où après l'instruction « carré** ».

3. Entre deux carrés, il y a un déplacement horizontal donc on ne peut pas obtenir le dessin 1. À la fin du dessin carré, on relève le stylo, donc il n'y a pas de trait dessiné pour passer d'un carré à un autre ; on ne peut donc pas obtenir le dessin 2.
On obtient le dessin 3.

Sujet 106

Programme Scratch

Exercice : 16 points

ÉNONCÉ Programmes Scratch, figures géométriques, transformation, aires

Les longueurs sont en pixels.
L'expression « **s'orienter à 90** » signifie que l'on s'oriente vers la droite.
On donne le programme suivant :

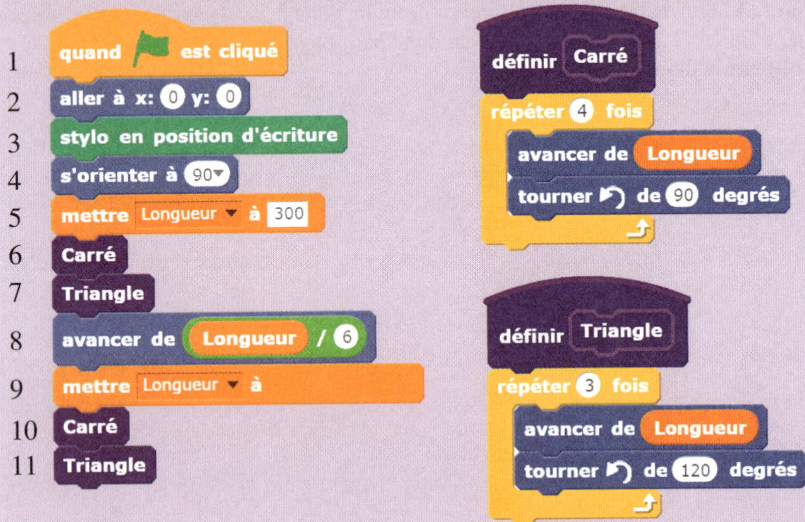

1. On prend comme échelle 1 cm pour 50 pixels.

a) Représenter sur la copie la figure obtenue si le programme est exécuté jusqu'à la ligne 7 comprise.

b) Quelles sont les coordonnées du stylo après l'exécution de la ligne 8 ?

2. On exécute le programme complet et on obtient la figure ci-dessous qui possède un axe de symétrie vertical.

Recopier et compléter la ligne 9 du programme pour obtenir cette figure.

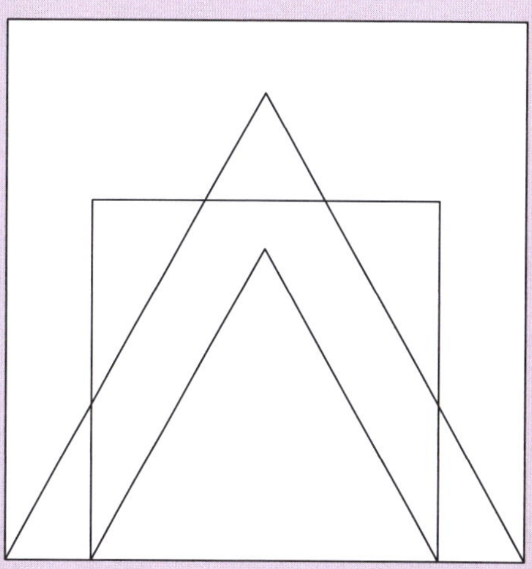

3. a) Parmi les transformations suivantes : translation, homothétie, rotation, symétrie axiale, quelle est la transformation géométrique qui permet d'obtenir le petit carré à partir du grand carré ? Préciser le rapport de réduction.

b) Quel est le rapport des aires entre les deux carrés dessinés ?

CORRIGÉ

1. a) La taille du carré est de 300 pixels et l'échelle étant de 1 cm pour 50 pixels, la taille du carré est 6 cm.

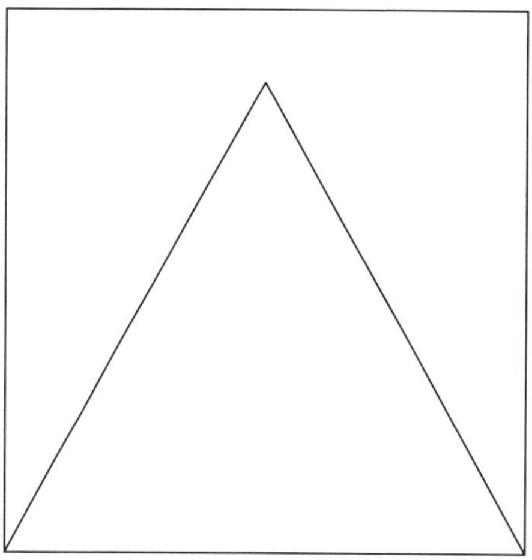

b) Après l'instruction ligne 7, le stylo est retourné à l'origine (0 ; 0) et orienté vers la droite. Lors de l'instruction ligne 8, le stylo avance de 300 pixels ÷ 6, soit 50 pixels vers la droite et se trouve alors au **point de coordonnées (50 ; 0)**.

2. La figure ayant un axe de symétrie, et ayant une distance de 50 pixels entre les bords gauches des deux carrés, il y a aussi une distance de 50 pixels entre les bords droits des deux carrés. La taille du petit carré est donc 300 – 2 × 50, soit 200 pixels.
En ligne 9, il faut écrire **mettre longueur à 200**.

3. a) C'est **une homothétie** qui permet de transformer le grand carré en petit carré. **Son rapport est** $\frac{\text{taille petit carré}}{\text{taille grand carré}} = \frac{200}{15} = \frac{2}{3}$.

b) Le rapport des aires entre les deux carrés est $(\frac{2}{3})2 = \frac{4}{9}$.

Dans une homothétie de rapport k, les aires sont multipliées par k^2.

Sujet 107

Amérique du Nord Juin 2022

L'usage de calculatrice **avec mode examen activé** est autorisé.
L'usage de calculatrice **sans mémoire**, « type collège », est autorisé.

Indication portant sur l'ensemble du sujet

Toutes les réponses doivent être justifiées, sauf si une indication contraire est donnée. Pour chaque question, si le travail n'est pas terminé, laisser une trace de la recherche ; elle sera prise en compte dans la notation.

EXERCICE 1 — 22 points

La figure ci-dessous n'est pas à l'échelle.

- Les points M, A et S sont alignés.
- Les points M, T et H sont alignés.
- $MH = 5$ cm
- $MS = 13$ cm
- $MT = 7$ cm

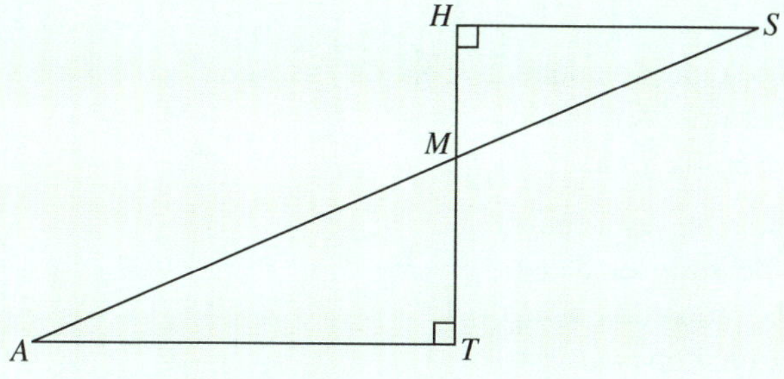

1. Démontrer que la longueur HS est égale à 12 cm.

2. Calculer la longueur AT.

3. Calculer la mesure de l'angle $\widehat{HMS}$. On arrondira le résultat au degré près.

4. Parmi les transformations suivantes quelle est celle qui permet d'obtenir le triangle MAT à partir du triangle MHS ?

Dans cette question, aucune justification n'est attendue. Recopier la réponse sur la copie.

Une symétrie centrale	Une symétrie axiale	Une rotation	Une translation	Une homothétie

5. Sachant que la longueur *MT* est 1,4 fois plus grande que la longueur *HM*, un élève affirme : « L'aire du triangle *MAT* est 1,4 fois plus grande que l'aire du triangle *MHS*. »

Cette affirmation est-elle vraie ? *On rappelle que la réponse doit être justifiée.*

Corrigé page 203

EXERCICE 2 — 15 points

Dans cet exercice, aucune justification n'est attendue.

Cet exercice est un questionnaire à choix multiple. Pour chaque question, une seule des quatre réponses est exacte.

Sur la copie, écrire le numéro de la question et la réponse choisie.

		Réponse A	Réponse B	Réponse C	Réponse D
1	On lance un dé équilibré à 20 faces numérotées de 1 à 20. La probabilité pour que le numéro tiré soit inférieur ou égal à 5 est…	$\frac{1}{20}$	$\frac{1}{4}$	$\frac{1}{5}$	$\frac{5}{6}$
2	Une boisson est composée de sirop et d'eau dans la proportion d'un volume de sirop pour sept volumes d'eau (c'est-à-dire dans le ratio 1 : 7). La quantité d'eau nécessaire pour préparer 560 mL de cette boisson est…	70 mL	80 mL	400 mL	490 mL

3	La fonction linéaire f telle que $f\left(\frac{4}{5}\right) = 1$ est…	$f(x) = x + \frac{1}{5}$	$f(x) = \frac{4}{5}x$	$f(x) = \frac{5}{4}x$	$f(x) = x - \frac{1}{5}$
4	La décomposition en produit de facteurs premiers de 195 est…	5×39	$3 \times 5 \times 13$	$1 \times 100 + 9 \times 10 + 5$	3×65
5	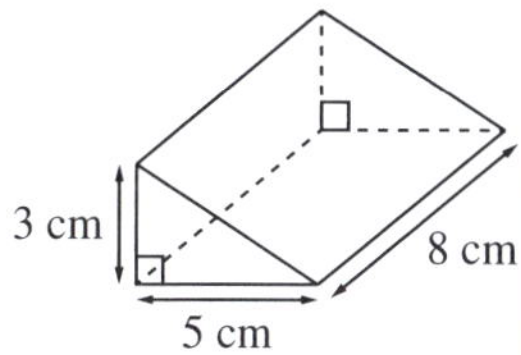 Le volume de ce prisme droit est…	40 cm^3	60 cm^3	64 cm^3	120 cm^3

Corrigé page 203

EXERCICE 3

20 points

Pour être en bonne santé, il est recommandé d'avoir régulièrement une pratique physique. Une recommandation serait de faire au moins une heure de pratique physique par jour en moyenne.
Sur 1,6 millions d'adolescents de 11 à 17 ans interrogés, 81 % d'entre eux ne respectent pas cette recommandation.

D'après un communiqué de presse sur la santé

1. Sur les 1,6 millions d'adolescents de 11 à 17 ans interrogés, combien ne respectent pas cette recommandation ?

Après la lecture de ce communiqué, un adolescent se donne un objectif.
Objectif : « Faire au moins une heure de pratique physique par jour en moyenne. »
Pendant 14 jours consécutifs, il note dans le calendrier suivant, la durée quotidienne qu'il consacre à sa pratique physique :

Jour 1	Jour 2	Jour 3	Jour 4	Jour 5	Jour 6	Jour 7
50 min	15 min	1 h	1 h 40 min	30 min	1 h 30 min	40 min
Jour 8	**Jour 9**	**Jour 10**	**Jour 11**	**Jour 12**	**Jour 13**	**Jour 14**
15 min	1 h	1 h 30 min	30 min	1 h	1 h	0 min

2. a. Quelle est l'étendue des 14 durées quotidiennes notées dans le calendrier ?
b. Donner une médiane de ces 14 durées quotidiennes.

3. a. Montrer que, sur les 14 premiers jours, cet adolescent n'a pas atteint son objectif.
b. Pendant les 7 jours suivants, cet adolescent décide alors de consacrer plus de temps au sport pour atteindre son objectif sur l'ensemble des 21 jours. Sur ces 7 derniers jours, quelle est la durée totale de pratique physique qu'il doit au minimum prévoir pour atteindre son objectif ?

Corrigé page 204

EXERCICE 4 — 21 points

Dans cet exercice, aucune justification n'est attendue.

On a créé un jeu de hasard à l'aide d'un logiciel de programmation. Lorsqu'on appuie sur le drapeau, le lutin dessine trois motifs côte à côte. Chaque motif est dessiné aléatoirement : soit c'est une croix, soit c'est un rectangle.

Le joueur gagne si l'affichage obtenu comporte trois motifs identiques.

Au lancement du programme, le lutin est orienté horizontalement vers la droite :

Programme principal

Numéro de ligne

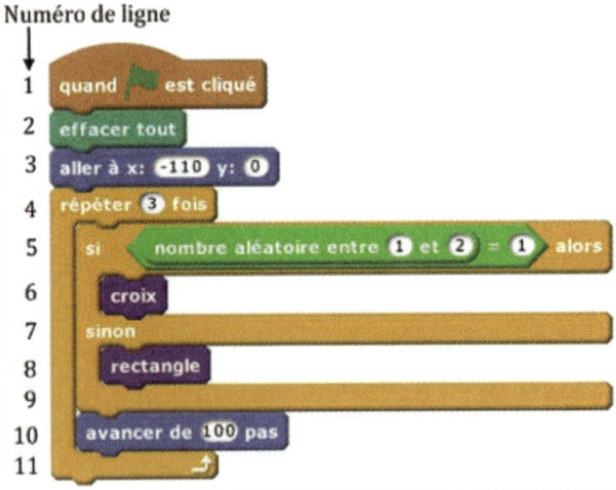

Bloc « rectangle »

Bloc « croix »

Le script n'est pas donné.

Explication de l'instruction « nombre aléatoire entre… » sur un exemple :

renvoie un nombre au hasard parmi 1, 2, 3 et 4.

1. En prenant pour échelle 1 cm pour 20 pas, représenter le motif obtenu par le bloc « rectangle ».

2. Voici un exemple d'affichage obtenu en exécutant le programme principal :
Quelle est la distance *d* entre les deux rectangles sur l'affichage, exprimée en pas ?

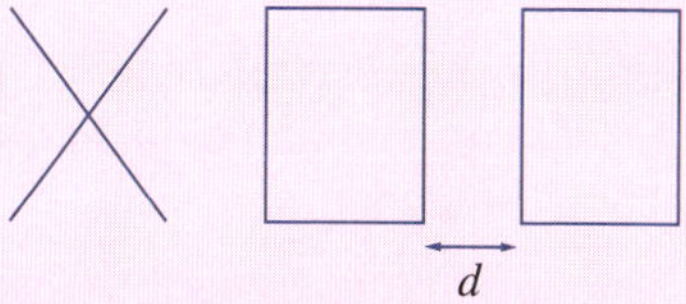

3. Quelle est la probabilité que le premier motif dessiné par le lutin soit une croix ?

4. Dessiner à main levée les 8 affichages différents que l'on pourrait obtenir avec le programme principal.

5. On admettra que les 8 affichages ont la même probabilité d'apparaître. Quelle est la probabilité que le joueur gagne ?

6. On souhaite désormais que, pour chaque motif, il y ait deux fois plus de chances d'obtenir un rectangle qu'une croix. Pour cela, il faut modifier l'instruction dans la ligne 5.
Sur la copie, recopier l'instruction suivante en complétant les cases :

Corrigé page 205

EXERCICE 5 — 22 points

On considère le programme de calcul suivant, appliqué à des nombres entiers :

PARTIE A

1. Vérifier que, si le nombre de départ est 15, alors le nombre obtenu à l'arrivée est 240.

Nombre choisi au départ
↓
Programme de calcul
• Calculer le carré du nombre de départ
• Ajouter le nombre de départ
↓
Nombre obtenu à l'arrivée

2. Voici un tableau de valeurs réalisé à l'aide d'un tableur :

Il donne les résultats obtenus par le programme de calcul en fonction de quelques valeurs du nombre choisi au départ.

◇	A	B
1	Nombre choisi au départ	Nombre obtenu à l'arrivée
2	0	0
3	1	2
4	2	6
5	3	12
6	4	20
7	5	30
8	6	42
9	7	56
10	8	72
11	9	90
12	10	110

Quelle formule a pu être saisie dans la cellule B2 avant d'être étirée vers le bas ?
Aucune justification n'est attendue.

3. On note x le nombre de départ.
Écrire, en fonction de x, une expression du résultat obtenu avec ce programme de calcul.

PARTIE B

On considère l'affirmation suivante :
« Pour obtenir le résultat du programme de calcul, il suffit de multiplier le nombre de départ par le nombre entier qui suit. »

4. Vérifier que cette affirmation est vraie lorsque le nombre entier choisi au départ est 9.

5. Démontrer que cette affirmation est vraie quel que soit le nombre entier choisi au départ.

6. Démontrer que le nombre obtenu à l'arrivée par le programme de calcul est un nombre pair quel que soit le nombre entier choisi au départ.

Corrigé page 205

CORRIGÉ

Exercice 1 (Énoncé p. 197)

1. Le triangle MHS est rectangle en H.
D'après le théorème de Pythagore, on a :
$MS^2 = MH^2 + HS^2$, soit $13^2 = 5^2 + HS^2$.
On fait $169 - 25 = HS^2$, donc $144 = HS^2$.
On a $HS = \sqrt{144}$ car HS est une longueur.
On a bien $HS = 12$ cm.

2. Les droites (HS) et (AT) sont perpendiculaires à (HT).
Or, si deux droites sont perpendiculaires à une même troisième droite, alors elles sont parallèles entre elles.
On a donc (HS) et (AT) parallèles.
MHS est un triangle avec T sur (MH), A sur (MS) et (TA) parallèle à (HS).
D'après le théorème de Thalès, on a :
$\frac{MT}{MH} = \frac{MA}{MS} = \frac{TA}{HS}$, soit $\frac{7}{5} = \frac{MA}{13} = \frac{TA}{12}$.
En particulier, on a $\frac{7}{5} = \frac{TA}{12}$.
On fait $\frac{7}{5} \times 12 = AT$.
On obtient $AT = 16{,}8$ cm.

3. Dans le triangle HMS rectangle en H, on a :
$\sin(\widehat{HMS}) = \frac{\text{côté opposé à } M}{\text{hypoténuse}} = \frac{HS}{MS}$, soit $\sin(\widehat{HMS}) = \frac{12}{13}$.
On fait $\widehat{HMS} = \sin^{-1}\left(\frac{12}{13}\right)$.
L'angle $\widehat{HMS}$ mesure 67° au degré près.

On peut aussi utiliser le cosinus ou la tangente.

4. Symétries, rotations et translations conservant les longueurs : **seule une homothétie de centre M transforme le triangle MHS en le triangle MTA** qui est plus grand.

5. Pour obtenir l'aire de MAT, il faut multiplier celle de MHS par $1{,}4^2$, soit par 1,96.
L'affirmation de l'élève est donc fausse.

Dans une homothétie de rapport k, les aires sont multipliées par k^2.

Exercice 2 (Énoncé p. 198)

1. Parmi les 20 faces équiprobables, 5 comportent un chiffre inférieur ou égal à 5, donc la probabilité d'avoir un chiffre inférieur ou égal à 5 est :
$\frac{5}{20} = \frac{1}{4}$: **réponse B.**

2. Comme il y a sept fois plus d'eau que de sirop, le sirop représente un huitième du volume de la boisson et l'eau les sept huitièmes.

Le volume d'eau est $\frac{7}{8} \times 560$ ml, soit 490 ml : **réponse D.**

3. Une fonction linéaire a pour modèle $f(x) = a\,x$ avec a réel.

Ici, $f\left(\frac{4}{5}\right) = 1$ donne $a \times \frac{4}{5} = 1$, soit $a = 1 \times \frac{5}{4}$.

On a donc $f(x) = \frac{5}{4}x$: **réponse C.**

4. $39 = 3 \times 13$ et $65 = 5 \times 13$ ne sont pas premiers et

$1 \times 100 + 9 \times 10 + 5$ n'est pas une décomposition en facteurs premiers.

On a $195 = 3 \times 5 \times 13$: **réponse B.**

> La liste des nombres premiers commence par :
> 2 – 3 – 5 – 7 – 11 – 13 – 17 – 19 – 23 – 29

5. Le volume du prisme est :

aire de la base × hauteur = $\frac{3\text{ cm} \times 5\text{ cm}}{2} \times 8\text{ cm} = 60\text{ cm}^3$:
réponse B.

> Le volume d'un prisme droit est aire de base × hauteur.
> L'aire d'un triangle est $\frac{\text{base} \times \text{hauteur}}{2}$.

Exercice 3 (Énoncé p. 199)

1. On a $\frac{81}{100} \times 1{,}6 = 1{,}296$: **1,296 millions** d'adolescents ne respectent pas la consigne.

2. a. 1 h 40 min – 0 min = 1 h 40 min. **L'étendue de la série est 1 h 40 min**.

> L'étendue d'une série statistique est la différence entre la plus grande valeur de la série et la plus petite.

b. On ordonne la série dans l'ordre croissant :
0 min ; 15 min ; 15 min ; 30 min ; 30 min ; 40 min ; 50 min ;
1 h ; 1 h ; 1 h ; h ; 1 h 30 min ; 1 h 30 min ; 1 h 40 min.
Il y a 14 valeurs.
La médiane est donc la moyenne de la 7e et de la 8e durée.

C'est donc $\frac{50\text{ min} + 60\text{ min}}{2}$ = **55 min.**

3. a. On commence par convertir les durées en minutes pour calculer la moyenne.
La durée totale en minutes sur les 14 premiers jours est :
0 + 15 + 15 + 30 + 30 + 40 + 50 + 60 + 60 + 60 + 60 + 90 + 90 + 100 = 700.
La durée moyenne est 700 min ÷ 14 = 50 min.
En moyenne, il a fait 50 minutes de pratique physique par jour sur ces 14 jours. **Il n'a donc pas atteint son objectif.**

> 1 h = 60 min

b. Pour avoir une moyenne de 60 minutes par jour, il doit faire au moins 60 minutes × 21, soit 1 260 minutes de pratique physique sur ces 21 jours.
Sur les 14 premiers jours, il a déjà effectué 700 minutes de pratique physique.
Il en reste 1 260 minutes – 700 minutes, soit 560 minutes de pratique physique sur les 7 derniers jours, soit **en moyenne 80 minutes par jour**.

Une moyenne est le quotient du total des valeurs par le nombre de valeurs, c'est-à-dire que la somme des valeurs est le produit de la moyenne par le nombre de valeurs.

Exercice 4 (Énoncé p. 200)

1. On dessine un rectangle de 60 pas de large sur 80 pas de haut, avec 60 ÷ 20 = 3 et 80 ÷ 4 = 4.
Le rectangle fait donc 3 cm sur 4 cm.

2. Après avoir dessiné un rectangle, on déplace le lutin de 100 pas. Comme le rectangle fait 60 pas de large, l'espace avec la figure suivante est :
d = 100 pas – 60 pas = **40 pas.**
3. Comme on dessine une croix si l'on obtient 1 en choisissant un nombre au hasard entre 1 et 2, la probabilité que le premier motif dessiné par le lutin soit une croix est 1 ÷ 2, soit **0,5**.
4. On peut obtenir

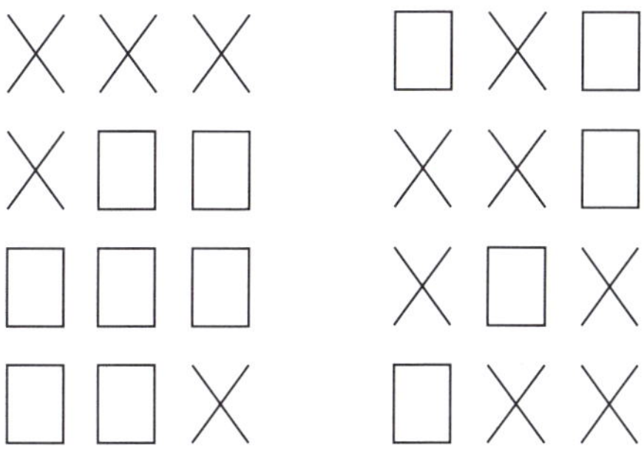

5. Parmi les 8 résultats possibles, seuls 2 sont formés de 3 figures identiques.
La probabilité que le joueur gagne est donc égale à 2 ÷ 8, soit **0,25**.
6. On veut donc que les croix représentent un tiers des dessins. Il suffit de tirer un nombre aléatoire entre 1 et 3 (3 résultats possibles) et de dessiner la croix si le nombre aléatoire prend l'une de ces trois valeurs (1 par exemple).

Exercice 5 (Énoncé p. 201)

PARTIE A

1. Si le nombre de départ est 15, son carré est $15^2 = 225$.
En ajoutant 15 à ce carré, on obtient 225 + 25 = **240.**
2. Une formule qu'on peut écrire en B2 et recopier vers le bas est **=A2^2+A2.**

Une formule tableur commence par un le symbole =.

3. Si x est le nombre de départ, le résultat du programme de calcul est $\boldsymbol{x^2 + x}$.

PARTIE B

4. Si le nombre de départ est 9, son carré est 92 = 81 et le résultat est 81 + 9 = 90.
On a aussi **90 = 9 × 10, produit de 9 par l'entier qui suit 9.**

5. Si x est le nombre de départ, le résultat est $x^2 + x = x \times x + x \times 1 = x(x + 1)$.
Le résultat est toujours le produit de l'entier de départ par l'entier qui suit.

6. Si x est pair, alors $x = 2k$ avec k entier
et le résultat est $x(x + 1) = 2k(2k + 1)$ qui est pair.
Si x est impair, alors $x = 2k + 1$ avec k entier
et le résultat est $x(x + 1) = (2k + 1)(2k + 2) = 2(2k + 1)(k + 1)$ qui est pair.
Le nombre obtenu à l'arrivée est donc toujours pair.

Sujet 108

France métropolitaine Juin 2022

L'usage de calculatrice **avec mode examen activé** est autorisé.
L'usage de calculatrice **sans mémoire**, « type collège », est autorisé.

Indication portant sur l'ensemble du sujet

Toutes les réponses doivent être justifiées, sauf si une indication contraire est donnée. Pour chaque question, si le travail n'est pas terminé, laisser une trace de la recherche ; elle sera prise en compte dans la notation.

EXERCICE 1 — 20 points

Une famille se promène au bord d'une rivière. Les enfants aimeraient connaître la largeur de la rivière. Ils prennent des repères, comptent leurs pas et dessinent le schéma ci-contre sur lequel les points C, E et D, de même que A, E et B sont alignés. (Le schéma n'est pas à l'échelle.)

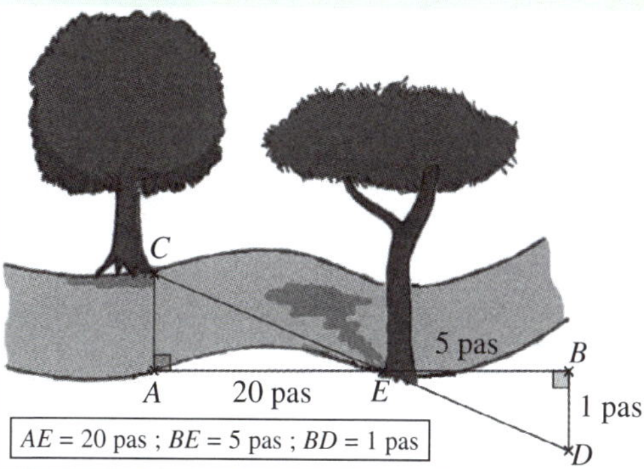

1. Démontrer que les droites (AC) et (BD) sont parallèles.

2. Déterminer, en nombre de pas, la largeur AC de la rivière.

Pour les questions qui suivent, on assimile la longueur d'un pas à 65 cm.

3. Montrer que la longueur CE vaut 13,3 m, en arrondissant au décimètre près.

4. L'un des enfants lâche un bâton dans la rivière au niveau du point E. Avec le courant, le bâton se déplace en ligne droite en 5 secondes jusqu'au point C.

a) Calculer la vitesse du bâton en m/s.

b) Est-il vrai que « le bâton se déplace à une vitesse moyenne inférieure à 10 km/h » ?

Corrigé page 213

EXERCICE 2 — 20 points

Cet exercice est un questionnaire à choix multiples (QCM). Aucune justification n'est demandée. Pour chaque question, trois réponses (A, B et C) sont proposées. **Une seule réponse est exacte**.

Recopier sur la copie le numéro de la question et la réponse.

Questions	Réponse A	Réponse B	Réponse C
1. On considère les deux figures suivantes. Par quelle transformation la figure 2 est-elle l'image de la figure 1 ? 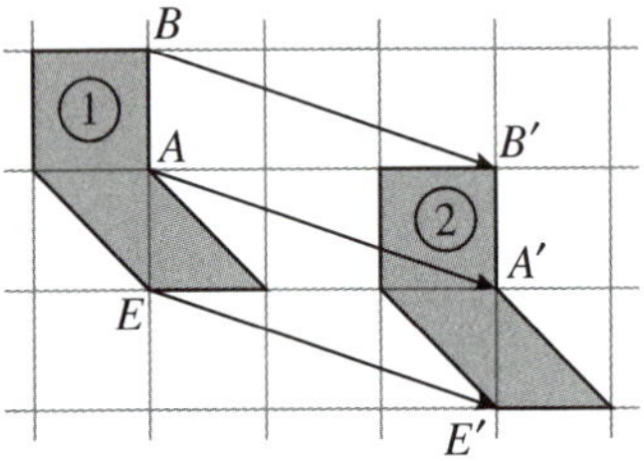	Une translation	Une homothétie	Une symétrie axiale
2. On considère la représentation graphique de la fonction g suivante : 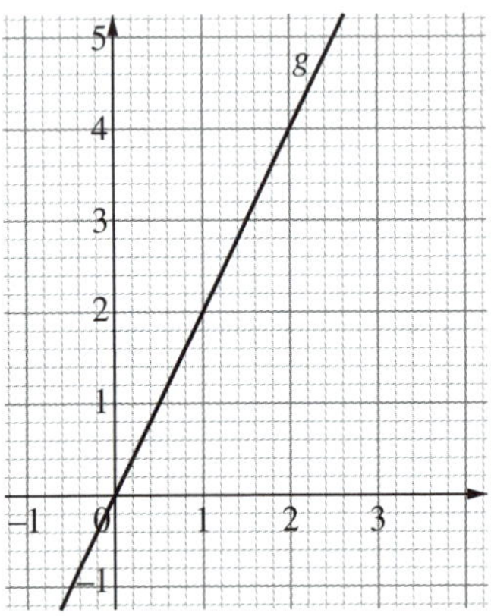 Quel est l'antécédent de 2 par la fonction g ?	2	1	4

3. Soit f la fonction définie par : $f : x \mapsto 3x^2 - 7$ Quelle affirmation est correcte ?	29 est l'image de 2 par la fonction f.	$f(3) = 20$	f est une fonction affine.
4. On a relevé les performances, en mètres, obtenues au lancer du poids par un groupe de 13 élèves d'une classe. 3,41 m ; 5,25 m ; 5,42 m ; 4,3 m ; 6,11 m ; 4,28 m ; 5,15 m ; 3,7 m ; 6,07 m ; 5,82 m ; 4,62 m ; 4,91 m ; 4,01 m Quelle est la médiane de cette série de valeurs ?	7	4,91	5,15
5. On considère la figure suivante, dans laquelle les triangles *LAC* et *BUT* sont semblables. 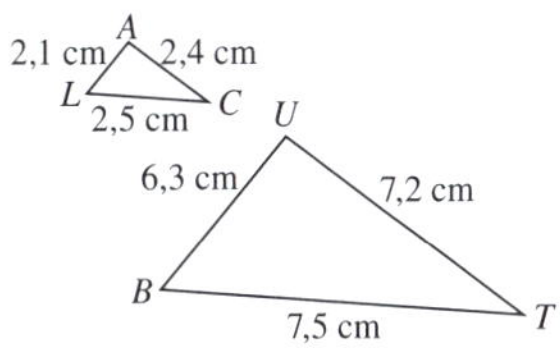 Par quel nombre doit-on multiplier l'aire du triangle *LAC* pour obtenir l'aire du triangle *BUT* ?	3	6	9

Corrigé page 213

EXERCICE 3

20 points

Une collectionneuse compte ses cartes Pokémon afin de les revendre.
Elle possède 252 cartes de type « feu » et 156 cartes de type « terre ».

1. a) Parmi les trois propositions suivantes, laquelle correspond à la décomposition en produit de facteurs premiers du nombre 252 ?

Proposition 1	Proposition 2	Proposition 3
$2^2 \times 9 \times 7$	$2 \times 2 \times 3 \times 21$	$2^2 \times 3^2 \times 7$

b) Donner la décomposition en produit de facteurs premiers du nombre 156.

2. Elle veut réaliser des paquets identiques, c'est à dire contenant chacun le même nombre de cartes « terre » et le même nombre de cartes « feu » en utilisant toutes ses cartes.

a) Peut-elle faire 36 paquets ?

b) Quel est le nombre maximum de paquets qu'elle peut réaliser ?

c) Combien de cartes de chaque type contient alors chaque paquet ?

3. Elle choisit une carte au hasard parmi toutes ses cartes. On suppose les cartes indiscernables au toucher.
Calculer la probabilité que ce soit une carte de type « terre ».

Corrigé page 214

EXERCICE 4 — 20 points

Dans cet exercice, x est un nombre strictement supérieur à 3.
On s'intéresse aux deux figures géométriques dessinées ci-dessous :
- un rectangle dont les côtés ont pour longueurs $x - 3$ et $x + 7$;
- un carré de côté x.

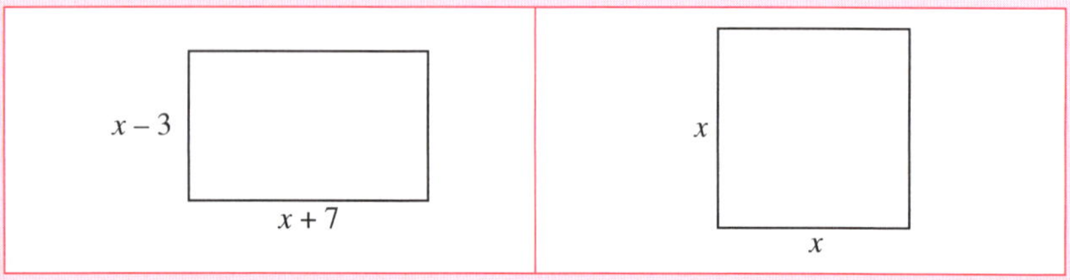

1. Quatre propositions sont écrites ci-dessous.
Recopier sur la copie celle qui correspond à l'aire du carré. On ne demande pas de justifier.

$4x$	$4 + x$	x^2	$2x$

2. Montrer que l'aire du rectangle est égale à : $x^2 + 4x - 21$.

3. On a écrit le script ci-après dans Scratch.
On veut que ce programme renvoie l'aire du rectangle lorsque l'utilisateur a rentré une valeur de x (strictement supérieure à 3).

Écrire sur la copie les contenus des trois cases vides des lignes 5, 6 et 7, en précisant les numéros de lignes qui correspondent à vos réponses.

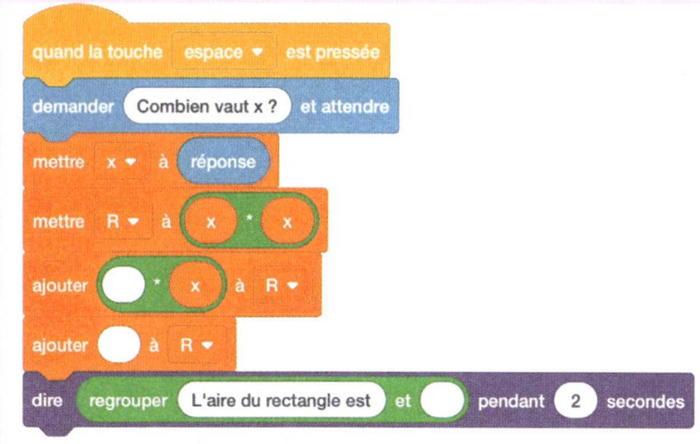

4. On a pressé la touche espace puis saisi le nombre 8. Que renvoie le programme ?

5. Quel nombre x doit-on choisir pour que l'aire du rectangle soit égale à l'aire du carré ?

Toute trace de recherche, même non aboutie, sera prise en compte.

Corrigé page 214

EXERCICE 5 — 20 points

Dans une habitation, la consommation d'eau peut être anormalement élevée lorsqu'il y a une fuite d'eau.

On considère la situation suivante :

- Une salle de bain est équipée d'une vasque de forme cylindrique, comme l'illustre l'image ci-dessous.
- Le robinet fuit à raison d'une goutte par seconde.
- En moyenne, 20 gouttes d'eau correspondent à un millilitre (1 ml).

Caractéristiques de la vasque :
Diamètre intérieur : 40 cm
Hauteur intérieure : 15 cm
Masse : 25 kg

Rappels

Volume du cylindre = $\pi \times \text{rayon}^2 \times \text{hauteur}$
1 dm^3 = 1 litre

1. En raison de la fuite, montrer qu'il tombe 86 400 gouttes dans la vasque en une journée complète.

2. Calculer, en litres, le volume d'eau qui tombe dans la vasque en une semaine en raison de la fuite.

3. Montrer que la vasque a un volume de 18,85 litres, arrondi au centilitre près.

4. L'évacuation de la vasque est fermée et le logement inoccupé pendant une semaine. L'eau va-t-elle déborder de la vasque ? Justifier la réponse.

5. À la fin du XIXe siècle, la consommation domestique d'eau par habitant en France était d'environ 17 litres par jour. Elle a fortement augmenté avec la généralisation de la distribution d'eau par le robinet dans les domiciles : elle est passée à 165 litres par jour et par habitant en 2004.

En 2018, la consommation des Français baisse légèrement pour atteindre 148 litres d'eau par jour et par habitant.

Calculer le pourcentage de diminution de la consommation quotidienne d'eau par habitant entre 2004 et 2018. On arrondira ce pourcentage à l'unité.

Corrigé page 215

CORRIGÉ

Exercice 1 (Énoncé p. 207)

1. Les droites (AC) et (BD) sont perpendiculaires à (AB).
Or, si deux droites sont perpendiculaires à une même troisième droite, alors elles sont parallèles entre elles.
On a donc **(AC) et (BD) parallèles.**

2. EBD est un triangle avec A sur (EB), C sur (ED) et (AC) parallèle à (BD).
D'après le théorème de Thalès, on a

$$\frac{EA}{EB} = \frac{EC}{ED} = \frac{AC}{BD}, \text{ soit } \frac{20}{5} = \frac{EC}{ED} = \frac{AC}{1}.$$

En particulier, on a $\frac{20}{5} = \frac{AC}{1}$, donc $4 = AC$.

La largeur de la rivière est de 4 pas.

3. Le triangle AEC est rectangle en A.

D'après le théorème de Pythagore, on a :

$CE^2 = EA^2 + AC^2$, soit $CE^2 = 20^2 + 4^2$ ou encore $CE^2 = 416$.

On a $CE = \sqrt{416}$ (en pas) car CE est une longueur.

Or un pas vaut 65 cm, soit 0,65 m.

On a donc $CE = \sqrt{416} \times 0{,}65$ m, soit **13,3 m** au décimètre près.

4. a) Le bâton parcourt 13,3 mètres en 5 secondes.

Sa vitesse moyenne est $\frac{13{,}3 \text{ m}}{5 \text{ s}}$, **soit 2,66 m/s.**

$$\text{vitesse moyenne} = \frac{\text{distance parcourue}}{\text{temps de parcours}}$$

b) On a $\frac{13{,}3 \text{ m}}{5 \text{ s}} = \frac{13 \times \frac{1}{1\,000} \text{ km}}{5 \times \frac{1}{3\,600} \text{ h}} = \frac{13{,}3 \times 3\,600}{5 \times 1\,000}$ km/h, soit environ 9,6 km/h.

L'affirmation « Le bâton se déplace à une vitesse inférieure à 10 km/h » est vraie.

Exercice 2 (Énoncé p. 208)

1. Les deux figures ayant les mêmes dimensions et la même orientation, c'est **une translation (réponse A)** qui transforme l'une en l'autre.

2. L'antécédent de 2 par g est l'abscisse du point de la droite représentant g qui a pour ordonnée 2 : **cet antécédent est 1 (réponse B)**.

3. Pour $f : x \mapsto 3x^2 - 7$, on a $f(3) = 3 \times 3^2 - 7$, soit **$f(3) = 20$ (réponse B)**.

4. Dans l'ordre croissant, on a :
3,41 m ; 3,7 m ; 4,01 m ; 4,28 m ; 4,3 m ; 4,62 m ; **4,91 m** ; 5,15 m ; 5,25 m ; 5,42 m ; 5,82 m ; 6,07 m ; 6,11 m.
Il y a 13 valeurs. Le rang de la médiane est 7 et la septième valeur de la série ordonnée est **la médiane qui vaut 4,91 m (réponse B).**

5. On passe de la figure *LAC* au triangle *BUT* en multipliant les longueurs par 3. On a donc un agrandissement de rapport 3.
Il faut donc multiplier par 3^2, soit **par 9 (réponse C)**, l'aire de *LAC* pour obtenir celle de *BUT*.

Dans un agrandissement de rapport k, les aires sont multipliées par k^2.

Exercice 3 (Énoncé p. 209)

1. a) On a 9 et 21 qui ne sont pas des nombres premiers.
La décomposition de 252 en produit de nombres premiers est **la proposition 3 : $2^2 \times 3^2 \times 7$.**

La liste des nombres premiers commence par :
2 – 3 – 5 – 7 – 11 – 13 – 17 – 19 – 23 – 29

b) On a $156 = 2 \times 78 = 2 \times 2 \times 39 = \mathbf{2 \times 2 \times 3 \times 13}$.

2. a) On a $156 \div 36 \approx 4{,}3$, qui n'est pas entier. **Il est donc impossible de répartir les 156 cartes de type « terre » en 36 paquets identiques.**
b) Pour faire des paquets identiques en utilisant toutes les cartes, le nombre de paquets doit diviser $252 = 2^2 \times 3^2 \times 7$ et $156 = 2^2 \times 3 \times 13$.
Comme on veut un nombre maximum de paquets, il faut prendre le PGCD de 252 et de 156 qui vaut $2^2 \times 3$, soit **12 paquets**.
c) On a $252 \div 12 = 21$ et $156 \div 12 = 13$.
Chaque paquet contiendra alors 21 cartes de type « feu » et 13 cartes de type « terre ».

3. Il y a en tout 252 + 156 cartes, soit 408 et, parmi elles, 156 sont de type « terre ». Comme la collectionneuse choisit au hasard, la probabilité de choisir une carte de type « terre » est $\frac{156}{408} = \frac{12 \times 13}{12 \times 34}$,
soit $\mathbf{\frac{13}{34}}$.

Exercice 4 (Énoncé p. 210)

1. L'aire du carré de côté x est x^2.

2. L'aire du rectangle est :
longueur × largeur = $(x + 7)(x - 3) = x^2 - 3x + 7x - 21$.
C'est bien $x^2 + 4x - 21$.

3. On a :

ligne 5 

ligne 6 

ligne 7 

4. Si l'on saisit 8, on a $8^2 + 4 \times 8 - 21 = 75$.
Le résultat renvoyé par le programme est :
L'aire du rectangle est 75.

5. On veut que l'aire du rectangle soit égale à celle du carré, soit

$x^2 + 4x - 21 = x^2$,

donc $4x - 21 = 0$,

ou encore $4x = 21$.

On fait $x = 21 \div 4$.

Pour $x = 5{,}25$, l'aire du rectangle est égale à celle du carré.

Exercice 5 (Énoncé p. 211)

1. En 1 heure, il y a 3 600 secondes et 24 heures dans une journée.
On a $3\,600 \times 24 = 86\,400$.
Il y a 86 400 secondes en une journée et donc **86 400 gouttes**.

> 1 h = 3 600 s et 1 j = 24 h

2. Comme il faut 20 gouttes pour faire un millilitre, le nombre de millilitres par jour est $86\,400 \div 20 = 4\,320$, ce qui fait 4,32 litres.
En une semaine (7 jours), le volume d'eau est 4,32 litres × 7, soit **30,24 litres**.

3. Le volume de la vasque est :
$\pi \times \text{rayon}^2 \times \text{hauteur} = \pi \times (20\text{ cm})^2 \times 15\text{ cm} = 6\,000\,\pi\text{ cm}^3 = 6\,\pi\text{ dm}^3$
Le volume de la vasque est environ 18,85 L.

> Le volume d'un cylindre de rayon r et de hauteur h est :
> $V = \pi r^2 h$.
> $1\text{ L} = 1\text{ dm}^3 = 1\,000\text{ cm}^3$

4. Comme on a $30{,}24 > 18{,}85$, au bout d'une semaine, **l'eau va déborder de la vasque.**

5. Pour passer de 165 à 148, il faut multiplier par $\frac{148}{165} \approx 0{,}896$

soit environ par 1 – 10,4, c'est-à-dire par $1 - \frac{10{,}4}{100}$.

C'est donc une **diminution de 10 %** à l'unité près.

Diminuer une valeur de *a* % revient à multiplier cette valeur par $1 - \frac{a}{100}$.

Formulaire de Mathématiques

Règles de calcul

Algorithme

• Une variable informatique contient une valeur. Toute saisie de cette variable ou affectation da cette variable fait perdre la valeur précédente.

• On peut utiliser un compteur du type « pour i variant de 1 à n » pour effectuer une instruction po toutes les valeurs entières de la variable i prises de 1 en 1 depuis 1 jusqu'à n.
Par exemple, avec l'algorithme « pour i variant de 1 à 10, A prend la valeur i^2, fin de pour », A pre successivement les valeurs 1, 4, 9, 16, 25, 36, 49, 64, 81 et 100. En fin d'algorithme, A contient valeur 100.

Arithmétique

• Soit a, b et n trois entiers non nuls tels que a et b sont des **diviseurs** de n.
n est un **multiple** de a et de b.

• Le plus grand des diviseurs communs à deux entiers est leur **PGCD**.

• Deux entiers dont le PGCD vaut 1 sont dits **premiers entre eux**.

• Une fraction $\frac{a}{b}$ avec a et b premiers entre eux est dite **irréductible**.

Puissances

• Soit n un entier supérieur à 1 et a un nombre :

$$a^n = \underbrace{a \times a \times \ldots \times a}_{n \text{ facteurs } a} \quad \text{et} \quad \text{si } a \neq 0, a^{-n} = \frac{1}{a^n}$$

$$a^1 = a \quad \text{et} \quad \text{si } a \neq 0, a^0 = 1 \quad a^{-1} = \frac{1}{a} \text{ : c'est l'inverse de } a.$$

• Soit a un nombre, b un nombre non nul, n et m deux entiers relatifs :

$$a^m \times a^n = a^{m+n} \qquad \frac{b^m}{b^n} = b^{m-n} \qquad (a^m)^n = a^{m \times n} \qquad a^m \times b^m = (ab)^m \qquad \frac{a^m}{b^m} = (\frac{a}{b})^m$$

Notation scientifique

On appelle **notation scientifique** d'un nombre strictement positif une notation de la forme $a \times 1$ avec $1 \leqslant a < 10$.

Fractions

$$\frac{a}{b} + \frac{c}{b} = \frac{a+c}{b} \qquad \frac{a}{b} - \frac{c}{b} = \frac{a-c}{b} \qquad \frac{a \times k}{b \times k} = \frac{a}{b}$$